ポー傑作選1　ゴシックホラー編

黒猫

エドガー・アラン・ポー
河合祥一郎＝訳

角川文庫
23061

目次

赤き死の仮面

「赤き死」は、その国をずっと荒廃させてきた。これほどばたばたと人が死ぬ恐ろしい感染症は、かつてなかった。鮮血がその化身であり、紋章だ——その赤さこそ恐怖の色だった。激痛が走り、突然眩暈《めまい》がすると、体じゅうの毛穴から血がどっと噴き出し、死に至る。深紅の染みが体に、特に顔にぽつぽつ現れると、感染症に罹《かか》ったとして忽《たちま》ち忌避《きひ》され、誰も助けに近寄ろうとせず、仲間からも見捨てられる。しかも、この病気は罹ってから進行して果てるまで、ものの三十分とかからない。

だが、プロスペロー公は幸福であり、豪胆で賢明であった。自分の公国の人口が半減すると、宮廷の騎士や貴婦人たちの中から強壮で心軽やかな友を一千人も呼び出し、城塞《じょうさい》の構えのある大寺院の奥へ一緒に引き籠《こ》もった。これは、広大で豪華な御殿となっており、公爵自身の粋興《すいきょう》だが高邁《こうまい》な趣味によって造られたものだった。頑強で高い塀が周囲に巡らされ、塀には鉄の門がいくつかついていた。中へ入った宮廷人たちは、炉を持ち出し、巨大なハンマーで閂《かんぬき》を溶接した。突然の絶望に駆られて中へ入ってくることも、中の狂乱から逃れて外へ出ることも絶対できないようにしたのだ。この寺院には、食料がたっぷり用意されていた。そうした対策によって、感染に対して身を守ったのである。外界のことは放っておけばよい。そこで何が起こっているかと考えて悲しむなど愚かだ。公爵は、あらゆる快楽の手段を提供した。道化もいたし、即興芸人も、バレエの踊り子も、楽師たちも、美女もおり、ワインもあった。内側は、これらの享楽があるうえに安全だった。外には「赤き死」があった。

こうして外界を遮断して五か月か六か月が過ぎようという頃、外界で感染症が猛威を振るうなか、プロスペロー公は極めて異例で盛大な仮面舞踏会を催して、例の一千の友を招待した。

豪奢《ごうしゃ》なものだった、その仮面舞踏会《マスカレード》は。だが、まずはそれが催された部屋の話をしよう。部屋は七つ――豪華絢爛《けんらん》な続き部屋《スイート》だ。多くの宮殿では、そうした続き部屋は、折り畳みのドアをスライドさせて壁にぴたりとつけてしまえば部屋同士がつながって長い空間となり、全体がすっかり見渡せるものだ。ここではそんなふうにならないことは、公爵が奇を衒《てら》うのを好むことからも察しがつこう。部屋は不規則につながっており、見渡しても、隣の部屋さえ見えない。二、三十ヤード〔約十八〜二十七メートル〕もすると急な角度で曲がっており、曲がるたびに新奇な効果を出していた。左右の壁の中央には背の高いゴシック式の細窓がついていて、窓の向こうには、曲がりくねる部屋に沿って延びる閉め切った廊下が見えた。窓は各部屋の装飾の色調と同じ色のステンドグラスになっていた。例えば、東端にある部屋は青いので、その窓も鮮やかな青だった。二番目の部屋の装飾と壁掛け《タペストリー》は紫であり、窓も紫だ。三番目は緑一色で、窓もそうだった。四番目は調度も窓もオレンジ——五番目は白——六番目は菫《すみれ》色。七番目の部屋は天井から壁まで黒いベルベットにびっしりと覆われ、ベルベットの壁掛けはやはりベルベットの黒い絨毯《じゅうたん》の上に重たく襞《ひだ》をなして垂れていた。しかし、この部屋だけは、窓の色が部屋の装飾とは異なっていて、深紅だった——深い血の色だ。さて、この七つの部屋には夥《おびただ》しい黄金の装飾品が天井からぶら下がったり、あちこちに置かれたりしているにも拘《かか》わらず、ランプや燭台《しょくだい》はなかった。この続き部屋のどこにも、ランプや蠟燭《ろうそく》から発せられる光が一切なかったのである。ただ、部屋の外の廊下には、それぞれの窓の前に、重い三脚台に支えられて炎が燃えており、その光がステンドグラス越しにぎらぎらと各部屋を照らしていた。このため、あたりのものは、けばけばしくも幻想的に見えていた。だが、西の部屋、つまり黒の部屋では、血の色に染まった窓ガラスを透して黒い壁掛けに漏《も》れる火の光の効果が、あまりにもおどろおどろしい感じとなっており、部屋に入った者の形相《ぎょうそう》を恐ろしく見せるので、この部屋に足を踏み入れようとする者は滅多にいなかった。

　西側の壁に黒檀《こくたん》の巨大な置時計があるのも、この黒の部屋だった。その振り子は、鈍く単調な重たい音を立てながら行ったり来たりしており、分針が一巡りして時が告げられるとき、時計の真鍮《しんちゅう》の肺から、澄んだ、大きくて深い極めて音楽的な音が聞こえたが、それがまた奇妙な音で、あまりに耳につくものだから、一時間ごとに、楽隊はしばらく演奏をやめて聞き耳を立てたほどだ。ワルツを踊っていた人たちも回転を止めた。陽気にしていた人たちもそのときは動揺し、時計が鳴っているあいだ、それまではしゃいでいた人も真っ蒼《さお》になり、年配の落ち着いた人たちもうろたえて呆然《ぼうぜん》とし、想いに耽《ふけ》るかのように額に手を当てた。しかし、響きがおさまると、軽い笑いが一同にひろがった。楽師たちは顔を見合わせ、自分たちの神経質さや愚かさを笑うかのように微笑み、次に時計が鳴ってもこんな気分になったりしないと囁《ささや》き声で誓い合った。だが、六十分が過ぎると（すなわち三千六百秒の時が経過すると）、また時計が鳴り、人々はやはり同じようにざわつき、震え、想いに耽ったのだった。

そうしたことはあったものの、華やかで盛大な饗宴《きょうえん》だった。公爵の趣味は一種独特だった。色彩や効果に目が肥えていたのだ。単なる流行を追う装飾には目もくれなかった。その計画は大胆で激しく、そのアイデアは野蛮な輝きを放っていた。公爵は頭がどうかしていると考える人たちもいたが、公爵に付き従う人たちはそうは思わなかった。公爵が正気であるとわかるためには、親しく公爵の言葉を聞き、その姿を見、彼と接する必要があったのだ。

公爵はこの大饗宴に際して、七つの部屋の可動の調度品について既に大方の指示を出していた。仮面の踊り手たちを特徴づけた趣向も、公爵自身の趣味によるものだった。まず、グロテスクでなければならない。けばけばしく、きらびやかで、小粋《こいき》で、この世ならざるもの《ファンタズム》に見えなければならない――のちに『エルナニ』〔ヴィクトル・ユーゴーの悲劇〕で描かれるような要素がふんだんにあった。不釣り合いな手足や飾りをつけた怪奇な姿《アラベスク》もあった。瘋癲《ふうてん》さながら錯乱したような趣向もあった。多くは美しく浮気で奇矯《ビザール》であり、些《いささ》か恐ろしく、嫌悪を催しかねないものも少なからずあった。実のところ、七つの部屋を行ったり来たり闊歩《かっぽ》したのは、大勢の夢のごとき人物たちであった。この夢たちは、部屋の色彩を帯びながら各部屋をもがくようにして蠢《うごめ》きまわり、楽隊の荒々しい音楽がまるでそのステップの谺《こだま》であるかのように思わせた。ほどなく、ベルベットの部屋の黒檀の置時計が時を打つ。すると、しばらくのあいだ、すべてが静まりかえり、時計以外の音がしなくなる。夢たちは立ったまま凍りついたかのように固まっている。だが、時計の響きが消えていくと――たった一瞬のことだったのだ――軽やかな、抑えたような笑い声が、消えた音を追いかけて流れる。そしてまた、音楽が盛り上がり、夢たちは生き、これまで以上に愉《たの》しく左右にのたうちまわり、色とりどりの窓から流れ込む三脚台の光を浴びて色めきたつ。しかし、七つの部屋の西端にある部屋へ足を踏み入れようとする仮面《マスカー》の踊り手は一人もいなかった。なにしろ、夜もすっかり更《ふ》けてきたし、血色の窓からひときわ赤みを帯びた光が射し込んでおり、漆黒の壁掛けのどす黒さたるや、ぞっとしたからだ。その黒い絨毯に足を置いた者の耳には、傍らの黒檀の時計から響く籠《こ》もったような音《ね》が、ほかの離れた部屋で歓楽に耽る連中の耳に響くよりも、いっそう厳《いか》めしく荘重に響いたのだった。

　けれども、他の部屋はかなり混み合っていて、生命の心臓が熱く鼓動していた。浮かれ騒ぎは巡《めぐ》り巡って、ついに、時計が真夜中の鐘を打った。すると音楽は、前述したとおり、止《や》んだ。踊る人たちの回転が静まった。前と同様に、すべてが落ち着かずに停止した。だが、今度は、時計が鳴らす鐘は十二であり、そのため、より多くの想いが流れ、楽しんでいた人のなかでも考え深い人たちの瞑想《めいそう》にこれまで以上の時間がかけられた。恐らくはそれゆえだろう、最後の鐘がすっかり静寂のうちへ消える前に、群衆の中に、これまで誰一人気づくことのなかった仮面の人物の存在に気づく余裕ができた人が多くいた。この新たな存在についてひそひそと囁《ささや》き合う声があたりにひろがり、とうとうあちこちで、あいつは何だという不満と驚きのざわめきや呟《つぶや》きが沸き起こり、ついには、戦慄《せんりつ》、恐怖、嫌悪の声となっていった。

　これまで述べてきたように、人々はこの世ならざるもの《ファンタズム》の恰好《かっこう》をしていたのだから、こんな反応を惹《ひ》き起こすとは、この仮面の人物はよほどの恰好をしていたのだろうと察しもつこう。実際、その夜の仮装の奔放さはほとんど何でもありの状態だったのだが、この人物は「暴君ヘロデもかくやとばかりの荒事ぶり」〔ハムレットの台詞《せりふ》〕という調子で、公爵の制限なしのやり方をも凌駕《りょうが》するものだった。どんなに向こう見ずな者であろうと、触れれば感情が沸き起こらずにはいられない心の琴線というものがある。生も死もどちらも冗談に過ぎぬというような、すっかり絶望し切った者にも、冗談ではすまされぬということがあるものだ。実のところ、一座の者たちは、この見慣れぬ者の衣装にも物腰にも、機知《ウイット》や適正さがないと深く感じたようだった。この人物は背が高く、痩《や》せこけており、頭から爪先《つまさき》まで死人の装束をまとっていた。顔を隠す仮面は、硬直した死人の顔にあまりにも酷似しており、近くでしげしげと見ても仮面とはわからぬほどだった。それだけなら（まだよいとは言わずとも）耐えられたかもしれない。しかし、この仮装者は「赤死病」の患者の様相をしていたのだ。その装束には血の染みがついており――その広い額や、顔のあちこちに、恐怖の深紅の斑点《はんてん》が現れていた。

　プロスペロー公の目がこの幽霊のような姿に留《と》まったとき――そいつは、まるでその役割をよりしっかりと演じようとするかのように、踊り手のあいだをゆっくり厳《おごそ》かに歩きまわっていた――恐怖のためか嫌悪のためか、公は最初は激しく身を震わせ、痙攣《けいれん》していたが、次の瞬間には、怒りで顔を真っ赤にした。

「こんなことをするやつは誰だ？」公は、近くに立つ宮廷人たちにしわがれ声で尋ねた。――「この不埒《ふらち》な嘲《あざけ》りで我らを侮辱するとは、何者だ？　捕まえて、仮面を引っ剝《ぱ》がせ——こいつの正体を暴け！　夜明けに城壁から吊《つ》るしてやれ！」

　これらの言葉を発したとき、プロスペロー公が立っていたのは、東の部屋こと青の部屋だった。その言葉は、七つの部屋に大きくはっきりと轟《とどろ》いた——豪胆で屈強な公爵が片手を振っただけで音楽は止まった。

　公爵がいたのは青の部屋であり、その近くには蒼褪《あおざ》めた宮廷人たちの一群もいた。当初、公爵がそう言ったとき、その一群は闖入《ちんにゅう》者のほうへ駆《か》け出そうという微《かす》かな動きを示した。闖入者もまた近くにいて、今やゆっくりと堂々たる足取りで公爵に近づいていた。しかし、この仮面の男の狂気じみた様相から誰もが名状しがたい畏怖《いふ》を感じて、この男を捕らえようと手を伸ばす者は誰もいなかった。このため、誰にも邪魔されることなく、男は公爵のつい一ヤード〔約九十センチ〕ほどの近くを通りすぎていった。大勢の人々が、まるで衝動に駆られたように、部屋の中心から壁際へと身を潜《ひそ》める一方で、男は押しとどめられるどころか、これまでどおり、当初より目立っていた厳かなゆっくりとした足取りで、青の部屋から紫の部屋へ——紫の部屋から緑の部屋へ——緑の部屋からオレンジの部屋へ——そしてまた白の部屋へ——そこからまた菫色の部屋へと移動した。そこでようやく、男を捕まえようという断乎《だんこ》とした動きが生じた。しかし、そのときだった、ほんの一瞬でも怖気《おじけ》づいてしまった自分を恥じて、プロスペロー公が怒り心頭に発して六つの部屋を駆け抜けてきたのは。一同はあまりの恐怖に足がすくんで、誰一人そのあとを追わなかった。公爵は抜き身の短剣を高く掲げ、激しい勢いで、歩き去ろうとする男のつい三、四フィート〔一メートルほど〕後ろまで迫った。ちょうどそのとき、男はベルベットの部屋に足を踏み入れたところでいきなり振り返り、追いかけてきた公爵に面と向かった。鋭い悲鳴があがった——短剣が落ち、漆黒の絨毯《じゅうたん》の上できらめき、その一瞬後、プロスペロー公が事切れてその短剣の上に俯《うつぶ》せで倒れていった。すると、やぶれかぶれになった踊り手の群れが黒い部屋へ殺到し、黒檀《こくたん》の時計の陰のところにじっと立っていた背の高い仮面の男を捕まえ、その死装束や死人のような仮面を乱暴に引き剝《は》がし、言い知れぬ恐怖に息を呑《の》んだ。仮面の下には、何も——影も形もなかったのである。

　こうして「赤死病」の存在が認められることになった。こいつは、夜になって泥棒のように忍び込んできたのだ。そして、踊り手たちは一人一人と、それまで宴会場だったが今や赤い斑点で彩られたホールに頽《くずお》れていき、それぞれ頽れた断末魔の恰好のまま息絶えたのだ。黒檀の時計の命も、浮かれ騒いでいた最後の者の命とともに果てた。三脚台の炎も消えた。〈暗闇〉と〈腐敗〉と〈赤死病〉とが、どこまでも果てしなくひろがる公国を打ち立てたのである。

ウィリアム・ウィルソン

それを何と言うべきか？　行く手に亡霊のように立ちはだかる厳格な良心を
何と言えばいい？

チェンバレン『フェロニダ』

自分のことは、ひとまず、ウィリアム・ウィルソンとでも名乗らせてもらおう。目の前にあるこの白い紙を、本名で穢《けが》すには及ぶまい。なにしろ、わが一族を忌み嫌うあまり、既に十分すぎるほど軽蔑《けいべつ》され、恐れられてきた名前なのだ。怒りの風が吹きすさび、わが一族の悪名を地球の最果てまで伝えた名だ。ああ、これほど爪《つま》はじきにされ、のけ者にされた者などありはしない！――この世では永遠に死んだも同然。栄誉も、華《はな》も、黄金の野望も、もはやありえない。分厚い黒雲が永遠にどこまでもひろがって、希望を天に届かなくしているように思えてならない。

できれば、今日ここで、口にするのも憚《はばか》られるわが悲惨な後半生と、赦《ゆる》されるはずのない犯罪について、語りたくはない。この後半生で、僕がなぜ急に堕落の度合いを増したのか、そのそもそもの発端を記しておきたいだけなのだ。人はたいてい少しずつ堕落するものだが、僕の場合は、急転直下、マントを肩から落とすように徳という徳がはらりと削《そ》げ落ち、他愛のない意地悪さからローマ皇帝ヘリオガバルス級の極悪非道へと一足飛びだった。どうしてか――どんな出来事によってこんなひどいことになったのか、それを今からお話しするので、しばしお付き合い願いたい。死が迫っている。その先触れとなる影が、わが魂に静謐《せいひつ》をもたらし、死の暗い谷を歩みながら、僕は、人からの同情を——もう少しで憐《あわ》れみを、と言いかけたが——得たいのだ。僕が、ある意味では、人間の力ではどうすることもできない状況の奴隷だったことを信じてほしい。これから話す物語を聞いて、過ちばかりの不毛な荒野のようなわが人生に、やむを得なかったというささやかな心のオアシスを僕のために見つけてほしい。どうか認めてほしい——認めざるを得ないと思う——確かに誘惑は昔からあったにせよ、こんなふうに誘惑された者はいないのだ。もちろん、ここまで落ちた者もいないけれども。だからといって、それほど苦しんでいないということになるだろうか？　僕は実は夢の中に生きているのではないだろうか？　そして今、この月下のあらゆる幻想の中で最も乱れた幻想の恐怖と神秘の犠牲となって死んでいくのではなかろうか。

　僕は、幻想的で昂奮《こうふん》しやすい性質《たち》で知られた一族の末裔《まつえい》だ。まだ年端《としは》もゆかぬ頃から、その血を受け継いだことは明白に表れていた。成長するにつれ、その傾向はいよいよ顕著になり、友人らにさまざまな理由で大いに迷惑をかけ、自分で自分をだめにしていた。僕は自分勝手で、めちゃくちゃな気まぐれをやらかし、抑えがたい激情の餌食《えじき》となった。気が弱くて僕に似て体も弱かった両親には、息子の悪癖を止めようもなかった。かなりやんわりと見当ちがいの注意をしてきたが、まったく意味はなく、もちろん、こちらの圧勝だ。それ以降、わが声は、わが家の法律となった。ほかの幼児がまだよちよち歩きを支える手引き綱をつけているような年齢から、僕はやりたいようにやらせてもらい、事実上、誰の言うことも聞かなくなった。

学校生活にまつわる最も古い記憶は、ある巨大な、曲がりくねったエリザベス朝風の建物と結びついている。それは、節くれだった大木がどこまでも立ち並ぶイングランドの霧に霞《かす》む町にあり、どの家もひどく古びていた。実際、夢の中にあるかのような、心が落ち着く場所だったのだ、あの森厳たる古い町は。今思い返してみても、あの影の濃い大通りのすがすがしい冷たさが感じられ、無数の植え込みの香りがしてきて、教会の鐘が毎時間虚《うつ》ろに響き渡るあの何とも言えぬ喜びを改めて感じて、ぞくっとする。教会の鐘の音が響き渡る薄暗い雰囲気の静けさには、ゴシック文様を施した尖塔《せんとう》が眠りこけたように埋もれていたのである。

学校時代のことを細かく回想すると、何物にも代えがたい喜びを感じる。今のような惨《みじ》めな状況にあると——ああ、あまりにも生々しい惨めさだ！——とりとめのない思い出に耽《ふけ》って、たとえ一時的でわずかなものであろうと慰めを求めようとするのも仕方なかろう。しかも、この追憶はまったく些細《ささい》で馬鹿げているとさえ言えるものの、僕にしてみれば、あの時あの場所で起こったことが、偶然ながらも、そののち僕をすっかり呑《の》み込んでしまった運命の最初の漠たる警告となっていたように思えてならないのだ。

さっきも言ったように、校舎は古く、変わった形をしていた。敷地は広く、高く頑丈な煉瓦《れんが》塀に囲まれており、塀の上部にはガラスの破片がモルタルで固定されていた。この牢獄《ろうごく》のような塀によって僕らの領域は区切られていたわけだ。塀の向こうを見られるのは週に三度——土曜の午後、二人の助教師に付き添われて近隣の原っぱを一団となって散歩するのを許されるときと、日曜に、やはり同じようにして町に一つだけある教会へ朝と夕べの礼拝へ連れ出されるときだ。この教会の牧師は、うちの学校の校長だった。校長が厳かにゆっくりとした足取りで説教壇に上がっていくのを、遠い二階席から、何という深い驚嘆と困惑の思いで眺めたことか！　この偉い牧師様が、あんなすました恵み深そうな顔つきをして、つややかなガウンをいかにも聖職者らしくなびかせ、念入りに粉をふった鬘《かつら》をつけて、あんなにしゃちほこばっている尊大な牧師様が、ついさっきまで嗅《か》ぎたばこに汚れた服を着て、渋い顔をして、厳しい校則を破った生徒を木篦《きべら》で叩《たた》こうと身構えていたあの校長なのか？　ああ、あまりにも法外かつ解決不能な、壮大なる逆説《パラドックス》だ！

　重々しい塀の一角に、さらに重々しい門があった。鉄の鋲《びょう》が一面に打たれ、上部には尖《とが》った鉄の忍び返し《スパイク》が並んでおり、見るたびに深い畏怖《いふ》の念を覚えたものだ。門は、先に述べた三度の決まった出入りのほかに開かなかったので、その巨大な蝶番《ちょうつがい》がきしむたびに、大いなる謎が——厳かに語るべき、あるいは厳かに思索すべき事柄が——どっと流れ込むような気がしたものだった。

だだっ広い構内は入り組んでいて、あちこちに奥まった広い場所があった。そのうち大きめの三、四の場所が運動場で、小さな砂利が敷きつめられた平地だった。よく覚えているが、木やベンチなど何一つないところだった。もちろん、運動場は校舎の裏にある。表は、柘植《つげ》などの灌木《かんぼく》の植え込みがきれいに配置された小さな庭園《パルテール》となっていたが、この聖域を通っていいのは特別な時だけだった——入学の日とか卒業の日、あるいはクリスマスか夏休みになるというので親や知り合いが来てくれて、一緒に楽しく家路につく、そんな時に限られていた。

それにしても、あの校舎！——なんて奇妙な古ぼけた建物だったことか！——僕にとっては、まさに魅惑の宮殿だった！　どこまでも曲がりくねり、どこがどう分かれているのか、わけがわからない。二階建て校舎の一階にいるのか二階にいるのか、すぐ混乱する。どこかの教室から別の教室に移るとき、必ず階段を三、四段登るか下りることになる。それから、横に枝別れしていく廊下の夥《おびただ》しさは信じがたいほどであり、しかもいつの間にか、もとの場所に戻っていたりするものだから、この建物全体を最も厳密にイメージしようという行為は、無限について思いを巡らすのとさして変わらぬと言えるだろう。ここで暮らした五年間、僕が他の十八人か二十人ほどの生徒と一緒に寝起きしていた小さな寝室がどの片隅にあったのか、正確にはわからずじまいだった。

僕らの教室は、建物の中で一番大きな部屋だった——その頃は、世界一でかいと思ったものだ。ひどく長細くて、うんざりするほど天井が低く、上部が尖《とが》ったゴシック風窓があり、天井はオーク材でできていた。奥まった、近づきがたい雰囲気の片隅には、八ないし十フィート〔約二・四～三メートル〕四方の聖域《サンクタム》があり、われらが校長にして牧師様のブランズビー博士が「祈《き》禱《とう》の時間」に籠《こ》もる部屋だった。がっしりとした造りで、重たいドアがついており、校長の留守中に開《あ》けるくらいなら、僕らは拷問を受けて圧死したほうがましと思っていた。他の隅には、似たような仕切りが二つあり、さほど敬われてはいなかったが、それでも畏《い》敬《けい》の念をもって見られていた。一つは古典を教える助教の職務室で、もう一つは英語と数学を教える助教のものだった。教室じゅう縦横かつ不規則に、無数の古ぼけた黒いベンチや机が並んでいて、机の上には手《て》垢《あか》のついた本が途方もなく積み上がっていた。机やベンチには、ナイフでイニシャルだの、名前だの、奇怪な図形だのが、何重にも刻み込まれているものだから、ありし日のもとの姿はもはやすっかりなくなっていた。教室の一方の端には水を湛《たた》えた大きなバケツが一つあり、反対側には並外れて巨大な柱時計が立っていた。

この厳かなる学院の分厚い塀に守られて、僕は十一歳から十五歳までの五年間を、退屈も嫌悪もせずに過ごした。はちきれんばかりの思いでいっぱいの子供には、外界の事件などなくとも、夢中になれるのだ。一見陰鬱《いんうつ》で単調そうな学校生活は、成長して贅沢《ぜいたく》を覚えたり、大人になって犯罪に手を染めたりして覚えた昂奮よりも、もっとわくわくするものだった。ただ、学校での心の発育は、僕の場合かなり変わっていた――と言うか、常軌を逸していた。たいていの人の場合、幼児期の出来事は大人になるとあまりはっきり覚えていないものだ。かなりぼんやりして――どうだったっけと、おぼつかなくなる――なんとなく楽しかったことや苦しみの記憶が走馬燈《ファンタズマゴリア》のように混ざり合って判然としない。僕はちがう。少年時代に僕は一人前の男の力をもって感じていたにちがいない。だから、その記憶は、古代カルタゴのメダルの刻印のように鮮明で、くっきりと、摩耗しない線でもって刻み込まれたのだ。

　ただ、実際は――世間の目からすれば――思い出に残ることなど、ほとんどなかった！　朝の目覚め、夜の就寝点呼、精読、暗誦《あんしょう》、定期的な半日休み、散歩――運動場での喧嘩《けんか》、遊び、悪だくみ――そうしたことが、疾《と》うに忘れられてしまった心の魔法によって、胸高鳴って抑えがたい激しい昂奮、めくるめく感情の宇宙、多彩な出来事に満ちた世界、ぞくぞくする感覚《センセーション》の荒野の地平へと一変したのだ。ヴォルテールも言っているではないか――*"Oh, le bon temps, que ce siècle de fer!"*（ああ、よき時代だった、あの頽廃《たいはい》の時代は！）

実際のところ、僕は、性格のきつさ、激しさ、傲慢《ごうまん》さのせいで、級友のなかでも特別な存在となり、僕よりそれほど年上でない生徒全体をだんだんと支配するようになっていった。ただ一人の例外を除いて。この例外というのが、親戚《しんせき》でもないのに上の名前も下の名前も僕と同じという生徒だった——まあ、大して驚くべきことでもないのかもしれない。貴族の出とは言え、僕の名前はよくあるもので、ずっと昔からそう名乗ってきたという大衆も多くいて、もはやありふれた名前となっていたのだ。それゆえ、この話ではウィリアム・ウィルソンと名乗ることにしたのである。本名と大して変わらないありふれた名前だからだ。学校の俗語で「仲間《セット》」と呼ばれる者のなかで、この同姓同名の少年だけが、学業でも運動場のスポーツや喧嘩でも、僕と張り合い、僕が言うことに唯々諾々と従わず、反抗したのだ。僕が気まぐれで命じることに、いちいちちょっかいを出してきた。もしこの世に絶対的な無条件の専制というものがあるとすれば、それは気弱な仲間をいいようにするガキ大将の支配にほかならない。

ウィルソンの反抗に、僕は大いに困惑した。人前では「あの野郎、気取りやがって」と虚勢を張ってみせてはいたものの、内心は、やつを恐れていたのであり、あんなにもやすやすと張り合えるのは、向こうのほうが実は優れているからであるように思えてならなかった。負けないように気張るだけで、こちらはずっと苦労が絶えなかったからだ。だが、向こうが上——あるいは同等——と認識しているのは僕だけだった。級友たちには、どういうわけか、気づく気配すらなかった。実のところ、やつは、張り合って僕に逆らい、とりわけ僕のやろうとすることを生意気にも執拗《しつよう》に邪魔してくるとき、ほかの人にはわからないようなやり方をするのだ。しかも、やつには、僕のような負けん気もなければ、他人《ひと》より優位に立とうとする気概もないようだった。ただ、僕の邪魔をし、驚かせ、悔しがらせるためにだけ、気まぐれに僕と張り合っているらしかった。こちらは感嘆し、やられたと思い、機嫌を損ねていても、向こうは無礼や侮辱や反駁《はんばく》を加えてくる際に、まったく不釣り合いな愛情のような態度を示すのだから、やめてほしいと思った。こんな奇妙な態度をとるようになったのは、相手がとことん自惚《うぬぼ》れて、上から目線で僕を守ってやろうという下劣な態度に出たとしか思えなかった。

　ひょっとすると、今言ったウィルソンの態度のせいで、それから、名前が同じであるうえに同じ日に入学したという偶然も重なったために、僕らが兄弟だという噂が上級生たちにひろまったのかもしれない。上級生は、下級生のことなど、根掘り葉掘り詮索《せんさく》しないものだ。前にも言ったはずと思うが、ウィルソンとは何の血縁関係もまったくなかった。しかし、確かに、もし兄弟だったとすれば、双子ということになる。なにしろ、ブランズビー学院卒業後に、この同姓同名の男は一八一三年一月十九日生まれだと偶然知ったからだ。こいつは偶然にしては、ちょいと出来すぎている。まさに僕の誕生日なのだ。

　ウィルソンに張り合われ、いちいち僕のやることに口を挟《はさ》んでこられて、ずっとうんざりしっぱなしだったものの、すっかり憎む気にならなかったのもおかしなことかもしれない。なるほど、毎日口喧嘩《くちげんか》をして、人前では僕に勝ちを譲りながらも、本当に勝ったのは向こうなのだと僕に思わせるようにうまく仕向けてくるのだ。だが、こっちも見栄《みえ》があるし、向こうも負けを認めてもまったく威厳を失わないので、いわゆる「会えば言葉を交わす仲」という関係がつづいていた。互いの気質にもかなり似通ったところが多々あったので、こんなふうに対立していなければ、ひょっとすると友情にまで発展したんじゃないかという気持ちになることさえあった。やつに対する僕の真の感情はまったくもって定めがたく、言い表すことさえむずかしい。まだら模様で、異種混交なのだ――「何だよ、こいつ」とは思うが、憎むわけではなく、「すごいな」と尊敬や恐れを感じながら、落ち着かぬ好奇心を覚えてならない。倫理学者にはおわかりであろうが、要するにウィルソンと僕は切っても切れない仲だったのだ。

　僕らのこの特殊な関係ゆえに、やつへの攻撃は（陰に陽にしょっちゅうつづけていたが）、からかったり冗談めかしたりするのが常で（ふざけているだけというふりをして、いじめるのだ）、本気で断乎《だんこ》たる敵意を見せるようなことはなかった。しかし、かなり頭のいい作戦を立てているにも拘《かか》わらず、必ずしも「してやったり」というわけにはいかなかった。というのも、わが同姓同名氏は、気取らない静かな厳粛な性格であり、自分で吐く冗談の辛辣《しんらつ》さはおもしろがるくせに、自分には何の弱点もないとして、笑いものとなるのを頑として拒むのだ。だが、一つだけ弱みを見つけてやった。僕のように万策尽きた者でなければ、つけこむような真似はしなかったであろうが――やつは恐らく先天的疾患ゆえの特異体質で口腔《こうこう》か咽喉《いんこう》部が弱く、かなり低い囁き声しか出せなかったのだ。だからといって、こちらが大して有利になるわけでもなかったが、この弱みを最大限に利用してやった。

　ウィルソンもあの手この手で報復してきた。僕がたまらなく嫌な思いをさせられたいたずらが一つある。よくもそんなつまらぬことで僕を苦しめられると気づいたものだと、やつの賢さの底知れなさには呆《あき》れるほかなかったが、気づいた以上、やつはその嫌がらせをずっとつづけた。僕は昔から自分の無粋な家名と、賤《いや》しいとまで言わずともあまりにもありふれた名前とを毛嫌いしていた。どちらも聞いただけで虫唾《むしず》が走った。そして、入学の日に、もう一人ウィリアム・ウィルソンなる男が入学すると知って、僕はそいつが同じ姓名であることに怒りを覚えた。赤の他人がその名前であれば、いつだって二度その名が呼ばれることになるし、しょっちゅうそいつがそばにいて、毎日の学校でも、忌まわしき偶然ゆえに僕と取りちがえられることになると思うと、その姓名への嫌悪が倍増したからだ。

　こうして生じた苛立《いらだ》ちの感情は、わがライバルと僕が、内面的にせよ外面的にせよ、似ていることを示す状況になるたびに激化した。そのときは、同い年だという驚くべき事実は知らなかったが、背が同じであるのは見ればわかったし、顔つき体つきが異様に似ていることにも気づいた。上級生のあいだでひろまっていた「兄弟じゃないのか」という噂にも苦しめられた。要するに、精神や人となり、あるいは境遇に於《お》いて、二人が似ていると仄《ほの》めかされようものなら、僕は心底うろたえてしまったのだ（とは言え、そんな狼狽《ろうばい》は微塵《みじん》も見せまいと用心した）。しかし、実際は、級友たちは（兄弟じゃないのかという噂は別として）似ていることをとりたてて話題にしなかったし、ひょっとすると気づいてさえいないのかもしれなかった。ウィルソン本人は例外で、あらゆる点で類似を、僕と同じぐらいはっきりと認識していたことは明らかだった。ただ、そのことを利用してあれほど効果的な嫌がらせをしてくるとは、さっきも言ったように、なかなかの洞察力の持ち主と言わざるをえない。

　僕をそっくりに真似してやろうというやつの手口は、言動の模倣によってなされ、やつは見事にやりおおせたのだ。僕の服装を真似るのはわけはない。歩き方や普段の態度も、さほど苦労せずに身につけられる。咽喉が悪いにも拘わらず、声まで真似てきた。もちろん大声は真似なかったが、口調はそっくりだった。その独特な囁き声は、まさに僕の声の谺《エコー》となっていたのである。

この精巧なまでの肖像画法（単なる物真似のレベルではなかった）が、僕をどれほど苛《さいな》んだか、あえて言おうとは思わない。一つだけ慰めがあった——この模倣に気づいているのは僕だけらしく、したり顔の同姓同名氏が奇妙な皮肉を込めて漏らす笑みを僕が我慢しさえすればすんだのだ。相手は、狙いどおりに僕の胸中を傷つけて満足し、与えた苦痛を密《ひそ》かにほくそ笑んでいるように思えた。こんなにも賢く立ちまわって成功を収めたのだから皆から褒めてもらえることもできたはずなのに、そんなことは眼中にないのがウィルソンらしいところだった。学校の誰一人、その狙いに気づかず、やつが成し遂げたこともわかっておらず、やつの冷笑に伍《ご》することもなかったのはなぜなのか、気が気でない思いで何か月も過ごした僕にとって、解けない謎だった。ひょっとすると、やつの模倣がじわじわとできあがったために、あまり人目につかなかったのだろうか。あるいは、ひょっとすると、模倣者の名人芸ゆえに救われたのかもしれない。絵画であれば、愚か者は表面しか見ていないが、そんなものは無視して、原画の精神だけを写し取って、僕だけに見せて悔しがらせたのかもしれない。

　やつが僕に対して上から目線の恩着せがましい態度をとり、僕がやろうとすることに何度も差し出がましく口出ししてくるのが嫌だった話は既にした。この口出しは、しばしば無礼にも、忠告という形をとった。それもあからさまではなく、仄《ほの》めかしたり、それとなく言ったりするのだ。言われるたびに、むかついていたが、年を重ねるにつれてその激しさは増した。だが、それも遠い昔となった今、わがライバルのことを公正に評価するなら、やつは未熟や未経験ゆえに誤った、あるいは馬鹿げた助言をしてくることは一切なく、少なくともその道徳観は――一般的な才能や世俗的な知恵はおいておくとしても――僕なんぞよりずっと鋭かったのだ。当時心底嫌がって激しく毛嫌いしたあの囁《ささや》き声の忠告を少しでも聞いていたら、今日、もう少しまともな、幸せな人間になれたのではないかと思う。

だが実際は、やつの不愉快な監督下で僕はついにしびれを切らし、当時の僕には腹に据えかねた傲慢《ごうまん》を日々ますます公然と憎むようになった。学友となった最初の一、二年は、前に述べたとおり、やつへの感情は友情へと発展することだってありえたのだが、しかも学校生活の最後の数か月にはいつもの差し出口はまちがいなくある程度減ったのに、それとまったく逆行して、僕のほうはいよいよ憎悪を増していったのだ。あるとき、そう気づいたウィルソンは、それきり僕を避けるように、あるいは避けるそぶりをするようになったと思う。

記憶が正しければ、その頃だった。激しい口論となったとき、いつに似合わず油断していたやつは、自分をさらけだすような、やつらしくもない態度を見せ、そのとき僕は、その口調、態度、全体的な様子に、何かハッとさせられるものを感じ、妙に興味深く思い、僕の幼年期の微《かす》かな思い出を見たような――まだ記憶自体が生まれてもいない時代の混沌《こんとん》として押し寄せる記憶が甦《よみがえ》ったような気がした。目の前にいるこいつを、以前、ずっと昔のいつか――無限の彼方《かなた》の過去のある一点に於いて――知っていたという思いを振り払うことができないとでも言おうか。そんな気がしたのだ。だが、そんな妄想は、ふっと出てきたのと同じくらいあっという間に消えた。ここでこの話をしたのも、わが特異な同姓同名氏との最後の会話をした日をはっきりさせたいからにほかならない。

　無数の部屋だらけのその巨大なる古い校舎には、互いに行き来のできる大きな部屋がいくつかあって、そこに大勢の生徒が寝泊まりしていた。しかし、（こんなふうにぎこちない設計の建物では仕方のないことだが）建物のあちこちに余った、小さな隙間や凹んだ場所があって、経済感覚の発達したブランズビー校長はそうした場所も寮にしていた。とは言え、戸棚のような空間なので、一人しか住めない。そうした小さな部屋にウィルソンは寝泊まりしていた。

　ある晩、五年生の終わり頃、前述の口論の直後、皆が寝静まったのを見計らって、僕はベッドから起き上がり、ランプを手にこっそり、自分の寝室からわがライバルの寝室まで、狭い廊下のほか何もない寂しい道筋を辿《たど》った。これまで失敗つづきだった悪辣《あくらつ》ないたずらをぶちかましてやろうと、ずっと計画していたのだ。今こそその計画を実行して、こちらが抱いている悪意をとことんまで思い知らせてやろうと決意していた。やつの部屋に着くと、音もたてずに中へ入り、ランプを部屋の外に置き、覆いをかぶせた。一歩近づいて、静かな寝息に耳を傾けた。眠っているのを確かめると、戻ってランプを取り、ふたたびベッドに近づいた。ベッドのまわりにはカーテンがぴったりと繞《めぐ》っていて、僕はそれを計画どおりに、ゆっくりと音をたてずに開けた。明るい光が眠っている者の上にはっきりと落ちると、その瞬間、僕の視線はその顔に落ちた。僕は見た――すると、直ちに、体が萎《な》え、凍えるような感覚が背筋をすうっと走った。胸は大きく波打ち、膝《ひざ》は震え、わが全身全霊が、はっきりしない、しかし耐えがたい恐怖に襲われた。息をつこうと喘《あえ》ぎながら、僕はその顔にさらにランプを近づけた。これが――これが、ウィリアム・ウィルソンの顔なのか？　確かにやつの顔だが、ちがうような気がして瘧《おこり》にでも罹《かか》ったように身震いした。なんで僕はこんなにも動揺しているのか。僕は凝視した――とりとめもつかぬ思いのなかで頭がくらくらした。やつは、こんなふうじゃなかった――絶対、こんなふうではなかった――起きているときのやつは。同じ名前！　同じ背《せ》恰好《かっこう》！　学校に来たのも同じ日！　それから、僕の歩き方、話し方、癖、態度を意味もなくそっくり真似やがって！　今、目にしているこの顔が、そんな皮肉な真似をつづけたせいでこうなったなどということが、ありえるだろうか？　人間として、ありえない。恐怖に身を震わせ、僕はランプを消し、そっと部屋を出て、この古い学院の建物をあとにし、二度と戻ってくることはなかった。

数か月が過ぎた。ぶらぶらと無為に家で過ごしてから、僕はイートン校の学生となっていた。少し間《あいだ》があいただけで、ブランズビー学院での出来事の記憶は薄らぎ、あるいは少なくとも、思い出しても昔のような感情が沸き起こることはなくなった。あのとき経験したことの真実は——悲劇は——もう消えていた。気のせいだったのではないかと思う余裕さえでき、思い出すこともほとんどなくなり、思い出したとしても、よくもまあそんなことを信じられたものだと驚いてみたり、親譲りの想像力が強すぎるのだと微笑《ほほえ》んでみたりしていた。しかも、イートン校の暮らしぶりでは、そうした懐疑主義が弱まる気配はなかった。イートンで直ちに後先も顧みずに飛び込んだ無分別な愚かさのみが渦巻く生活ぶりは、これまでの人生を、ただ泡沫《ほうまつ》を残してすっかり洗い流し、堅実でまじめな思い出は呑《の》み込まれて、過去の記憶で残っているのは取るに足らないくだらぬことばかりとなったのである。

しかし、ここで、悲惨な放蕩《ほうとう》の道程を辿《たど》っていくつもりはない。学校の監視をくぐっては校則をものともせぬやりたい放題、そんな馬鹿を意味もなく三年間つづけ、すっかり悪徳の習慣に染まり、体格ばかりが異様によくなり、一週間ほど魂を棄てた自堕落に耽《ふけ》ったあげく、札付きの悪《ワル》の学友どもを自宅に招いて秘密の酒盛りを開いた。朝まで呑み明かそうということで、集まったのは夜遅かった。ワインがじゃんじゃん注がれ、さらに危険な誘惑にも事欠かなかった。こうして灰色の朝日が東の空をうっすらと染めても、われらが狂宴はまだ最高潮だった。カード賭《と》博《ばく》と酒ですっかり顔を紅潮させた僕がいつも以上の冒瀆《ぼうとく》の祝杯を上げようと呼びかけていたとき、ふと、部屋のドアが少しだが、乱暴に開かれたのに気をとられた。外の召し使いが慌ただしく話す声が聞こえる。どうやら、ある人が、急用とのことで、中にいる僕と話がしたいらしい。

酒ですっかりできあがっていた僕は、この思わぬ闖入《ちんにゅう》に驚くよりもむしろ喜んだ。すぐに前へよろよろと進み、数歩で建物の玄関に出た。この天井の低い小さな部屋にランプはなく、明かりは、ただ半円形の窓から射し込む実におぼろげな朝日だけだった。敷居をまたいだとき、僕と同じ背丈の若者がいることに気づいた。白のカシミアのモーニング・フロックを着ている。僕がちょうどそのとき着ていたのと同じ最新流行のデザインだ。薄明かりでようやくそれがわかったが、男の顔はよく見えなかった。僕が戸口に出ると、男はさっと近寄ってきて僕の腕をつかみ、待ちかねたというように、「ウィリアム・ウィルソン！」と僕の耳に囁《ささや》いた。

たちまち酔いが醒《さ》めた。

その見知らぬ男の態度、そして、僕の目の前に、明かりを遮《さえぎ》るように突き立てた人さし指が震えるように大きく左右に揺れたことに、僕は言い知れぬ驚愕《きょうがく》を覚えた。だが、激しく心を動かされたのは、そのことではなかった。その独特な低い、かすれた声に、厳かな警告の意味合いが含まれていたからだ。たった二語の単純な、聞きなれた、だが囁かれた言葉のあの調子、あの口調、あの響きが、昔日《せきじつ》の雑多な記憶とともに押し寄せてきて、わが魂に激しいショックを与えたのだ。何とか立ち直ったときには、もう男は消えていた。

この出来事は、乱れた僕の想像力にはっきりと鮮明な影響を与えはしたものの、それは鮮明であっても束の間のものだった。確かに数週間は、僕は真剣に詮索《せんさく》し、鬱《うつ》とした思索の雲に包まれていた。しかし、こんなふうに僕の人生に執拗《しつよう》に介入してきて、忠告を仄《ほの》めかして僕に嫌がらせをするその人物の正体について、わからないふりなどできなかった。それにしても、このウィルソンという男は一体何なのだ？　何者なのだ？　どこから来た？　そして、何が目的なのだ？　これらの問いに答えはなかった――ただ、やつに関して確かめられたのは、僕自身が逃げ出したあの日の午後に、やつもまた家族に不慮の事故があってブランズビー学院を退学したことだけだった。しかし、まもなく僕は、予定していたオックスフォード大学行きの計画にすっかり気をとられて、このことを考えるのをやめた。やがて、オックスフォードへ行き、無思慮に見栄《みえ》を張る両親は、僕に服や学費を用意してくれたので、既に慣れ親しんでいた贅《ぜい》沢《たく》に耽ることができ、イギリス一金持ちの伯爵家の思い上がった御曹司と張り合わんばかりに、金に糸目をつけずに散財したのである。

　このようにしてさらに拍車をかけて悪徳に耽るようになると、生来の気質の激しさが倍増し、めちゃくちゃの乱痴気騒ぎに明け暮れて、あたりまえの慎みさえ馬鹿にするようになっていた。だが、わが乱行の詳細をくどくど書いても始まらない。ただ、どんな浪費家よりも散財し、新たな愚行を山と繰り出し、当時ヨーロッパで最も放埒《ほうらつ》だったこの大学で普通に行われていた悪徳の長い目録に、それなりの長さの補遺を加えたとだけ言えば足りよう。

　しかし、信じてもらえないかもしれないが、すっかり紳士の暮らしから落ちぶれてしまった僕は、大学生でありながら、プロの賭博師の汚い手口を覚えて、その唾棄《だき》すべき技法に習熟して、わが同窓の大学生たちのなかでも気の弱そうなやつらから金を巻き上げて、既に莫大《ばくだい》な収入を増やすのが習慣となっていたのである。信じがたいが、それが事実だ。男らしさも名誉心も踏みにじるこの悪行がとんでもなく破廉恥なものだったからこそ、まさかそんなことをするとは思われず、捕まらなかった唯一の、とまでは言わずとも、主たる理由であったことはまちがいない。わが救いがたい友達のうちの誰が、この陽気で率直で気前のよいウィリアム・ウィルソンが――オックスフォードで最も気高く、最も金払いのいい自費学生であるこの僕が――そんな真似をすると思うだろうか。はっきりした証拠に気づいていても気のせいだと思うだろう。その乱行も若気の至りであり、はめを外してしまったにすぎない（と、その恩恵に与《あずか》る取り巻きどもは言ったのだ）。その過ちも、人並外れた気まぐれのせいだし、忌まわしき悪徳もつい派手な放蕩《ほうとう》に耽っただけのことというわけである。

　そんなふうにして、まんまと二年間過ごしたとき、大学にグレンディニングという若い成金貴族がやってきた。金持ちなること、ローマの金満元老院議員ヘロディス・アティコスも顔負けとの噂だ。濡《ぬ》れ手で粟《あわ》で儲《もう》けたのだという。やがて、知能の低い男だとわかったので、もちろん、カモにするにはおあつらえむきだと目をつけた。頻繁にゲームに誘い、賭博師のいつもの手であるが、かなりな額を勝たせてやり、こちらの罠《わな》にしっかりひっかけてやろうとした。とうとう、機は熟して、プレストンという友人の部屋で会うことになった（その会を最後に二度と会わないつもりだった）。プレストンは、僕たちどちらとも同じように親しくしていた男で、彼の名誉のために言えば、僕が何を企《たくら》んでいるか、まったく思いもよらなかったはずだ。うまくごまかすため、僕は八人か十人ほどの仲間が集まるように手をまわし、たまたまカードゲームが始まったかのように見せかけ、それもカモと目星をつけたその男から言いださせるように周到に気を遣った。下賤《げせん》な話題はできるだけはしょるが、汚い手口はすべて使った。こうした場合の常套《じょうとう》手段であり、いまだにひっかかるやつがいるのが不思議なくらいの定番の手口である。

ゲームは深夜までつづき、とうとう僕はグレンディニングとの一対一の勝負に持ち込んだ。ゲームは、僕の得意なエカルテ〔手札から何枚か捨てて（エカルテ）、山札のカードと交換して点数を競う、二人で遊ぶトランプ・ゲーム〕だ。ほかの連中は、僕らの勝負をおもしろがって、自分たちはゲームから降りて、見物客としてまわりに立っていた。その晩が始まったところで、僕に煽《あお》られてしこたま酒を呑んでいた成金は、カードを切り、配り、ゲームをしているあいだも落ち着かぬ素振りを見せていたが、どうも酔いのせいばかりでもなさそうだった。たちまち男は巨額な借金を僕に対して負うことになり、ポートワインをぐいぐいと呑み干すと、まさに僕が冷静に予期していたとおりのことをしてくれた——既に法外な額の掛け金を倍にすると言いだしたのだ。気が乗らないふうを装いながら、しかも、何度も嫌がってみせて相手に乱暴な言葉を吐かせ、こちらもムッとして、じゃあ仕方がないというふうにして、ついに応じることにした。もちろん、その結果、獲物は見事にひっかかってくれたわけで、三十分もしないうちに、借金は四倍となった。やつの顔色はワインでひどく赤らんでいたのに、しばらく前から赤みが引いていた。それが今や驚いたことに、すっかり蒼褪《あおざ》めていて、怖いくらいだった。「驚いたことに」と言ったのは、グレンディニングは、僕が詳しく調べたところでは、途方もない金持ちとされていたからだ。今失った額は、それなりの額ではあったものの、この男にしてみれば、はした金でしかなく、身に大きく応《こた》えるはずなどないと思っていたからだ。今呑んだワインのせいだろうと、とっさに思いついて、仲間の手前、僕の体面を守りたいというだけの利己的な理由から、断乎《だんこ》としてゲームをやめるべきだと主張しようとしたときだった。僕は気づいたのだ、相手をすっかり破産させてしまったらしいと。僕の肘《ひじ》のあたりにいた連中の表情と、グレンディニングから漏れた完璧《かんぺき》なまでの絶望の声がそれを物語っていた。こうなると、この男は、皆の同情を一身に集め、たとえ悪魔を敵にまわしてもその魔の手から守ってやるべきだった存在となっていた。

　どうしたものか、と僕は判断に苦しんだ。僕がカモにした男の哀れな状況のために、座は完全にまごつき、暗くなっていた。数分間、深い沈黙がつづき、その間、仲間うちでそれほど不良でない連中からの軽蔑《けいべつ》や非難の燃えるような眼差《まなざ》しを感じて、僕の頬はチリチリしてきた。耐えがたい不安の重みを一瞬ではあるが軽くしてくれたのは、そのあと入った思いもよらない邪魔のおかげだったと認めてもいいほどだ。その部屋の大きくて重たい両開きのドアがサッと最大限に開き、その勢いの激しさが猛烈な風を起こして、魔法のように、部屋じゅうの蠟燭《ろうそく》が消えた。消える直前の明かりでかろうじて見えたのは、入ってきたその見知らぬ男は、僕ぐらいの背丈で、マントにぴったりと身を包んで顔を隠していたということだけだった。だが、次の瞬間、完全なる暗闇となり、そいつが僕らのなかに立っているのが感じられるだけとなった。この無礼な闖入に誰一人驚愕から立ち直る間もあらばこそ、闖入者の声が聞こえた。

「諸君」低く、はっきりとした、忘れることのできぬ囁き声に、僕は骨の髄までぞっとした。「諸君、驚かせてしまったが、お詫《わ》びを申し上げるつもりはない。なぜなら、こうすることで、僕は自分の義務を果たしているにすぎないからだ。諸君は、今夜、エカルテでグレンディニング卿《きょう》から多額の金をせしめた人物の正体をご存じないと見受けられる。そこで、その極めて必要な情報を入手するための迅速にして決定的な方策をお教えしよう。どうかお時間のあるときに、彼の左の袖口《そでぐち》の裏地をお調べなさい。それから、彼の刺繍《ししゅう》付きの部屋着ガウンのずいぶんゆったりした幾つものポケットの中の小さな包み数点をお調べなさい」

　男がそう言っているあいだ、床にピンが落ちても聞こえそうなほどの深い静けさがあった。言い終えると男はすぐに、入ってきたのと同様にサッといなくなった。僕は――そのときの感覚を言うべきだろうか。地獄堕《お》ちになった者のありとあらゆる恐怖を感じたと言うべきだろうか。当然、考えている暇はなかった。多くの手が直ちに僕を乱暴に取り押さえ、すぐに明かりがふたたびつけられた。捜査が始まった。僕の袖口の裏には、エカルテで必要な絵札がすべて入っており、ポケットには今の勝負で使ったのとまったく同じカード数組があった。唯一のちがいは、僕のは、その道の連中が「アロンデ」と呼んでいるもので、役札《オナー》は上下の端を微《かす》かに丸めて膨らむようにし、弱い札は左右を微かに丸めて膨らませてあった。カモはたいてい山札の分割《カット》をするとき、カードの左右に手をかけて縦にカットするので、このカードを使うと、左右が膨らんだ弱い札を持ち上げて、相手に役札を渡してしまう。一方、賭博《とばく》師は、上下に手をかけてカットするので、点数になるようなカードを相手に渡さないのである。

　これを発見されて怒りをぶつけてもらったほうがまだしもよかったが、静かなる蔑《べっ》視《し》というか、皮肉に落ち着いた目で見つめられて、いたたまれなかった。

「ウィルソン君」と、部屋の主は、それまで踏みつけていた最高級の贅沢《ぜいたく》品である特別な毛皮のマントを、身を屈《かが》めて拾いながら言った。「ウィルソン君、これは君のものだね」（寒い日だったので、自分の部屋を出るときに、部屋着のガウンの上からマントを羽織ってきて、この部屋に入るなり脱いでおいたのだった）。「こんな（マントの襞《ひだ》を苦笑とともに見やりながら）ところまで探して、更《さら》なるトリックの証拠を見つけるまでもあるまい。もう、いやというほど見せてもらったよ。わかっているだろうね、君はオックスフォードから出て行かなければならない——ともかくも、僕の部屋から即刻出て行ってくれたまえ」

　屈辱を受け、完膚なきまでに面目を失っていたとは言え、ここまで癪《しゃく》に障《さわ》ることを言われれば、つかみかかるぐらいのことをしたはずの僕がそうしなかったのは、そのとき、実に驚くべき事実に全神経が奪われていたからだ。僕が着てきたマントは、かなり珍しい毛皮でできていた。どれほど稀少《きしょう》で、どれほど法外な値がするものかは、あえて言うまい。その型にしても、僕自身の風変わりな思いつきでデザインしたものだった。なにしろ、こうした軽佻浮薄《けいちょうふはく》なことに関しては、僕は呆《あき》れるほどの伊達男《だておとこ》ぶりにこだわり抜いていたのだ。そのため、プレストンが床から、それも部屋の両開きのドア付近からマントを拾って僕に渡そうとして突きつけたとき、僕は、既に腕にかけて持っていた自分のマントに目をやって、恐怖に近い驚愕《きょうがく》の念を覚えたのだ（どうやら無意識のうちに拾っていたらしい）。突きつけられたマントは、細部に至るまで寸分たがわぬ完全にそっくりのマントだった。そう言えば、僕の正体を徹底的に暴露したあの不思議な人物もマントに身を包んでいたではないか。そして、この場の連中でマントを着てきたのは、僕だけだった。いくぶん心の平静を取り戻すと、僕はプレストンから受け取ったマントをさりげなく自分自身のマントの上に重ね、睨《ね》めまわすような渋面を作って部屋をあとにした。そして翌朝、夜明け前に、恐怖と恥辱に完璧に打ちのめされつつ、オックスフォードから大陸へと、急ぎ、旅に出たのだった。

逃げても、無駄だった。わが邪悪なる運命は、まるで勝ち誇るかのように追いかけてきて、実のところ、その不可思議な支配がまだ始まったばかりであることを示したのである。パリに足を踏み入れたとたん、またしても、あのウィルソンが僕のやろうとしていることに忌まわしき興味を抱いているという新たな証拠を握った。何年か経《た》ったが、少しも息をつけなかった。悪党め！　ローマでは、最悪のタイミングで幽霊のように現れて、僕の野望を目前で潰《つぶ》すというお節介を焼きやがった！　ウィーンでも――ベルリンでも――モスクワでも！　一体、密《ひそ》かにやつを呪わない場所があっただろうか。このわけのわからない暴政から、僕は疫病から逃れるかのように周章《しゅうしょう》狼《ろう》狽《ばい》して逃げまわるばかりだった。そして、地の果てまで逃げようとも、無駄だったのである。

「何なんだ、こいつは？――どこから来た？――何が目的なんだ？」僕は、何度も何度も、自分の胸に密かに尋ねたものだ。しかし、答えは見つからない。次に僕は、やつが無礼にもこちらを監視する形式、手段、主な特徴を子細に、実に細かく分析してみた。それでも、まったく何の見当もつかなかった。なるほど、僕の人生を何度も邪魔しやがったが、そのどの一つをとっても、それを行っていたら、ひどいことになっていたのは確かであり、そうした計画を頓挫《とんざ》させ、行動をやめさせようとしてちょっかいを出したことはまちがいない。それにしたって、あんなに偉そうに振る舞うとは、何様のつもりだ！　人間の生得の権利である自由行動の権利が、これほど執拗《しつよう》に、これほど無礼に否定されては、そんなことでは言い訳にもなりゃしない。

　もう一つ気づいたことがある。かなり長いあいだ（ご丁寧にも、いつも僕と同じ恰《かっ》好《こう》をするという粋興《すいきょう》を信じがたいほど見事にやってみせながら）、僕の邪魔をあれこれしてくるとき、絶対に顔を見せないのだ。ウィルソンが何者だか知らないが、少なくともこればっかりは、馬鹿じゃなかろうか、と言うか、何を気取っていやがるんだと言わざるをえない。まさか、やつは思っていたのだろうか——イートンでは偉そうに忠告してきやがって——オックスフォードではわが名誉を破壊し——ローマでわが野望を潰し、パリでわが復讐《ふくしゅう》をやめさせ、ナポリでわが熱烈な恋愛の邪魔をし、エジプトで勝手にわが貪欲《どんよく》と誤解して介入してきたこの男が——わが積年の宿敵であり、悪の天才であるこいつが、わが同姓同名の学友にして宿敵、ブランズビー学院のにっくき恐るべきウィリアム・ウィルソンであると、僕が気づかないとでも？　ありえない！——だが、話の最後の山場へ急ごう。

　これまで僕は、この高圧的な支配になすすべもなく屈してきた。ウィルソンというこの人物の高邁《こうまい》な人格、堂々たる叡智《えいち》、その全知全能ぶり、神出鬼没ぶりには深い畏《い》怖《ふ》を覚えたし、さらには、やつのいつもの偉そうな態度には恐怖を感じ、これまで完璧に手も足も出ないと思わされ、実にいやいやながらも、相手の意思に従うしかないと諦《あきら》めてきたところがあった。しかし、最近すっかり酒に溺《おぼ》れるようになり、親譲りの気質ゆえに、もはや統制されることに我慢ができなくなってきた。僕はぶつぶつと文句を言いだし——逡巡《しゅんじゅん》し——抵抗した。こちらが強気に出ると、わが迫害者の力がそれに応じて小さくなったように思えたのは気のせいだろうか。それはともかく、僕は激しい希望の炎が燃え上がるのを感じ始め、とうとう、もうこれ以上屈服などするものかという激しくも絶望的な決意を密かに胸に抱いたのだった。

　一八＊＊年、謝肉祭《カーニバル》の時季のローマだった。僕はナポリのディ・ブローリオ公爵の邸宅《パラッツィオ》で催された仮面舞踏会に出席していた。いつもよりワイン・テーブルに入りびたりになっていて、息の詰《つ》まる混雑した部屋の雰囲気にかなりいらいらしていた。ごった返す人のなかを抜けていくむずかしさも、苛立《いらだ》ちに少なからぬ拍車をかけていた。というのも、老いて呆《ぼ》けていたディ・ブローリオ公爵の若くて陽気で美しい妻を必死で捜していたのだ（いかなる卑しい動機からかは言うまい）。夫人は、この日身につける衣裳《いしょう》の秘密を、実に不謹慎にも前もって僕には教えてくれていた。そして今、夫人の姿が見えたものだから、その近くへ行こうと急いでいた。そのとき、肩に軽く手がかかるのを感じた。そして、あの忘れがたき、低い、忌まわしい囁き声が聞こえた。

　怒り心頭に発して、僕は邪魔をしてきた男を振り返ると、その襟首を乱暴につかんだ。思ったとおり、僕とそっくりの服装をしていた。青いベルベットのスペイン風マント、腰の真っ赤なベルトから細身の剣を下げていた。黒いシルクの仮面ですっかり顔を隠している。

「この野郎！」僕は、怒りでしゃがれた声で言った。発した音節の一つ一つが、怒りをさらに焚《た》きつけるように思えた。「この野郎！　偽者め！　いまわしい悪党め！　死ぬまでおまえにつきまとわれてたまるもんか！　ついてこい、さもなきゃ、この場で刺し殺してやる！」――そう言うと、僕は舞踏室からそれに隣接していた小さな控え室の一つに飛び込んだ――無抵抗のその男を引きずりながら。

　中に入ると、乱暴に男を突き放した。男はよろよろと壁にもたれかかり、そのあいだに僕は罵声《ばせい》を飛ばしながらドアを閉め、相手に剣を抜けと命じた。相手が躊躇《ちゅうちょ》したのは一瞬だった。男は、少し溜《た》め息をつくと、黙って剣を抜き、身構えた。

決闘は実にあっけないものだった。こっちはもう手のつけられないほど昂奮《こうふん》して狂乱状態になっており、腕一本に一千万もの兵力がある気でいた。数秒で、僕は相手を板壁に押しつけ、相手を動けなくしておいて、残酷無残にも何度もその胸に剣を突き刺したのだ。

　その瞬間、誰かが掛け金の掛かっているドアを外から開けようとした。僕は急いで、誰も入ってこられないようにし、それからすぐに死にかけた宿敵のもとに戻った。しかし、そのとき眼前に現れた光景を目にしてこの身を襲ったあの恐怖、あの驚愕をきちんと言い表し得る人間の言葉があるだろうか。目を離していたわずかな隙に、部屋の奥がすっかり変わってしまったように見えたのだ。巨大な鏡が――混乱した僕には最初そう見えた――さっきまでなかったところに立っていた。そして、極度の恐怖に襲われながら、その前へ出てみると、自分自身の姿が、真っ蒼《さお》で血塗《ちまみ》れになって、よろよろとおぼつかない足取りでこちらへ近づいてくるではないか。

　そう見えたが、実際はちがった。それは、わが宿敵――ウィルソンだった。断末魔の苦悶《くもん》のうちに、僕の前に立っていたのだ。その仮面とマントは、床の上に脱ぎ捨てられていた。その服の糸一本に至るまで――その顔の特徴のある輪郭のラインのどこをとっても、そっくり僕自身だった！

　それはウィルソンだった。だが、もはや囁《ささや》き声では話していなかった。やつがこう言ったとき、僕自身が話している気がしてならなかった。

「君の勝ちで、僕の負けだ。だが、もはや、君もおしまいだ――この世にも、天国にも、希望にも、君の居場所はない！　君は僕の中に存在していたのだから――そして僕が死ぬってことは、この姿を見ればわかるだろう、君自身だよ、つまり、君は自分で自分をすっかり殺しちまったってわけさ」

落とし穴と振り子

ここに瀆神《とくしん》の拷問者ども、狂気の群れとなり、
無辜《むこ》の血を長く、飽くことなく、憎みたり。
祖国が救われ、死の洞穴が壊されし今こそ、
おぞましき死に代わり、健やかなる命現る。

――パリ、ジャコバン・クラブ跡地に建設予定の
市場の門扉に記すための四行詩

吐きそうだった——私はあの長い苦悩の末、死にそうに気分が悪くなったのだ。ついに縛《いまし》めを解かれて座るのを許されたとき、もう体の感覚がなくなっていた。宣告——恐ろしい死刑の宣告——を耳にしたのを最後として、もう何も聞こえなかった。あのあと、異端審問官たちの声は、何か夢の中のはっきりとしないブーンという音のようになっていった。「回転」という概念が心に浮かんだのは、たぶん、まわる水車の唸《うね》りでも連想したからだろう。それもわずかの間で、すぐに何も聞こえなくなった。でも、しばらく、ものは見えていた。しかし、何と歪《ゆが》んだ見え方だったことか！　黒衣の裁判官たちの唇が目に入ったけれど、それが白く見えた——今これらの言葉を書きつけている紙よりも白く——そして、グロテスクなまでに細い唇。断乎《だんこ》たる態度——絶対的な決意——人が苦しむのを軽蔑《けいべつ》する厳しさを示す細さだ。私にとっては運命となった宣告が、その唇から発せられるのが見えた。おぞましい言いまわしをして口を歪めているのが見えた。私の名前を一語一語言うのも見えたのに、声が聞こえてこない。思わず身震いをした。気が遠くなるような恐怖の中で数分間、部屋の壁を覆《おお》う漆黒の壁掛けがほとんどわからないほど微《かす》かに揺蕩《たゆた》うのも見えた。それから、テーブルの上の七本の背の高い蠟燭《ろうそく》に目が留《と》まった。最初、慈愛の様相をして、私を救ってくれる白くほっそりした天使に見えた。ところが不意に、虫唾《むしず》が走るような思いがして、電圧線にでも触れたかのように、体じゅうがぞくっとして、天使は炎の頭のついた、意味のない幻影へと変わり、こんなものは助けてくれないとわかった。それから、妙なる音楽の調べのように、墓の中で眠るのはどんなに落ち着くことかという思いが心に浮かんだ。その思いは、じわじわと忍び寄るように浮かんできたので、なかなかはっきりそれとわからなかったように思うが、ついにはっきりそうとわかると、裁判官たちの姿は魔法のように目の前から消え、背の高い蠟燭は無へと沈み、炎は完全に消え、暗闇の黒さがすべてを覆った。あらゆる感覚は、魂が冥界《めいかい》へ真っ逆さまに落ちていくときのように、呑み込まれるようだった。それから沈黙と静寂、そして夜が全宇宙となった。

　気を失っていたのだ。だが、完全に意識を失ったわけではない。どんな意識が残っていたかを定義するつもりも説明するつもりもないが、意識がすっかり失われたわけではなかった。どんなに深い眠りにあっても、錯乱状態にあっても、気を失っても、死んだとしても――そう、たとえ墓に入ったとしても、意識のすべてが失われるわけではないのだ。でなければ、人間にとって不死はありえない。最も深い眠りから覚醒《かくせい》すると、人は薄い糸の網でできたような何らかの夢を破る。だが、その次の瞬間（その薄い網はあまりに柔《やわ》なので）、夢を見ていたことすら忘れる。失神から覚醒に戻るとき、二つの段階がある。まず、心的、精神的感覚の段階。次に、肉体的感覚の段階。この第二の段階に達したときに、第一の段階がどうであったかを思い出せれば、意識の深淵《しんえん》の向こう側の記憶を雄弁に語ることもできよう。その深淵とは——何か？　少なくとも深淵の闇と墓場の闇をどう区別できるのか？　しかし、私が第一段階と呼んだ感覚を自在に思い出せずとも、ずいぶんしてから、思いもしないときにその感覚が甦《よみがえ》ってきて、どこからきたのだろうと訝《いぶか》しく思うことがないだろうか？　気を失ったことのない人は、暖炉で燃える火の中に不思議な宮殿や妙に馴染《なじ》みのある顔を見たりしないものだ。悲しい光景が空中に流れゆくのを見たりしないものだ。そんなものは滅多に見えるものではない。そう、新奇な花の香りを嗅《か》いで物思いに耽《ふけ》ったり、これまで気にも留めなかったある音楽の旋律の意味に頭を悩ませたりしないものだ。

　思い出そうと何度も頭を働かせているうち、わが魂が陥った無と思える状態がどのようなものであったか懸命に手がかりを辿《たど》ろうとしているうちに、うまくいったと思える瞬間もあった。短い、ごく短い間だが、あの無意識と思われる状態に関する記憶を甦らせたのだ。それはあとで明晰《めいせき》な理性を取り戻したときに確認できたことだ。この記憶の闇からわかったのは、はっきりとはしないが、背の高い人たちが黙って私を担《かつ》ぎ上げ、どこまでも下へ——下へ——ずっと下へ運んでいたらしいことだ。あまりにも果てしない下降を思っただけで、恐ろしく頭がくらくらしてしまうほど下へ。そしてまた、心が異様に落ち着いていたがために、ぼんやりとした恐怖を感じていたことも思い出した。それから、突然すべての動きが止まる感覚があった。まるで私を運んでいた人たち（おぞましい連中だ！）が、無限に下降していくうちにその無限の限界をも越えてしまい、疲れ切って足を止めたかのように。なんだか平らで湿っぽいところに来たように感じられた。あとのことは、すべて狂気だ——思い出してはならぬ事柄が甦ってくるたびに頭がおかしくなりそうな記憶の狂気にほかならない。

　唐突に動きと音とが甦って、私の魂を鷲掴《わしづか》みにした。心臓が震えている。その鼓動が聞こえる。それから、何もかも空白となった。やがてまた音がし、動きを感じた。触覚がある——体じゅうにひりひりした感触があり——それが長くつづいた。やがて突如、ハッと思考が甦り、身を震わせる恐怖を覚え、自分が一体どうなっているのか理解しようと必死に努めた。次に、無感覚になりたいという強い欲望を感じる。そのとき魂が急激に蘇生《そせい》し、我に返った。こうなると、あらゆる記憶が甦る。異端審問のこと、裁判官らのこと、漆黒の壁掛けのこと、宣告を受け、気分が悪くなって気絶したこと——すべて思い出した。だが、そのあと起こったことはすっかり忘れていた。後日、必死に努力してぼんやりと思い出したのだった。

そのときまで、私は目を開けていなかった。縛《いまし》めを解かれて、仰向けに寝ている感覚があった。手を伸ばしてみると、何か湿って硬いものに触れる感触があった。しばらくそのままの状態で、ここはどこで、私は何者か考えてみようとした。目を開けたいとは思ったが、怖くてできなかった。最初に目に飛び込んでくるまわりのものが恐ろしかった。恐ろしいものを見るのが嫌だったというより、何も見えないとしたらぞっとすると思ったのだ。とうとう、気がおかしくなりそうになって、さっと目を開いた。最悪の予想が的中した。永遠の夜の漆黒が私を包んでいたのだ。私は息をしようとしてもがいた。暗闇の重みで圧《お》し潰《つぶ》され、息が詰まる気がしたのだ。あたりの空気は耐えがたいほど重苦しい。私はまだじっと横になり、理性を働かせようと努めた。異端審問の進行を思い出し、そこから自分の本当の状況を導き出そうとした。宣告がなされ、それからずいぶん長い時間が経ったように思える。だが、自分が実は死んでいるとは一瞬たりとも思わなかった。そうしたことは小説ではよくあるが、現実にはありえないものだ。それにしても、自分はどこにいて、どうなってしまったのか？　死刑囚はたいてい火あぶりにされるものだ。現に私の異端審問があった日の夜にも、火刑が行われていた。私は地下牢《ろう》にふたたび拘留され、これから何か月も先の処刑を待つことになったのか？　そんなはずはない。犠牲者はいくらでもすぐに求められていた。しかも、私がこれまで入れられていた地下牢は、トレドにある死刑囚の監獄の例に漏《も》れず、石の床になっていて、光だって射し込んでいた。

恐ろしい考えが、私の心臓へドッと血を流し込み、私は短いあいだ、ふたたび意識を失っていた。息を吹き返すと、すぐに体じゅうが痙攣《けいれん》するように震えて、跳び起きた。無我夢中で頭上や、あたりの四方八方に腕を振りまわしてみた。何にも当たらない。だが、墓の壁にぶつかったらと思うと、怖くて一歩も動けなかった。毛穴という毛穴からどっと汗が噴き出し、額《ひたい》には冷や汗が大きな玉となった。何がどうなっているのかわからないことの苦痛は、とうとう耐えがたくなり、私は慎重に前へ進んだ。両腕を前へ伸ばし、どんな微《かす》かな光でも見えないかと、眼窩《がんか》から飛び出さんばかりに目を凝らした。何歩も歩いたが、どこもかしこも漆黒と虚無だ。私は少し楽に息をした。どうやら、少なくとも最悪の事態ということではなさそうだ。

こうして、依然として注意しながら前進しつづけていると、トレドの恐怖についていろいろな漠とした噂をずいぶん耳にしたことが思い出されてきた。奇妙な地下牢の話があった――作り話だとずっと思ってきた――が、奇怪であり、囁《ささや》き声でなければ語れないほどぞっとする話だ。私は暗闇の地下世界で餓死する運命なのだろうか。さもなければ、恐らくはもっと恐ろしい運命が待ち受けているのか。いずれは死ぬのであり、それも尋常ならざる苦しい死であろうことは、あの裁判官たちの性質をいやというほど知っている私には疑いようのないことだった。どうやっていつ死ぬのかだけが、私が知りたかったことだ。それがわからないと、気がおかしくなりそうだった。

伸ばした両手が、ついに何か硬いものにぶつかった。壁だ。石造りらしく――かなりつるりとして、ぬるぬるして、冷たい。私はそれを辿っていった。古い物語を読んでいたせいで警戒心が募《つの》り、慎重に歩を進めた。しかし、歩いたところで、地下牢の大きさを知ることはできなかった。気づかぬうちに一周してスタート地点に戻っているかもしれなかった。それほど壁はどこもそっくり同じだった。そこで、異端審問の部屋へ連行されたときにポケットに入っていたナイフを捜してみたが、なくなっていた。服は、粗いサージの囚人服に替えられていた。ナイフがあれば、壁の石のどこか小さな割れ目にでもナイフの刃を突き刺して、自分が歩き出した地点の目印にでもしようと思ったのに。頭が混乱していたせいで、そんなことは到底不可能だと最初は思われたが、さほど困難なことでもなかった。服の端をちぎり取って、その布切れをしっかりと長く伸ばし、壁と直角になるようにそれを置いた。牢を手探りで一周すれば、一周したところで、このぼろ切れに戻ってくるはずである。少なくともそう思った。しかし、地下牢の大きさのことや、自分が弱っていることを考慮に入れていなかった。床は湿っていてすべりやすかった。しばらくよろよろと進んだが、つまずいて転んでしまった。極度の疲労のせいで、私は床に突っ伏したままでいた。横になっていると、眠りがやってきた。

目が覚めて腕を伸ばすと、そばに一塊《ひとかたまり》のパンと水差しに入った水があった。あまりに疲弊しすぎていて状況を考えることもできず、がつがつと貪《むさぼ》り食い、水を飲んだ。しばらくして、牢を巡るツアーを再開し、かなり苦労しながら、とうとうサージの切れ端のところまできた。倒れるまで私は五十二歩数えており、再開してからぼろ切れまで四十八歩あったので、合計百歩だ。二歩で一ヤード〔九十一センチ四・四ミリ〕とすると、地下牢の円周は五十ヤード〔約四十六メートル〕だ。しかし、壁のあちこちに角度がついていたので、穴倉の形状は見当もつかない。穴倉と言ったのも、そうとしか想像できなかったためだ。

こうやって調べてみたのも、確たる目的があってのことではないし、何か希望を抱いていたわけでもないが、微《かす》かな好奇心が起きて、もう少し調べてみようと思った。壁から離れて、中央の領域を進んでみることにした。最初、かなり注意をして進んだ。床は硬いように思えたが、ぬるぬるしてすべりやすかったからだ。しかし、とうとう、勇気を出して、躊躇《ちゅうちょ》せずにしっかりと足を踏み出し——できるだけまっすぐ進もうとした。そのようにして十歩か十二歩ほど行ったところで、長く伸ばしておいた上着の切れ端の残りが両足にからまった。私はそれを踏みつけてしまい、顔から激しく転んだ。

転んだことで気が動転して、些《いささ》か驚くべき状況にすぐには気づけなかった。だが、数秒後、突っ伏したままの状態で、気づいた。こういうことだ。顎《あご》は牢の床に接していたが、唇と顔の上の部分が、顎よりも低い位置にあるのに、何にも触れていないのだ。同時に、じとじとした蒸気の中に額を突っ込んだようで、腐敗した菌類独特の臭《にお》いが鼻孔をついた。片腕を前に出して、円い穴のちょうど縁《ふち》のところに倒れ込んだのだとわかると、身震いした。どれぐらい大きな穴なのかは、もちろん、そのときにはわかるすべもなかった。縁のすぐ下の石壁を手探りしていると、小さな石をはずすことができたので、それを深淵《しんえん》へ落としてみた。内壁にぶつかりながら落ちていく石の音が響き渡るのが何秒にも亘《わた》って聞こえており、ついに水の中へバシャンと落ちる鈍い音が聞こえて、大きく響き渡った。同時に、頭上からドアがサッと開いてバタンと閉じるような音がして、微《かす》かな光線が突如、暗闇にきらめき、そしてまたサッと消えた。

　自分を待ち受けていた運命がはっきりとわかり、危ないところでぎりぎり転落を免れてよかったと思った。転んだところからあと一歩でも前に出ていれば、この世からおさらばだった。かろうじて避けられた死に方は、異端審問に関する物語に於《お》いて荒《こう》唐無稽《とうむけい》だと思えた類《たぐい》の死に方と同じだった。審問という暴虐の犠牲者は、最も激しい肉体的苦痛を伴《ともな》う死に方か、最もおぞましい精神的な恐怖を味わう死に方のどちらかを選ぶしかない。私には後者が用意されていたわけだ。長く苦しめられたせいで、神経はずたずたになり、果てには自分の声にさえ怯《おび》えるようになっていた私は、待ち受けていた種類の拷問を受けるのに打ってつけの犠牲者だったのである。

　手足をわなわなと震わせながら、私は手探りで壁まで下がった——井戸に落ちる恐怖を味わうくらいなら、牢の中で死んだほうがましだと思っていた。地下牢のあちこちにそうした井戸があるのではないかという気がしてきた。別の精神状態にあったら、そうした深淵の一つに飛び込んで直ちに惨めな人生にけりをつけていたかもしれないが、そのときはもうどうしようもない腰抜けになりさがっていた。そうした穴について読んだことも忘れていなかった——すなわち、突然死んでしまうことなど、やつらの恐ろしい計画では想定されていないのだ。

　神経が昂《たかぶ》っていて長いあいだ覚醒《かくせい》していたが、とうとうふたたび眠りに落ちた。目が覚めると、前と同様に、そばに一塊《ひとかたまり》のパンと水差しに入った水が置いてあった。焼けるように喉《のど》が渇いており、一飲みで水差しを空にした。薬が入っていたにちがいない。飲むや否や、どうにも眠くなったのだ。私は深い眠りに落ちた——死のような眠りに。どれぐらい寝ていたか、もちろんわかるはずがない。だが、ふたたび目を開けると、まわりのものが見えるようになっていた。荒々しい、硫黄《いおう》のような輝きを見せているのが何か最初はよくわからなかったが、その光によって牢の大きさと様子とがわかるようになった。

大きさについては、かなり思いちがいをしていた。壁の外周は二十五ヤード〔約二十三メートル〕もなかった。しばらくのあいだ、この事実のせいで、つまらないことばかり気になった。実につまらないことだ――なにしろ、今私がいるひどい状況下で、地下牢《ろう》の外周など、どうでもいいではないか？　だが、私の心は些細《ささい》なことばかりひどく気になり、どうして計測をまちがえたかそのわけを知ろうと考え始めた。やがて、真実がわかってきた。最初に探索を始めたとき、転んだところまで五十二歩を数えたわけだが、そのときサージの切れ端まであと一、二歩のところまで来ていたにちがいないのだ。つまり、実際はほとんど一周し終えていたのである。それから眠りに落ち、目が覚めてから、来た方向へ戻るように歩きだして――こうして実際のほぼ二倍の長さを外周と思い込んだわけだ。精神が動揺していたせいで、数え始めたときは壁を左にして歩いていたのに、数え終えたとき壁が右にきていたことに気づかなかったのである。

　それに地下牢の形についても、思いちがいをしていた。手探りしながら、あちこちに角があるとわかって、かなりでこぼこしたところだと思っていた。混濁した意識や睡眠から覚めたばかりの者にとって、完全なる暗闇の与える影響とはそれほど強烈だということだ！　角だと思ったのは、ところどころにある、ちょっとしたくぼみや壁《へき》龕《がん》にすぎなかった。牢の大まかな形は四角だった。石造りと思っていたが、鉄か何かの金属でできた大きなタイルの繋《つな》ぎ目や合わせ目がくぼみとなっているとわかった。この金属板を張り巡《めぐ》らせた牢の壁の全面に、修道僧たちのおどろおどろしい迷信が生み出した気味の悪い、目をそむけたくなるような絵が乱暴に描かれていた。威嚇する顔つきの悪魔の姿、骸骨《がいこつ》の姿をしたもの、さらにもっと身の毛のよだつようなものが、壁じゅうに描かれていた。これらの怪物の輪郭ははっきりしていたが、色は湿気のせいか、ぼやけて、にじんでいるようだった。床にも気づいたが、こちらは石だった。中央に、私がもう少しで呑《の》み込まれるところだった円い穴が口を開けていたが、牢には穴はその一つだけしかなかった。

　こうしたことを確認するのも、かなり苦労して、しかもぼんやりとしかできなかった。というのも、眠っているあいだに、私の体は動けない状態に変えられていたのだ。今や私は、木製の低い台のようなものの上に仰向けに大の字に寝かされ、その台に馬の腹帯に似た長い帯でしっかりと縛りつけられていた。手足や体をぐるぐる巻きにしてあり、自由に動かせるのは頭と左腕だけであり、左腕は、横の床の上に置かれた陶器から食事をかろうじて口に運べる程度に絞めつけられていた。恐ろしいことに、水差しはなくなっていた。恐ろしいと言うのは、耐えがたい渇きに襲われていたからだ。この渇きは、私を迫害する者がわざと起こしたものらしい——食器にある食べ物はひりひりするほど辛かったからだ。

上を見て、牢の天井を観察した。天井は三十から四十フィート〔約九から十二メートル〕ほど上にあり、横の壁と同じように造られていた。そのパネルの一つに、かなり奇妙な姿が描かれていて、視線が釘《くぎ》づけになった。よく絵に描かれるとおりの、時の神の絵だ。ふつうなら鎌を持っているものだが、何気なく見たときは、アンティークの置時計にあるような、巨大な振り子を吊《つ》り下げているように思えた。しかし、この振り子の様子には何か変なところがあったので、私はさらに注意深く目を凝らしてみた。真っ直ぐ見上げて見つめていると（その位置は、私の真上だった）、それが動いているように思えてきた。一瞬のち、気のせいではないと確信した。揺れは短く、もちろんゆっくりだった。数分間、いくぶん怯《おび》えて、しかし驚異の目をもって見つめていた。あまりに鈍い動きを見つめるのに疲れてしまい、私は牢獄のほかのものに視線を移した。

微《かす》かな音が気を引いた。床に目を落とすと、巨大なドブネズミが数匹走っている。私の右側にぎりぎり見える井戸から出てきたのだ。そのときでさえ、私が見守るなか、ネズミは大群をなして、せかせかと、貪婪《どんらん》な目をして、食べ物の匂いにおびきよせられて上がってきた。食べ物をネズミから守るには、大変な苦労と注意が必要だった。

それから三十分、あるいは一時間も経っただろうか（私にはだいたいの時間しかわからなかった）、私はふたたび目を上へ向けてみた。そのとき見えたもので、私は度肝を抜かれ、仰天した。振り子の揺れが一ヤード近くの幅に増えていたのだ。当然の結果として、その速さも同様に増していた。だが、一番気になったのは、それがはっきりとわかる程度に降下してきているという考えだった。よく見てみれば――振り子の下の端は、きらきら光る三日月形の鋼鉄でできており、尖《とが》った先端から先端まで一フィート〔約三十センチ〕ほどあり、両端は上向きに反り、下側の端は明らかに剃刀《かみそり》の刃のように鋭いではないか――どれほどぞっとしたかは、言うには及ぶまい。やはり剃刀に似て、細い刃の先から次第に太くなり、上部の硬くて丈夫な部分はかなりな重さのようだった。それがどっしりとした真鍮《しんちゅう》の横軸についていて、空中を走ると、シュッとうなった。

拷問の天才ともいうべき修道士らが私のために用意した運命について、もはや疑いはなかった。落とし穴に私が気づいたことが審問側の知るところとなったのだ――私のような大胆な転向拒否者のために用意されていた恐ろしい落とし穴――地獄を思わせ、あらゆる刑罰の内でも究極と噂されてきた落とし穴――その穴に落ちなかったのはまったくの偶然だったが、不意打ちや責め苦への罠《わな》を仕掛けることがこうした地下牢での処刑の怪奇《グロテスク》趣味に欠かせないことは承知していた。落ちそこなったので、私を深淵へと投げ込むという悪魔の計画は中止され（ほかにどうしようもないので）、もっと穏やかな破滅が私を待ち受けることになったというわけだ。もっと穏やかな！

そんな言葉をここで用いることを思いついた自分に、私は苦悩の中にありながらも微笑まずにはいられなかった。

あの鋼がシュッ、シュッと往復するのを生きた心地もせずに数えていた、あの長い長い恐怖の時間について話したところで何になるだろう！　じわりじわりと――ものすごく時間が経たないとわからないほど下へ――下へ下へと下がってきた！　何日かが過ぎ――何十日も経ったのかもしれない――かなり私のそばへ迫ってきて、その鋭い息遣いが私にかかるまで接近してきた。鋭い鋼の匂いが鼻孔に押し入ってきた。私は祈った――もっとさっさと下りてきてくれと、天もうんざりするほどに祈った。私は狂乱状態になって、恐ろしい三日月刀の振りに体を押しつけようと、体を持ち上げもがいた。それから、不意に静かになり、珍しいおもちゃに微笑む子供のように、光る死に微笑みかけた。

ふたたび完全に意識を失った。短いものだった。というのも、また息を吹き返してみると、振り子はさっきから下がってきているとは認められなかったからだ。だが、長かったのかもしれない。なぜなら、悪魔どもは私が気絶したことに気づいたはずであり、揺れを自在に止めることだってできるはずだからだ。回復すると、私はかなり――ああ、言い表せないほど――まるで長年栄養失調だったように、気持ちが悪く、弱っていた。そんなふうに苦しんでいるときでさえ、人間というものは食事を求めるものだ。痛みを伴う努力をして、私は縛られた左腕をできるかぎり伸ばして、ネズミが食べ尽くさなかったわずかな残り物を手にした。それを口の中へ入れると、心に喜びの思いが生まれかけた。希望の思いだ。だが、この私に希望などなんの関係があろうか。思いが生まれかけただけであり——人はこういう形にならない思いをしばしば抱くものだ。それは喜び、そして希望だと感じたが、それらは生まれかけて潰《つい》えてしまったとも感じたのだ。その思いを感じようとして、もう一度取り戻そうとして私は無駄な葛藤《かっとう》をした。長く苦しんだせいで、通常の精神力は皆無となっていた。私は何も考えられなくなり、呆《ほう》けていた。

　振り子の揺れは、私の体に対して直角になっていた。三日月刀はちょうど心臓辺りを通過する予定だなとわかった。まず上着のサージをかすめるだろう——戻ってきて同じ作業を繰り返し——もう一度——もう一度かすめるだろう。恐ろしく広大な振幅（三十フィート〔約九メートル〕かそれ以上）があるのに、しかも刃がうなりをたてて落ちる力で、まさに鉄の壁だって切り開けるであろうに、それでも私の上着をかすめるだけなのだ、数分のあいだは。そう考えたところで、私は思考を止めた。それ以上先を考えたくはなかった。思考を止めて執拗《しつよう》な注意力でもって止めたままでいれば、まるで、鋼の下降をそこで止められるかのように。私は三日月刀が服をかすめるときの音を考えようと集中した。布地のすれるときの奇妙なぞくぞくする感じに集中した。

そんなくだらないことを考えているうちに、神経が苛立《いらだ》ってきた。
下へ――じわりじわりと下りてくる。私は、その下降運動の速度と横に揺れる速度を比較して錯乱した喜びを感じていた。右へ――左へ――遠くまで大きく揺れ――悪魔の叫びをたてている！　それから私の心臓めがけて、虎が忍び寄るように迫ってくる。遠ざかるという思いと、迫ってくるという思いが入れ替わるごとに、私は交互に笑ったり泣き叫んだりした。
下へ――確実に、冷酷に、下へ！　今やこの胸の三インチ〔七・六二センチ〕上のところで揺れている！　私は激しくもがいた――凶暴に――左腕を自由にしようとしたのだ。左腕は肘《ひじ》から先しか自由ではなかった。左手を使って隣の食器から口に食べ物を何とか運ぶことができたが、それ以上は無理だった。肘の上のところを押さえている帯を外せたら、振り子をつかまえて止めようとしていたことだろう。雪崩《なだれ》を止めようとするようなものだったけれども！
下へ――依然として止むことなく――相変わらず下へ！　私は喘《あえ》ぎ、毎回刃が通るたびにもがいた。通りすぎるたびに、身を縮ませたのだ。目は、振り子が飛び出して上へ上がっていくのを、まったく意味のない絶望の瞠目《どうもく》をもって凝視し、それが下りてくるときになると、発作的に目を閉じた。死は救いになったかもしれないが、ああ、なんと名状しがたい恐怖であることか！　それでも、あの機械が微《かす》かに下がるだけで、鋭くきらめく刃がわが胸を直撃すると思っただけで神経という神経が震えた。神経を震わせ、体を縮み上がらせたのは希望のせいだった。異端審問の地下牢《ろう》に於《お》いてすら死刑囚に囁《ささや》きかけるのは希望なのだ。

あと十回か十二回も往復すれば、刃は実際に服に接触するとわかっていた――そう思うと、私の精神に、絶望がもたらす鋭くも落ち着いた静寂が不意に訪れた。これまで何時間――ひょっとすると何日――経ったかわからぬが、私は初めて考えた。自分をぐるぐる巻きに縛っている紐《ひも》はたった一本だと気づいたのだ。いくつかの紐で縛られているわけではないのだ。剃刀のような三日月刀の最初の一撃がこの紐のどこを横切ろうと、それで紐は切れて、左手で体から外せるではないか。しかし、だとしても、鋼がぎりぎりに落ちてくるのは、なんと恐ろしいことだろう！　少しでも身動きしたら致命的だ！　しかも、拷問の手下どもはこの可能性を予見して、対策をしているのではないだろうか。胸の上を走る紐のところを振り子が通ってくれるなんてことがありえるだろうか。この一縷《いちる》の、そしてどうやら最後の希望を潰《つぶ》してしまうのを恐れながらも、私は自分の胸をはっきり見ようと頭を持ち上げた。紐《ひも》は私の手足や体をあらゆる方角からがんじがらめにしていた――あの必殺の三日月刀の通り道を例外として。

頭をもとの位置に落とすや否や、ある思いつきがパッと心に浮かんだ。先ほど、燃えるような唇に食べ物を運んだとき、脳裡に半分生まれかかった思いがあったと話したが、そのとき思い浮かばなかった残りの半分を思いついたのである。今や、その全容が浮かんだのだ――弱々しく、正気とも言いがたく、はっきりしているわけでもなかったが――それでも、全体の形を成していた。私はやぶれかぶれの空《から》元気を出して、その実行に直ちに取りかかることにした。

もう何時間も、私が横たわっている低い台の周辺には、文字どおりネズミの大軍が押し寄せていた。凶暴で、大胆で、貪欲《どんよく》だ――その赤い目は、私が動かなくなったら貪《むさぼ》り食おうと待ち受けているかのように私に注がれていた。「井戸の中で、こいつらは一体何を食って生きてきたのだろう」と私は思った。

ネズミは、どんなに追い払おうと、食器の食べ物をあらかた食べてしまい、残ったのはごくわずかだった。私は習慣的に食器のあたりに手をひらひらと上げ下げするだけになっていて、とうとう、無意識に同じ動きを繰り返していることがばれたらしく、何の効果もなくなっていたのだ。食い意地が張っているため、ネズミはしょっちゅう私の指にも鋭く嚙《か》みついた。私は残っていた脂っぽく辛い食べ物のかけらを手にすると、手の届くかぎり、それを革紐《かわひも》のあちこちになすりつけ、それから手を床から上げて、息を潜めてじっとしていた。

最初、がつがつ食らう動物たちは、この変化に――私の手の動きが止まったことに――驚き、怯《おび》えた。警戒して遠ざかり、井戸に戻ろうとしたものも多かった。だが、それはわずかのあいだのことで、やつらの貪欲さに期待したのは無駄ではなかった。私がじっとしているとわかると、一、二匹の大胆なやつが台に跳《と》び乗って、革紐の臭いを嗅《か》ぎだした。これが合図となって、大勢が押し寄せた。井戸から大群となってすごい勢いでやってきた。台の木にしがみつき、乗り越え、私の体の上に何百匹と跳びかかった。一定の動きをしている振り子のことなど、まったく気にしていない。下りてくる刃を避《よ》けながら、食べ物が塗りたくられた革紐を夢中で齧《かじ》っている。すごい押し寄せようだ――私の上でどんどん積み重なるようにやってきている。私の喉《のど》の上で蠢《うごめ》き、その冷たい唇が私の唇を探《さぐ》った。殺到する重みで、私はなかば息が詰まった。言葉にしようもない嫌悪感が胸に溢《あふ》れた。ぞくりとする冷たさで心臓が止まる思いだった。だが、一分もすれば、苦闘も終わるだろう。革紐がゆるんでくるのがはっきりと感じられた。一か所以上、革紐が既に噛み切られたのだ。人間としてできる以上の決意をもって私はじっとしていた。

　目算に狂いはなかった。忍耐も無駄ではなかった。ついに自由になったと感じた。革紐は私の体からあちこちで垂れ下がっている。だが、振り子は既に胸に迫っていた。上着のサージを切り開いていた。その下のシャツを切っていた。もう二度、それが下りてきて、鋭い痛みの感覚が、全神経を貫いた。しかし、逃げる瞬間が来たのだ。片手を振ると、私を解放してくれたネズミたちは騒然として立ち去った。私は着実な動きで――慎重に横にずれ、身を縮めながらゆっくりと――縛《いまし》めから抜け出し、三日月刀の届かぬところへ逃れた。少なくとも、その瞬間、私は自由になったのである。

自由だ！――審問官どもの手中にあるというのに！　恐怖の木製の台から牢の石の床へ下りるや否や、地獄の機械の動きが止まり、天井からの見えない力によって上へ引き上げられていくのが見えた。私の一挙手一投足が監視されているのだ。自由だなんてとんでもない！　これこそ、私を絶望のどん底へ叩き落とす教訓だった。私はある一つの悶絶死を逃れて、別の、死ぬよりもひどい苦痛へと逃れたにすぎなかった。そう思って私は自分を取り囲む鉄の壁をおどおどと眺めた。どこか変なところ――最初ははっきりとわからなかった変化が――明らかに起こっていた。私は何分も、夢見るような放心状態となって震えながら、とりとめもない推測をあれこれとしていた。そのあいだに初めて、牢を照らしている硫黄《いおう》のような明かりの源に気づいた。壁と床が接する線に沿って牢全体にぐるりと繞《めぐ》るように半インチ〔一・二七センチ〕ほどの裂け目があって、そこから光が漏《も》れているのだ。壁は床から完全に持ち上がっているように見えた。そう、確かに持ち上がっていた。その隙間から向こうを覗《のぞ》こうとしてみたが、もちろん何も見えなかった。

覗くのをやめて立ち上がると、この部屋の何が変化しているのかわかってきた。壁に描かれた化け物の輪郭はそれなりにはっきりしているのに、色が薄れてぼやけていたことは既に述べたとおりだが、その色が今や、ハッとするほど強烈な極彩色を刻一刻と帯びてきているのだ。化け物や悪魔の絵は、私よりも図太い神経の持ち主でも震え上がるような様相を呈してきた。悪魔の目も、らんらんと、おどろおどろしくなって、さっきまでいなかったはずのところにも現れて、あらゆる角度から私を睨《にら》み、気のせいだと思い込もうとしても思えないぎらぎらと燃える炎の目を向けていた。

気のせいではない！――息をする間もあらばこそ、灼熱《しゃくねつ》の鉄が発する蒸気の息が私の鼻をついた。息が詰まるような臭いが牢に充満した。壁が熱く光るにつれ、わが苦悩をねめつけている悪魔たちの目の光も刻一刻と深まっていた！　血で描かれたような恐怖の図像もますます深紅の色を濃くしていく。私は激しく動悸《どうき》した！　息ができなくなって喘《あえ》いだ！　私を苦しめようとしている連中の思惑ははっきりしていた――ああ！　情け容赦ない！　ああ！　悪魔のような連中だ！　私は熱く輝く鉄壁から逃れて獄の中央へ避難した。迫りくる業火に炙《あぶ》り殺されることを思うと、井戸の冷たさは心の救いのように感じられた。私はその危険な縁へと駈《か》け寄った。目を皿のようにして、中を覗き込んだ。燃える天井のぎらつく光で、井戸の奥底までが照らされていた。だが、その狂おしき一瞬、私は、自分が見つめている奥底が何を意味するのか理解することを拒んでいた。しばらくして、その意味は、怒濤《どとう》のように――押し寄せるように、わが魂の中へと入り込んできた――その理解をわが理性に焼きつけて震い上がらせた。ああ！　声にならない！――ああ！　何たる恐怖！――ああ！　これほど恐ろしいことはない！　叫び声をあげて、私は縁からあわてて離れ、両手に顔を埋《うず》めた――激しく慟哭《どうこく》しながら。

　熱は急速にその勢いを増し、私はふたたび見上げて、瘧《おこり》の発作に襲われたように身を震わせた。獄中に二度目の変化があったのだ――今度はその変化は明らかに形の変化だ。前と同様、何が起こっているのか理解しようと努めても最初のうちは無駄だった。しかし、やがて疑いはなくなった。私が二度も死から逃れたために、審問官らは復讐《ふくしゅう》を急いでおり、もはや〈恐怖の王〉〔死〕と戯れさせてはおかないのだ。牢《ろう》はそれまで四角だった。その鉄の壁の二つの角度が今、鋭角になっていた――残りの一つは、従って鈍角だ。この恐ろしい差異が、低くうなるような、うめくような音とともにどんどん増していった。あっという間に部屋は菱形《ひしがた》となった。だが、変化はそこで止まらなかった――私は止まってくれと期待することも願うこともしなかった。この赤く燃える壁のあいだにこの胸を挟まれれば、永遠の安らぎをまとうことになろう。

「あの落とし穴に落ちて死ぬのだけはごめんだ」と、私は独り言《ご》ちた。何を馬鹿なことを言っているのだ、私は！　燃える鉄が迫ってくるのは私を穴に落とすためだとわかっていたはずではないか？　あの熱に耐えられるものか？　耐えられたとしても、押してくる力に逆らえるものか？　そして今、菱形はどんどんと潰《つぶ》れていき、もはや考える時間さえなくなった。その中央、もちろん最も横にひろがっている部分だが、そこは大きく口を開く深淵《しんえん》の上に来ていた。私は身を縮ませて後ろへ下がった——だが、閉じてくる壁に押されて、抗《あらが》うこともできない。とうとう、焼かれて身悶《みもだ》える私の体を支える足の置き場は、もう一インチ〔二・五四センチ〕もなかった。私はあがくのをやめたが、わが魂の苦悩は、長く大きな絶望を迸《ほとばし》らせた。穴の縁で体がよろめいた——私が目をそらしたそのとき——

騒がしい大勢の人の声がした！　トランペットを一斉に吹き鳴らすような高らかな響きが聞こえる！　無数の雷鳴のような激しくきしむ音！　燃える壁はすっと、もとへ戻っていく！　気を失って深淵へと落ちかかる私を、伸びてきた腕がつかんだ。それはラサール将軍の腕だった。フランス軍がトレドに入ったのだ。異端審問所は、その敵の手中に落ちたのである。

大《おお》鴉《がらす》

嵐の夜《よ》更《ふ》けに、読み耽《ふけ》る、
忘られし古《いにしえ》の異《い》聞《ぶん》奇《き》譚《たん》に疲れ果て、
ついうとうと微睡《まどろ》めば、コツコツと不意の音。
誰かがそっと部屋の戸を、コツコツ叩くノックの音。
「お客だな」と独り言《ご》つ。「部屋のドアを叩《たた》いている。はて、
　それだけのこと、気にすることなどありはせぬ」

ああ、忘れもしない、あれは凍《い》てつく十二月、
死にゆく炎の霊《れい》揺れて、影の形を床《ゆか》に穿《うが》つ。
明け染める東雲《しののめ》を待って、読書に手を染めたのは
悲しみの影を潜《ひそ》めんがため——レノーアを失った悲しみ。
天使らがレノーアと名づけた、かけがえのない輝く乙女——
　この世にもはや、ありはせぬ。

紫絹《むらさきぎぬ》のカーテンの悲しき音に動顛《どうてん》し、
私は驚懼《きょうく》し慄《おのの》いた——かつてない奇妙な恐怖に襲われて。
高鳴る鼓動よ静まれと、立って私は呟《つぶや》いた。
「多分お客がやってきて、叩いているのだ、このドアを。
夜も遅くに来た客が、叩いているのだ、このドアを。
それだけのこと、何でもありはせぬ。」

やがて情緒も落ち着いて、もはや躊躇《ちゅうちょ》もなくなって、
「どなたであれ」と私は言った。「お許しください。
実は眠っておりました。ノックの音が小さくて
あまりに微《かす》かにトントンと、とんと聞こえぬ小ささで
ノックとわからぬほどでした」——ここで私は戸を開けた——
そこは暗闇——ほかに何もありはせぬ。

その闇覗《のぞ》いて立ちすくみ、心の震えは止《や》みもせず
夢見てしまった——命ある身がゆめゆめ望んではならぬことを。

しかし、沈黙《しじま》は破られず、静けさは変わらず。
そのとき我知らず囁《ささや》いたのは、ただ一言、「レノーアかい？」
そう囁《ささや》くと、谺《こだま》が返した。「レノーアかい？」
　　　　ただそうとだけ――ほかに何もありはせぬ。

部屋に戻れば仄《ほの》かな思慕《しぼ》が、炎となって燃え盛る。
やがてふたたび、さっきより、ほんのわずかに大きな音が。
「確かに」と私は言った。「確かに格子窓の外に何かいる。
何がいるのかつきとめて、この謎を解いてやろう。
しばし心を落ち着けて、この謎を解いてやろう。
　　　　きっと風だ――ほかに何もありはせぬ」

そこで雨戸を押し開ければ、羽ばたく音立て押し入るは、
神代の古《いにしえ》より出《い》で来たる威風堂々たる大鴉《おおがらす》
遠慮会釈もあらばこそ、じっとする間もあらばこそ
さてこそ殿様さながらに、かさこそ止まった、ドアの上。
止まって座った、パラス・アテナの像の上。

止まっただけで、ほかに何もありはせぬ。
黒檀《こくたん》色の鳥の顔つき　あまりに峻厳《しゅんげん》なるにつき
悲嘆に暮れていた私も落ち着き、ついつい顔がほころんだ。
「おまえの鶏冠《とさか》は疾《と》うにないが、臆病《おくびょう》者とは思えない。
陰気で厳《いか》めしい古《いにしえ》の鴉よ、三途《さんず》の川から来たやつよ——
言え、あの闇の大王の磯辺《いそべ》では、いかなる異名で呼ばれていたか！」
鴉は答えて「ありはせぬ」

驚いた、こんなみっともない鳥が返事をするとは思ってもない。
ただ、その答えには意味がない——ほとんど答えになってない。
なにしろ生身の人間で、目にした者などいやしない。
部屋に鳥獣飛び込んで、止まっているのだ、ドアの上、
彫像《ちょうぞう》にちょんと止まって言うのだ、そのうえ、
なんとその名は「ありはせぬ」

だが、鴉は不動の像にぽつねんと留《とど》まり、ぽつりと発する、

お決まりのあの一語を。まるでその語に魂を籠《こ》めたかのように
それ以外、息一つ漏らさず——羽一つ揺らさず。
私は呟いた、すかさず。「友らは疾《と》うに飛び去った——
わが希望が消えたように、朝にはこいつも消えるであろう」
　　すると鴉は「ありはせぬ」

こうも巧みな思わぬ返事、驚き呆《あき》れたこの珍事に
私は言った。「きっと、一つ覚えの決まり文句。
たぶん不幸な飼い主の艱難辛苦《かんなんしんく》が折り重なって
ついに希望も潰《つい》えた挙句《あげく》
追悼の歌の折り返し句となった言葉が
　　もはや——ありはせぬ」

妖《あや》しき鴉は私をあやし、悲しき夢想を笑みへと変えた。
私はすぐに向きを変え、鴉の前に陣取って、
クッションに身を沈め、想像巡らし考えた。
この忌まわしい古《いにしえ》の鳥は一体なぜ言うのだ——よりによって

この陰気で異様で嫌な忌まわしい古《いにしえ》の鳥は、いつも決まって
しわがれ声で「ありはせぬ」

私は座って答えを探り、鳥には黙《もだ》した。
その燃える目はわが胸をまさぐり、胸は悶《もだ》えて傷ついた。
座って考え、さらに気づいた、わが頭が安らぐ
ランプの揺らぐ灯《ひ》が照らしているベルベットのクッション、
このベルベットのクッションに、彼女がもたれることは、
ああ、二度とありはせぬ！

ふと思う、あたりに芳香が漂い、空気が濃厚になったのは
熾《し》天使《てんし》らが鈴の足音も静かに来たりて、見えざる香炉を揺らすのか。
「ひどいぞ」と私は叫んだ。「神は天使を遣《つか》わし、私に与えよというのか。
安らぎという薬を――それでレノーアを忘れて、ああ耐えよというのか。
ならば飲もう、この優しき薬を飲めばレノーアを忘れることもあろう」
鴉《からす》は言った、「ありはせぬ」

「予言者の悪魔め」と私は言った。「それともあくまで鳥なのか。
妖《あや》しの魔王が送り込んだか、嵐の魔法で流れ着いたか、
負けない気概を胸にして、まじないかかったこの島へ、
恐れに襲われたこの家へ、招きも待たずにやってきた――どうか教えてくれ――
ギレアド〔ヨルダン川東域〕に癒《いや》しの乳香があるかどうか――どうか教えてくれ！」
鴉は言った、「ありはせぬ」

「予言者の悪魔め」と私は言った。「それともあくまで鳥なのか。
われらが頭上にある天国にかけて――ともに崇《あが》める神にかけ――
教えておくれ、この胸に。人好むエデンの園《その》の彼方《かなた》では
晴らせるだろうか、この無念。天使らがレノーアと呼ぶあの聖なる乙女――
天使らがレノーアと呼ぶかけがえのない輝く乙女をこの魂が抱くことはあるのか」
鴉は言った、「ありはせぬ」

「悪魔の鴉め、それを別れの言葉にしろ！」私は立ち上がって声を嗄《か》らす。
「嘘つきめ、嵐の異界へ、闇の冥界《めいかい》へ帰るがいい！
目の届くところに残していくなよ、黒い羽根。そこに浸《し》みるは嘘の毒。

もはや乱すな、わが孤独！——その彫像から退《ど》くがいい！
わが心からその嘴《くちばし》を振り解《ほど》くなり、消えるがいい！」
　　鴉は言った、「ありはせぬ」

鴉は飛ばずに、じっと留《とど》まる。身じろぎせずに蹲《うずくま》る。
白いパラスの像の上、ちょうど部屋のドアの上、
それは魔物の容貌《かおつき》だ、夢見る目つきだ。
ランプがちらつき、魔物の影が床に揺らつけば
わが魂の運の尽き。床に揺らぐ影に沈んだわが魂が、
　　上がってくることは、ありはせぬ！

黒猫

これから書き記そうという、まったく奇怪でありながら日常で起こった物語を、信じてほしいとも、信じてもらえるとも思ってはいない。私自身がありえないと思っているのだから、信じてもらえると期待するほうがどうかしている。だが、私は正気であるし――夢を見ているわけでもない。それでも私は明日、死ぬ。だから今日のうちに魂の重荷を下ろしておきたいのだ。まず、余計な説明を交えずに、単なる家庭内の一連の出来事を世間の前にそのまま簡潔に示したいと思う。結果として、その出来事に私は恐怖し――苦悶《くもん》し――破滅することとなった。だが、弁明するつもりはない。この事件は、私にとっては〈恐怖〉以外の何物でもないが、バロック趣味のグロテスクほどひどいものではないと思う人も多かろう。ひょっとすると、私が心で捉えた現象《ファンタズム》をありきたりのものとする何らかの知的な説明が今後出てくるのかもしれない――私より落ち着いていて論理的で、私ほど昂奮《こうふん》していない知性が、私が畏怖を以《もっ》て語る以下の状況を、ごく自然な〈原因と結果〉の何ということもない連関として見るのかもしれない。

幼い頃より、私はおとなしい子だと言われていた。あまりにやさしすぎたので、友達からからかわれたほどだ。とりわけ動物が好きで、甘い両親にずいぶんいろいろなペットを買ってもらっていた。いつも動物の相手をして時を過ごし、餌を与えたり、撫《な》でたりしているときほど幸せなことはなかった。大きくなってもこの性格は変わらず、成人すると、これを主たる喜びの源泉とするようになった。賢い忠犬を可愛がったことがある人に対しては、それがどんなに深い満足を与えてくれるものか説明するには及ばないだろう。獣の利他的で献身的な愛情には、単なる人間同士のつまらぬ友情や当てにならぬ忠誠にたびたび傷ついてきた者の心にぐっと応《こた》えるものがある。

私は若くして結婚した。妻と性格がかけ離れていなかったので幸せだった。私がペットに目がないのを見て、妻は機会さえあればとても可愛らしいペットを買ってきた。家には、小鳥、金魚、立派な犬、兎《うさぎ》、小猿、そして猫がいた。

この猫というのは、かなり大きくて美しく、真っ黒で、驚くほど賢かった。迷信深い妻は、この猫の頭のよさを話題にするとき、黒猫は悪魔の手先の仮の姿だという古い民間信仰を何度も口にした。妻は本気でそう信じていたわけではないし、私が今それを話題に出したのも、たまたまそれを思い出したからにすぎない。

プルートーというのが、この猫の名前であり、私のお気に入りの遊び相手だった。このオス猫に餌を与えるのは私だけで、私が家のどこに行こうとついてきた。通りに出るときについてこさせないようにするのは一苦労だった。

　こうして猫との友情は数年つづき、そのあいだに私の気質と性格は——〝悪魔的飲酒癖〟のために——（恥ずかしいことだが）急激に悪化の一途を辿《たど》った。日に日に私は憂鬱《ゆううつ》になり、苛立《いらだ》ち、他人の気持ちを考えなくなった。妻に乱暴な口をきくようになり、しまいには暴力を振るいさえした。もちろん、私の性格が変わったのは動物たちにも伝わった。私は世話をしなくなっただけでなく、ぞんざいに扱ったのだ。だが、プルートーに対しては、さすがに愛着を失わず、虐待することはなかった。兎や猿や犬が何気なく寄ってきたり、じゃれついたりすると、邪険に扱ってもまったく気がとがめなかったのだけれども。だが、病は進み——酒というやつは本当にどうしようもない！——ついに、プルートーさえ、年をとってやや気むずかしくなってきたプルートーでさえ、私の不機嫌ゆえの迷惑を蒙《こうむ》ることになった。

　ある夜、町の行きつけの酒場から酩酊《めいてい》して帰宅したとき、この猫が私を避けている気がした。ひっつかまえると、猫は乱暴を振るわれたことに怯《おび》えて、歯で私の手に些《いささ》か傷をつけた。その瞬間、私は悪魔のような激怒に駆り立てられた。もはや自分を失っていた。あったはずの心があっという間に消えさって、代わりに私の五体に漲《みなぎ》ったのは、ジン酒が生み出した、悪鬼にもまさる悪意だった。私はチョッキのポケットにあったペンナイフを取り出すと、哀れな動物の喉《のど》をつかんで、眼孔から片方の目玉をぐりぐりとくり貫《ぬ》いたのだ！　そのおぞましい残虐行為をこうして記すだけでも、私は恥ずかしさのあまり赤面し、体が熱くなって震えてしまう。

朝とともに理性が戻ってくると――一晩眠って夜の酒気が消えたのだ――恐怖と後悔がないまぜになった感情に襲われ、なんということをしてしまったのかと思った。だが、せいぜい薄弱な、曖昧《あいまい》な気持ちでしかなく、わが魂は苦しまなかった。私はふたたび深酒をし、この行為の記憶の一切を酒におぼれさせた。

一方、猫の傷はゆっくりと癒《い》えていった。目がなくなった眼窩《がんか》は確かにおぞましい見た目になっていたが、もう痛んではいないらしかった。これまでどおり家の中を歩きまわり、私が近づくと、当然ながら激しく怯えて逃げ去った。かつては私をあれほど愛してくれた動物がはっきりと私を嫌うのを見て悲しく思うほどの気持ちは残っていた。しかし、そんな気持ちもすぐに苛立ちへと変わった。それから、二度ととりかえしのつかなくなるわが転落を決定づけるかのように、〈天邪鬼《あまのじゃく》〉の衝動が生まれたのである。この衝動は、哲学では説明がつかない。ただ、この衝動が人間の心の根底にあることは、私に魂があるという以上に確かなことだ。人間という生き物を特徴づける根本的機能というか感情だ。やってはいけないというそれだけの理由で、ひどい、あるいは愚かな行為をついついやってしまうことは、誰にだってあることだろう？　どうすべきかはわかっているはずなのに、〈掟《おきて》〉は破ってはいけないとわかっているがゆえに〈掟〉を破ってしまうという、如何《いかん》ともしがたい傾向が私たちにはありはしないだろうか。この天邪鬼の心持ちが、先ほども言ったように、わが転落を決定づけたのだ。自らの魂を苦しめてやりたいという――自分をめちゃくちゃにして、悪のためだけに悪に走るという得体の知れないこの願望ゆえに、私はあの罪のない動物に加えた虐待をいよいよ完成させようという気になったのである。ある日の朝、私は冷血にも、猫の首にロープの輪をひっかけて、木の枝から吊《つ》るした――滂沱《ぼうだ》の涙を流しながら、心から悔やみながら、吊るしたのだ――かつて私を愛してくれていたとわかっていたからこそ吊るしたのであり、こんな目に遭《あ》わせる理由など何一つないとわかっていたから吊るしたのだ――そうすることによって自分が罪を犯しているとわかっていたから吊るしたのだ――わが不滅の魂を危険に曝《さら》し、そんなことが可能だとしたらの話ではあるが、〈最も慈悲深く最も畏《おそ》れられるべき神〉の果てしなき慈悲でも救いきれないところへわが魂を追いやってしまうおぞましい罪を犯していると知ってそうしたのだ。

　この残虐行為がなされた日の夜、火事だという叫びで目が覚めた。ベッドのカーテンが燃えていた。家じゅうが火に包まれていた。妻と召し使いと私自身はやっとの思いでこの火災から逃れた。何もかも消え去った。わが世俗の財産は火に呑《の》み込まれ、絶望するしかなかった。

私は、ひどいことをしたからひどい目に遭ったなどと考えるような弱い人間ではない。ただ、起こったことを順に述べ、可能性のあるつながりをなおざりにしたくないだけだ。火事の翌日、焼け跡を訪れてみた。一部を除いて壁はすべて崩壊していた。残ったのは、家の真ん中あたりの、私のベッドの頭の側の、あまり厚くない壁だった。漆喰《しっくい》のおかげで延焼していなかった——最近塗ったばかりだったせいだろう。この壁のまわりに人だかりがしていて、皆、ある部分をしげしげと熱心に調べているようだった。「奇妙だな!」とか「おかしなこともあるものだ」とか、それに類する言葉が聞こえ、私は気になった。近づいてみると、まるで白壁に薄く彫り上げたような大きな猫の姿が見えた。信じられないほど正確にあの猫の姿が浮かび上がっていたのだ。その首にはロープがかかっていた。

この亡霊——亡霊以外の何ものでもないと思えたのだ——を初めて目にしたとき、わが驚きと恐怖は極限に達した。だが、ようやく思考が私を救ってくれた。猫を吊るしたのは家の前の庭だったと思い出したのだ。火事騒ぎになったとき、庭には直ちに大勢の人が押し寄せた。そのうちの誰かが、木に吊るされていた猫のロープを切って、開いていた窓から私の部屋に放り込んだにちがいない。私を起こそうとしてそうしたのかもしれない。ほかの壁が崩れてきたために、わが残虐行為の犠牲者は塗りたての漆喰に押し込められてしまったのだろう。石灰質が火であぶられ、死骸《しがい》から出たアンモニアの作用によって、この浮き彫りの絵が完成したというわけだ。

こうして、今述べた驚くべき事実にさっさと説明をつけてみたものの、良心のほうはすっきりせず、この出来事は私の空想に深い印象を刻みつけた。それから数か月間、あの猫が心に浮かんで消えなかったのだ。その間、わが心には、悔恨とは言えないまでも、なかば悔恨にも似た感情が甦《よみがえ》った。あの猫を殺さなければよかったと思うまでになり、今や頻繁に出入りするようになったいかがわしい界隈《かいわい》で、幾分でもあれに似た同種の猫がいたら、あれの代わりに飼おうかと、あたりを見まわすようになった。

ある晩、悪評の高い店で、なかば朦朧《もうろう》として座っていると、不意に、黒いものに注意を惹《ひ》かれた。ジン酒だかラム酒だかの巨大な大樽《おおだる》が並んでいるだけの部屋だったが、その一つの樽の上にうずくまっているのだ。それまで数分間、樽の上をじっと見つめていたのに、そんなものがいるとすぐ気づかなかったとは驚くばかりだ。私は近づいて、手で触れてみた。黒猫だ——かなり大きい——ちょうどプルートーぐらいで、一か所を除いてプルートーにそっくりだった。プルートーには体のどこにも白い毛はなかったが、この猫は、はっきりしないぶちのようではあるが、胸全体が白くなっていたのだ。

触られると猫はさっと立ち上がり、大きく喉《のど》を鳴らして、私の手に体をこすりつけ、私にかまってもらえたのを喜んでいる様子だった。つまり、これこそ私が探していた、打ってつけの動物というわけだった。直ちに猫を買いたいと店主にかけあうと、店主は「うちの猫ではないし、そんな猫は知らない、見たこともない」と言う。

しばらく撫《な》でてやっていたが、やがて家へ帰ろうとすると、猫はついてくる気を見せた。私は、ついてくるままにさせて、時折しゃがんで撫でてやりながら家路を歩んだ。家に着くと、猫はすぐに家に居ついて、たちまち妻の大のお気に入りとなった。

ところが私は、やがて自分のうちに嫌悪感が湧いてくるのを感じていた。自分でも意外だった。だが——どうしてだかはわからないが——猫が慕ってくるのが煩《わずら》わしく、ひどく嫌だったのだ。徐々に、この嫌悪と疎《うと》ましさの感情は、激しい憎悪となった。私は猫を避けるようになった。ある種の後ろめたさと、かつての残虐行為の記憶があったので、猫を肉体的にいじめることはしなかった。数週間は殴ったりするような乱暴な扱いはしなかった。けれども、次第に——じわりじわりと——猫を見ると、言いようのないほど虫唾《むしず》が走る思いに駆られるようになり、まるで疫病の菌が籠《こ》もった空気から息を止めて逃れようとするかのように、そのおぞましい存在から黙って逃げたのだ。

この猫への憎悪が強まったのは、それを家へ連れて帰った翌朝、プルートーのように片目がないと気づいたためであることはまちがいない。しかし、妻は、可哀想がっていっそう可愛がった。既に述べたとおり、妻には、かつて私の主たる特質であった情濃《こま》やかなやさしさがたっぷりあったのだ。心やさしかったときは、私も単純で純粋な喜びを何度も感じたものだった。

けれども、私が猫を忌避するのとは裏腹に、猫のほうはいよいよ私になついてきた。私のあとを追いすがる執拗《しつよう》さは、読者にはなかなかわかってもらえまい。私が腰を落ち着けるや否や、私の椅子の下で丸まったり、膝《ひざ》に跳び乗って体をこすりつけたりして、ぞっとさせる。立ち上がって歩くと、足にまとわりついてくるので転びそうになる。あるいは、その長く鋭い爪を私の服にひっかけて、胸元までのぼってくる。そういったとき、私はぶん殴って殺してやりたいと思いながらも踏みとどまった。かつての犯罪を思い出すからでもあるが、主たる理由は——白状してしまうが——この猫が怖くてたまらなかったのだ。

この恐怖は具体的な〈邪悪なるもの〉への恐怖ではなかった——だが、そうとしか言いようがないので困惑してしまう。認めるのはなかば恥ずかしいが——そう、この重罪人の獄に居ながら認めるのは恥ずかしいが——猫が私に植えつけた戦慄《せんりつ》と恐怖がまさかと思える幻想にすぎないものによって高められてしまったのだ。妻は、前述した白い毛の特徴について一度ならず私の注意を惹きつけた。私が殺した猫とこの奇妙な獣を区別する唯一の視覚的な差異だ。読者諸賢はご記憶だろうが、この印は大きなものではあったが、当初はかなりぼんやりしていた。ところが、だんだんと、いつの間にか――わが理性は気のせいだと長いあいだ否定しようとしていたが――くっきりとした輪郭が浮かび上がってきた。今や口にするのもおぞましいものの形となっていた。だからこそ、この化け物を毛嫌いし、恐れ、できることならいなくなってもらいたいと思ったのだ――それは忌まわしくも、ぞっとする、処刑台の形になっていたのだ！　ああ、〈恐怖〉と〈犯罪〉の――〈苦悶《くもん》〉と〈死〉の――嘆かわしくも身の毛もよだつ道具だ！

　こうなると、単なる人間の惨めさを凌駕《りょうが》した悲惨さを味わうことになった。魂のないただの獣が――その同類を私は軽蔑《けいべつ》をもって破壊したわけだが――そんな畜生が私に――偉大なる神の姿に象《かたど》られた私に――これほどの耐えがたい苦悩を与えるとは！ああ！　昼も夜も、わが心が安らぐことはもはやなかった！　日中、猫は片時も私を独りにしてくれなかったし、夜は夜で、一時間ごとに耐えがたい夢から跳び起きてみれば、あれの熱い息が私の顔にかかり、そのただならぬ体重が――どうにも振りのけることができぬ〈悪夢〉の化身となって――わが心に永遠に重くのしかかっているのだ！

　こういった責め苦を受けつづけるうちに、私の中に残っていた微《かす》かな善良さも潰《つい》えていった。邪悪なる思考にどっぷりと浸《つ》かるようになったのだ――最も暗い、悪の極みの思考だ。私は、いつもの陰鬱《いんうつ》な気分が嵩《こう》じて、あらゆるものを憎悪し、全人類を嫌悪するようになっていた。一方、わけもわからず不意に頻発する私の怒りの爆発に、わが従順な妻は、哀れにも、いつもじっと耐えることになった。

　ある日、妻は、家の用事で私と一緒に古い建物の地下へ下りた。貧乏のせいでそんなところに住むようになったのだ。猫が急な階段をあとから追ってきて、あやうく私はつんのめりそうになって激怒し、理性を失った。斧《おの》を振り上げると、私は憤怒のあまり、これまで子供じみた怯《おび》えゆえに猫に手を出せなかったことも忘れて、猫に狙いを定めた。思ったとおりに振り下ろしていれば、もちろん猫は即死していたはずだ。しかし、この一撃を妻の手が制した。邪魔されて、悪魔の怒りを凌駕する激昂《げきこう》に陥った私は、妻の手を振り払うと、斧を妻の頭に埋《うず》めた。妻は、うめき声一つたてずに、その場に倒れた。

　このおぞましい殺人を行うと、私は遺体をどこに隠したものかと熟考し始めていた。家から外へ運び出すのは、昼にせよ夜にせよ、隣人に見られてしまうからできないことはわかっていた。いろいろな計画が頭に浮かんだ。遺体を細かく切り刻んで、暖炉にくべて燃やしてしまうことも考えた。地下室の床に墓を掘って埋めようとも思った。裏庭の井戸に投げ込むこともじっくりと考えてみた——商品のように何気なく箱詰めにして、運送業者に持っていってもらうことも考えた。ついに、以上を遥《はる》かに凌駕する最善策を思いついた。地下室の壁に塗り込めることにしたのだ——中世の僧侶《そうりょ》たちがその犠牲者らを壁の中に閉じ込めたように。

　そうした目的に、地下室は打ってつけだった。壁はぞんざいな造りで、全体に粗い漆喰《しっくい》で塗られたばかりで、湿気のせいで固まってもいなかった。しかも、壁の一部に出っ張りがあった。もとは飾りの暖炉だったのだろう。そこがふさがれて、他の壁と見分けがつかなくなるように煉瓦《れんが》がはめられていた。その煉瓦はすぐ外れるだろうから、遺体を中へ入れ、もとどおりに壁を塗れば、誰にも気づかれないと確信した。

　思ったとおりだった。バールを使うと、煉瓦は容易に外れた。内壁に遺体を注意深くもたせかけ、支えをしてから、全体をもとどおりに戻すのは造作ないことだった。モルタル、砂、獣毛を、慎重のうえに慎重を重ねて入手しておいてから、地下室の漆喰と見分けがつかない漆喰を用意し、注意深く新しい壁を造り上げた。完成すると、万事問題なしと満足した。壁のどこにも、いじった形跡は見当たらない。床にちらかったゴミは細心の注意をもって拾った。達成感をもってあたりを見まわして、独り言《ご》ちた――「少なくともこの仕事は、やりがいがあったな」

　次にやるべきは、これほどの悲惨さの原因となったあの獣を捜すことだった。というのも、私はついに、あれを死へ追いやる決意を固めていたのだ。そのとき見つかっていれば、その運命は決まっていた。しかし、どうやらずる賢い猫は、私の怒りに任せた暴力に恐れをなしたらしく、こんな気分の私の前に身を曝《さら》すことはなかった。あのおぞましい動物がいなくて心からほっと安堵《あんど》したこの思いもよらぬ気持ちを言い表すことはできない。その夜のあいだ、猫は姿を現さなかった――こうして、少なくとも一晩、あの猫がわが家へ来て初めて私はぐっすりと安眠した。そう、殺人の重荷が心にありながらも、眠ったのだ！

　二日目、三日目が過ぎ、それでも、わが心を苦しめる相手は現れなかった。もう一度、私は自由な人間として息をついた。あの怪物は、怯えて、永遠に立ち去ったのだ！　もうあれを目にすることもない！　わが至福は果てしなかった！　自分が成した暗黒の行為はもう気にならなかった。いくつかの問い合わせがあったが、即座に答えてやった。捜索もなされたが――もちろん何も発見されなかった。わが将来は恵まれたものと思われた。

　殺人の四日後、かなり不意に警察が家にやってきて、家じゅうを調べまわった。しかし、隠匿の場所がわかるはずはないと思い、私はまったく落ち着いたものだった。警察は私に捜査に立ち会うように命じた。すみずみまで調べあげた。地下室へも三度も四度も下りていった。私はびくともしなかった。罪なき人が安らかに眠るように、私の心臓は落ち着いたものだった。私は地下室を端から端まで歩いた。腕組みをして、ゆったりと行ったり来たりしたのだ。警察はすっかり満足して立ち去ろうとした。わが内心の喜びはあまりにも強く、抑えがたいものとなった。勝利を確かめるためにたった一言、自分の無実を再度強調したくてたまらなくなった。「皆さん」私は、警察が階段を上がりかけたときに、とうとう声をかけた。「疑いが晴れたようでよかったです。どうぞ皆さん、お元気で。これからはもう少し礼儀をわきまえてほしいものですな。ところで、皆さん、この――この家はよくできていましてね」（何か調子のいいことを言おうとするあまり、自分でも何を言っているのかわからなくなっていた）――「すばらしくよくできた家なんです。この壁は――もうお帰りですか？――この壁は頑丈にできていましてね」そこで私は、虚勢を張って、手にした杖《つえ》で、わが愛《いと》しの妻の遺体が立っているところの煉瓦を叩《たた》いてみせた。

神よ、どうか私を悪魔の牙《きば》から守りたまえ！　叩いた音が響き渡ったあと静まったと思いきや、墓の中から声が返事をしたのだ！――最初は籠《こ》もっていて、子供のすすり泣きのように途切れ途切れだったが、やがて長くつづく大きな叫び声となり、人間の声とも思えぬ奇怪極まるものとなった――遠吠《とおぼ》えのようだった――まるで地獄から湧き上がってくるような、地獄に堕《お》ちて悶《もだ》え苦しむ人間の喉《のど》から出ているようにも、人間を痛めつけて狂喜している悪魔の声にも思えるような、恐怖と勝利感とが相なかばする、嘆くような悲鳴だった。

私がどう思ったかなどを話すのも愚かだ。私は卒倒しかけて、反対側の壁へよろめいた。一瞬、階段にいた警官たちは、極度の恐怖と畏怖《いふ》に襲われて身じろぎもしなかった。次の瞬間、何本も屈強な腕が伸びて、壁を壊し始めた。壁全体がごっそり倒れた。既にかなり腐敗して血糊《ちのり》で固まった死体が、目の前に立っていた。その頭の上には、口が真っ赤に裂け、燃えるような目をしたおぞましい猫がいた。私を殺人へと追いやったこの猫が声をあげたせいで、私は処刑人へと引き渡されることになった。私はこの化け物を、壁の中に生き埋めにしてしまっていたのだ！

メエルシュトレエムに呑まれて

自然に於《お》ける神の御業《みわざ》は、神の摂理と同様に、我々のやり方とは異なっている。また、我々が何を形作ろうと、神の創造物の広大さ、深遠さ、計り知れなさに遥《はる》かに及ばない。神の御業はデモクリトスの井戸よりも深いのだから。

ジョゼフ・グランヴィル

ようやく最も高い岩山の峰に辿《たど》り着いた。しばらくのあいだ、老人は息が切れて口がきけない様子だった。

「ちょいと前なら」と、ついに老人は話し始めた。「旦那《だんな》をここまで案内したって、あっしゃ、一番下の倅《せがれ》ぐらいぴんしゃんしてたんですがね。三年ほど前に、人間にそんなことが起こりえるかってほどひでえ目に遭いましてね——少なくとも、あんな目に遭ったら、生き延びてその話ができるなんてありえねえ——そんなとんでもねえ恐怖を六時間も耐えたせいで、身も心もずたずたになっちまいましてね。あっしをかなりのじじいだとお思いでしょうが——そうじゃねえんです。たった一日で、真っ黒だったこの髪は真っ白になっちまい、手足は弱るわ、神経はやられるわ、ちょっと体を動かしただけで震えてきて、影を見ても怯《おび》えちまうんでさ。このちょいとした崖《がけ》を覗《のぞ》き込んだだけで、眩暈《めまい》がするんですよ」

その「ちょいとした崖」の端に、男はぶら下がるかのようにぞんざいに身を投げ出し、滑りやすそうな崖っぷちにただ片肘《かたひじ》をついて、その肘を離したら下へ落ちてしまいそうな姿勢をとった——この「ちょいとした崖」というのは、千五、六百フィート〔約四百五十メートルから四百八十メートル〕下は岩場となっているところに聳《そび》え立つ、岩肌が黒く輝く切り立った断崖《だんがい》絶壁だった。私なら、その端から六ヤード〔約五メートル〕にだって近づきたいとは思わない。実のところ、案内役の男があまりにも危険な恰好《かっこう》をするものだから、私は周章狼狽《しゅうしょうろうばい》して地面にばったり腹這《はらば》いになり、まわりの茂みにしがみつき、空をちらりと見上げることすらできなくなってしまった——その間、この強風を受けて山が根こそぎ崩れてしまわないかという不安を何とか拭《ぬぐ》い去ろうと必死だった。ようやっと理性を働かせて上半身を起こし、遠くが見られるようになったのは、かなりしてからのことだった。

「余計な心配をしてる場合じゃありませんよ」と、案内役は言った。「あっしがお話しした事件の現場が一番よく見えるところにお連れしたんです。これから、そいつを眼下に眺めながら話をすっかり聞いてもらおうっていうんですから」

「ここは」と、男は細かなことを語りだした。「——ここは、ノルウェーの岸近く——北緯六十八度——ヌールランという大きな県にある——侘《わび》しいロフォーテン諸島です。あっしらがいる山頂はヘルゼッゲン、別名、雲山の山頂です。さあ、もうちょっと体を起こしてください——ふらつくなら、その草にでもつかまって——そうです——で、ずっと下の方の霧の帯の向こうをご覧なさい。海の中を」

私はくらくらしながら目をやり、どこまでもひろがる大海原を見た。海水はインクのようにどす黒い。ヌビア〔エジプト南部からスーダンにかけての地方〕の地理学者が大西洋を「暗黒の海《マレ・テネブラルム》」と言っていたのが思い出される。かくも悲惨な荒涼たる風景《パノラマ》はいかなる人間の想像力でも思い描くことはできまい。おぞましいほど黒く、突き出た崖が、この世の城壁であるかのように見渡すかぎり端から端まで連なっており、果てしない怒号と叫喚をあげる荒波が、そこに白く凄《すさ》まじい飛沫《しぶき》をぶつけてその陰鬱《いんうつ》さをいっそう強めている。我々がいる岬のちょうど反対側、五、六マイルほどの沖合に、寒々とした孤島が見えた。いや、むしろ、荒波のひろがるなかに孤島ありと言うべきであろう。それより二マイルほど手前に、もっと小さな島があった。ひどく岩だらけで草一つ生えず、まわりには黒い岩礁がぽつりぽつりと並んでいた。

遠い方の島と岸とのあいだの海の様子には、尋常ならざるところがあった。そのときは強風が陸に向かって吹きつけていたため、沖合の帆船《はんせん》は半分にたたんだ小縦帆でしのぎ、船体全体が常に見え隠れしていたが、一定のうねりがあるわけではなく、あちらこちらに怒ったような波が——風の向きはおかまいなしに——短くぐいっと荒れまくるばかりだった。泡がたったのは岩場付近だけだった。

「あの遠くの島は」と、老人は話をつづけた。「ノルウェー人には、ヴァルと呼ばれとります。途中のは、モスケー。北へ一マイルのところにあるのは、アンバーレン。向こうのは、イフレセン、ホイホルム、キールドホルム、シュアルヴェン、バックホルム。もっと向こうの、モスケーとヴァルのあいだのは、オッターホルム、フリメン、サンドフレーセン、スカルホルム。ほんとはそういう名前なんですが、そもそも何だって名前なんかつける必要があるかってことは、旦那もあっしも知ったこっちゃねえ。おっと、何か聞こえませんか。海が変わったの、わかりませんかね?」

ヘルゼッゲンの山頂に着いてから十分ばかり経っていた。ロフォーテンの内陸から登ってきたため、ずっと海はちらりとも見えず、この山頂に出て初めて一望のもとに眺めたのだ。老人が話すあいだにも、だんだんと大きくなる轟音《ごうおん》があるのに気づいた。アメリカの草原でうめくバッファローの大群を思わせる。同時に、眼下の海の、船乗りが「三角波」と呼ぶ波〔進行方向の異なる波がぶつかってできる波頂のとがった波〕が東への潮流に急速に変わっていることにも気づいた。この流れは、見る見るうちに速度を増し、刻一刻とものすごい勢いになった。五分もすると、ヴァルに至るまでの海面は、手がつけられないほど大荒れとなった。特に荒れに荒れているのはモスケーと海岸とのあいだである。膨大な海水がうねり、もつれて、互いにぶつかり合う奔流となり、突如、激しく痙攣《けいれん》し、隆起し、沸き立ち、轟音をたて、巨大な無数の渦巻きとなって旋回し、大瀑布《だいばくふ》でもなければありえないような水の速度でもって東のほうへ流れ込んだのだ。

さらに数分経つと、情景は一変した。海面はさっきより穏やかに見え、渦巻きも一つ、また一つと消えていき、驚異的に巨大な何本もの泡の筋がこれまで何もなかったところに現れた。これらの筋は、ゆっくりと遠くのほうまでひろがってゆき、互いに結びつき、弱まった小さな渦巻きの旋回運動を引き継ぎ、巨大なる一つの渦巻きを形成しようとしていた。突然——まったく突然に、それは直径半マイルほどの円となってはっきりとその姿を現した。渦巻きの外輪は、輝く水飛沫《しぶき》の太い帯となっているが、迸《ほとばし》る飛沫は一滴たりともこの凄《すさ》まじい漏斗《ろうと》の口へすべり込むことはなく、その内部は、目が届くかぎりで言えば、水平線と約四十五度の角度を成すなめらかに輝く漆黒の水の壁となっていて、揺れるように、うだるように、ぐるりぐるりと目が眩《くら》む速さを増して、巨大なナイアガラの滝でさえ天に向かってこんな苦悶《くもん》の声をあげたことはあるまいと思えるような、悲鳴とも怒号ともつかぬ驚くべき声を強風に向かって送り込んでいた。

　山は麓《ふもと》から震え、岩は揺れた。私は俯《うつぶ》せに身を投げ、あわてふためいてわずかな草にしがみついた。

「これが」と私は、ようやく老人に言った。「これこそが、メエルシュトレエムという名で知られているあの大渦巻きなのですね」

「そうも呼ばれとりますが」と、老人。「あっしらノルウェー人は、モスケーの渦《シュトレエム》って呼んでるんですよ。あの途中にある島の名前にちなんでね」

この渦巻きについては文献を読んでいて知っていたが、そんなありきたりの記述では、今目撃したものの何の説明にもなっていなかった。恐らく最も流布しているヨナス・ラムス〔ノルウェーの歴史家（一六四九～一七一八）、次のブリタニカ百科事典の記事の筆者〕の記述にしても、この光景の壮大さや恐怖を微塵《みじん》も伝えはしない。ましてや、見る者を動顚《どうてん》させる奇想天外、驚天動地の感覚は伝わらない。ラムスがどこから見たのか、いつ見たのかわからないが、ヘルゼッゲンの山頂から、嵐の最中に見たのではないことだけはまちがいなかろう。とは言え、その詳細さゆえに引用に値する記述もあるので、ここに引用するが、現場を見た印象を伝える記述として弱々しすぎることを付記しておく。

「ロフォーテンとモスケーのあいだの水深は三十六から四十尋《ひろ》〔約六十六～七十三メートル〕。しかし、反対側のヴァー（ヴァル）のほうでは浅くなっており、船が通ろうとすると、たとえ天候が最も穏やかでも座礁の危険がある。上げ潮になると、海水はロフォーテンとモスケーのあいだの海峡に激しく流れ込むが、その猛烈な引き潮の轟音たるや、どんなに大音響の恐ろしい大瀑布も比較にならない。轟音は数リーグ先まで聞こえ、湧き起こるいくつもの渦巻きの大きさや深さは尋常ならざるもので、船が近寄ろうものなら、たちまち底まで引き込まれ、岩に当たって粉々になり、海が落ち着くと、その残骸《ざんがい》が吐き出される。しかし、そうした静かな時間は、引き潮と上げ潮のあいだのみであり、しかも天気がよいときにかぎる。長さもせいぜい十五分。徐々にまたその激しさが戻ってくる。海流が最も激しく、その猛威が嵐によって高められるときは、一ノルウェー・マイル〔現在では英国の六・二マイル相当だが、当時は約四・五マイル相当〕以内に近づくのは危険である。ボートやヨットや船などは、その圏域に達する前に対策を講じていないと、巻き込まれる。同様に頻繁に起こるのは、流れに近づきすぎた鯨が奔流に流されるケースである。そうなると、そこから抜け出そうとむなしくあがいて、咆哮《ほうこう》し、うめく様子は筆舌に尽くしがたい。一度などは熊が、ロフォーテンからモスケーへ泳ごうとして流れにつかまり、引きずり込まれたが、その凄まじい吼《ほ》え声は岸まで聞こえていたという。樅《もみ》や松の大きな木材は、流れに吸い込まれて、また上がってくるときには、折れたり裂けたりして、表面が剛毛で覆《おお》われたかのようになる。このことにより、海底はごつごつした岩場になっていて、そこを材木が引きまわされたことがわかる。この流れは、海の満ち干によって起こる。六時間ごとに上げ潮と引き潮が入れ替わる周期がある。一六四五年、四旬節前の第二日曜日早朝には、その騒音と猛威の凄《すさ》まじさに、海岸に立つ家々の石壁が崩壊した」

　海の深さに関して言えば、渦巻きのすぐ近くにいてどうやって確かめたのだろうか。「四十尋」とあるのは、モスケーかロフォーテン沿岸の海峡の水深のみを指すにちがいない。モスケーの渦の中心ではもっとずっと深いはずだ。そのことは、ヘルゼッゲンの一番高い岩山から深淵《しんえん》を斜めに覗《のぞ》き込むだけで、十分確かめられよう。この山頂から、この唸《うな》りをあげている冥界の炎の川《プレゲトーン》を見下ろせば、信じがたい事柄として鯨や熊程度の逸話を記した正直なロナス・ラムスの素朴さに、思わず微笑まずにはいられない。なにしろ、世界最大の戦艦であろうと、この凄まじい引力の圏内に入れば、颶《ハリ》風《ケーン》に翻弄《ほんろう》される羽毛のごとく一切の抵抗もできずに、瞬時にして跡形《あとかた》もなく消えてしまうにちがいないのだ。

この現象に関するさまざまな記述を丁寧に読んでいるときは、なるほどと思えるところもあったが、こうしてみると、ずいぶん記述に的外れで不十分な点があるとわかってくる。通説では、この大渦巻きは、フェロー諸島に発生する三つの小規模の渦巻き同様、「その発生の原因は、潮の満ち干によってこの海域に流入し流出する波が、ぶつかった岩場や岩棚の隆起部により堰《せ》き止められ、瀑布のように落下するためにほかならない。そのため上げ潮の水位が高ければ高いほど、落下は大きくなり、自然な帰結として渦巻きが生じるのである。その甚大な吸引力は小規模な実験により確認されている」——これは『ブリタニカ大百科事典』の記述である。キルヒャーらの学者たちは、メエルシュトレエムの海流の中心には地球を貫く深淵があり、どこか遠くの地域——ボスニア湾がその一例として些《いさ》か断定的に挙げられているが——まで通じているのではないかと想像している。この意見は、それ自体としては荒唐無《こうとうむ》稽《けい》ではあるが、渦巻きをじっと見ていれば、私としても本当にそう思いたくなった。案内人にそう告げると、驚いたことに、そいつはノルウェー人ならほとんど全員思っていることだが、自分はそうは思わないと言う。発生の原因についても理解しがたいと言う。その点は私も同意見だった。と言うのも、百科事典にもっともらしく書かれていても、この深淵の轟音を聞いていると、そんな説明はまったく不可解で、馬鹿げているとさえ思えてくるのだ。

「渦はもうたっぷりご覧になったでしょう」と、老人は言った。「この岩山の裏手へまわると、風の当たらねえ、波の轟音が届かねえところがあります。そこで、一つ話をしてさしあげましょう。それを聞きゃあ、なるほど、あっしがちっとはメエルシュトレエムのことを知ってるわけだと納得いただけますよ」

　私は言われたとおりにその場へ行き、男は話し始めた。

「あっしらは三人兄弟で、昔、七十トン級の二本マストの帆船《スクーナー》を持っておりました。そいつで、いつもモスケー沖からヴァル近くまでの島々を巡って漁をしとったわけです。海が激しく引き潮になるときは、うまいことやると、どっさり魚がかかるんですわ。やってみようっていう勇気さえありゃいいんです。ですが、ロフォーテンの漁師のなかでも、今言った島々までいつも漁に出るのは、あっしら兄弟だけでした。たいていは、ずっと南へ下ったところを漁場としとりました。そこだと、大して危険もなしに、魚がいつでも獲《と》れるので、そっちのほうが人気があったんです。だけども、今言った岩場付近の穴場のほうが、魚の種類がとびきり豊富なだけじゃなく、遥《はる》かにどっさり獲れるんでさ。というわけで、臆病《おくびょう》なやつらが一週間で水揚げするような量を、あっしらは一日で獲ってました。実際、こいつは一か八かの賭《か》けだと思ってましたね——命を懸けて手間を惜しみ、勇気がありゃ、がっぽり儲《もう》かるってね。

漁船は、ここより五マイルほど上の入り江に繋《つな》いどりました。天気がよけりゃ、満潮と干潮の境目で潮の流れが止まる潮止《スラック》まりが十五分だけあるのを利用して、モスケーの渦の主な水路を横切って、オッターホルムかサンフレーセン付近の、引き潮がそれほど激しくねえところに錨《いかり》を下ろすんです。ずっとそこにいて、また潮止まりが来たら、錨を上げて帰るんでさ。この漁に出るのは、行き帰りにしっかりした横風があるときにかぎる——帰り着くまで吹きやんじまうことはねえって確信できるときだけです——その点で誤算をしたことは滅多にありませんね。六年のあいだに二度、風がそよとも吹かねえもんで、一《ひと》晩じゅう錨を下ろしっぱなしってことがありましたがね。そんなことは、このあたりじゃ、まったく珍しいこってす。一度なんかは、一週間漁場に足止めされて餓え死にしそうになったこともありましたよ。着いてまもなくして強風が吹きつけてきて、海峡が思ったよりも荒れちまったんです。あんときは、もう少しで海ん中へおっぽり出されるところでした（なにしろ、あちこちの渦巻きにとっつかまって、ものすごい勢いでぐるぐるまわってて、とうとう錨をもつれさせちまって引きずってたんですから）。たまたま逆流に乗っかってフリメンの風下まで流されて、ラッキーなことに、そこで止まれたんです。

あの漁場――あそこは、天気がいいときだって、ひでえ場所でしたが――あそこでどれほどひでえ目に遭ったか、二十分の一も話せるもんじゃありません。だけど、あっしらは、いつだってモスケーの渦にとっつかまるのだけは何とか避けてきたもんです。まあ、ときには、潮止まりに一、二分遅れたとか早すぎたかってときは、心臓が口から飛び出そうに泡食いましたけどね。船を出すとき風が思ったほど吹いてくれず、船が全然進まなくて、潮の流れが出てきて船が制御不能になったこともありました。上の兄に十八になる息子が一人いて、あっしには頑丈な倅《せがれ》が二人いましてね。そんなときに倅たちがいてくれたら、オールを漕《こ》いだり、漁を手伝ってくれたり、ずいぶん助かったとは思うんですが、若いのを危険に巻き込む気にはなれなくってね。なにしろ、まあ何と言っても、恐ろしい危険があることはまちがいありませんでしたからね。

あと数日もすれば、これからお話しする事件が起こった日からちょうど三年になります。一八××年七月十日でした。地元の人間には、決して忘れられねえ日です。史上最悪の颶風《ハリケーン》が吹き荒れたんです。ところが、午前中はずっと、しかも夕方までは穏やかな南西のそよ風がずっと吹いていて、太陽も明るく照っていたもんだから、最古参の漁師だって、まさかあんなことになるなんて思いもしませんでしたよ。

　あっしら三人——兄とあっしと弟——は、午後二時ぐらいに島々を巡って、やがて漁船いっぱいに上等な魚を水揚げしました。こんなに獲れたのは初めてだなんて話してましたっけ。あっしの懐中時計でちょうど七時になったとき、錨を上げて帰途につきました。八時には潮の流れが止まるとわかってたんで、その時間にこの難所を抜けちまおうってわけです。

　右舷《うげん》後方に強い風を受けて出発し、しばらく快速に飛ばしました。まさか危険な目に遭うなんて夢にも思ってませんでした。そんな兆候は微塵《みじん》もありゃしませんでしたからね。不意に、前方のヘルゼッゲン越しに軟風が吹いてきて、帆が裏帆になっちまったんです。まったく異例で——こんなことは初めてで——なんとなく、まずいぞという虫の知らせがありました。こんな逆風を受けると、引き潮のほうへ進めなくなっちまう。仕方がねえからさっきの投錨《とうびょう》地へ引き返そうと言おうとしたとき、船尾を見ると、水平線全体が、異様な銅《あかがね》色の雲で覆《おお》われて、そいつがとんでもねえ速さでもくもくと湧き上がってるじゃありませんか。

　その一方で、今まで吹いてた逆風がパタリとやんで、まったく無風のまま、船はあちこち漂うばかりでしたが、それも長くはつづかず、どうしたらいいか考える暇もなく——一分もしねえうちに、嵐が襲ってきて——二分もしねえうちに、空はすっかり雲に覆われ——猛烈な波飛沫《しぶき》で、同じ船の中にいる互いの顔も見えねえほど真っ暗になっちまったんです。

あのときの颶風《ハリケーン》を言い表そうとするのは、愚の骨頂ってもんです。ノルウェーの最古参の漁師だってあんなもんは経験したことはありませんよ。嵐にすっかりやられちまう前に帆を全部下ろしておいたってのに、最初の一《ひと》吹きで、マスト二本とも持ってかれちまいました。のこぎりで切ったみたいにすっぱりね。メインマストには弟が安全のために体をくくりつけてたのに、一緒に消えちまいました。

あっしらの船は、まるで水面に浮かぶとびきり軽い羽毛みたいなもんでした。甲板は真っ平で、舳先《へさき》に小さなハッチがあるだけで、それだって渦巻《シュトレエム》きを横切るときは三角波を警戒していつも閉めてたんです。そうしてなかったら、あっという間に沈没してたでしょう。数分間は完全に水に潜《もぐ》ってましたから。兄貴がどうして死ななかったのかはわかりません。確かめている暇なんぞありゃしませんでした。あっしは、前《フォ》帆《アスル》をたたむとすぐに甲板に俯《うつぶ》せになり、船首の舷縁の狭くなったところで足を踏ん張り、前檣《フォアマスト》の根元近くのボルトの輪っかを両手で握りしめました。とっさにそうしたのは単なる本能でしたが——それぐらいしか、ほんと、できなかった——泡食っちまって、頭なんか働かなかったんです。

さっきも言ったように、しばらく完全に水に浸《つ》かってました。その間ずっと息を止めて、輪っかにしがみついてました。こらえきれなくなって、両手はしがみついたまま、膝《ひざ》をついて起き上がると、顔が水面に出ました。とたんに小さな船は、水から出てきた犬みたいにブルブルッと震えたもんで、甲板の水がかなり払われました。ぼうっとなっちまってたあっしが気を取り直して、どうしたらいいか考えようと思ったとき、誰かが腕をつかみました。兄でした。波にさらわれちまったんだとばかり思ってたんで、うれしくて心臓が跳び上がりましたよ――が、次の瞬間、その歓喜は恐怖に転じました――と言うのも、兄はあっしの耳に口を近づけて、叫んだんです――「モスケーの渦だ！」

そのときのあっしの気持ちがどんなもんか、誰にもわからんでしょう。ひでえ瘧《おこり》に罹《かか》ったみたいに、頭から爪先《つまさき》まで震えましたよ。そいつが何を意味するか、兄が何を言おうとしているのか、わかったからです。このまま風に煽《あお》られつづけたら大渦巻きへ向かってまっしぐら、そうなりゃ絶対助かりっこありません！

このあたりの海峡を通るときは、どんなに天候が穏やかでも、いつだって渦巻きを大きく迂回《うかい》したうえで潮止まりが来るまで慎重に待ってたっていうのに、今や、その淵《ふち》に向かってまっしぐらに進んでるんです！　しかもこんな颶風《ハリケーン》の中を！「そこに着くのはちょうど潮止まりになってるときにちげえねえ――まだちょいと希望はあるぞ」なんて思ったりしましたが、次の瞬間には、少しでも希望を夢見た自分の馬鹿さ加減を呪いました。大砲を九十門積んだ戦艦の十倍もでかい船に乗ってたって、助かりっこねえのはわかりきってたんです。

この頃には嵐の最初の猛威がおさまってました。と言うか、帆を下ろしてたんで、さほど感じなくなっただけかもしれませんが、ともかく当初は風に押さえつけられて低い波で泡立ってた海が、今や大きな山のように盛り上がってたんです。空も異様に変わってきてました。まわりは四方八方漆黒の闇のままでしたが、ほぼ真上に円い切れ目ができて、澄み渡った空が見えてました――あんなに澄んだ空は見たことがありません――明るい紺色です――そこに満月が、月がこんなにきらめくとは知りませんでしたが、燃えるように光ってました。そのおかげで、あたりのものがひどくくっきりと見えました――だが、ああ、神よ、照らし出されたのは何て光景だったことか！

一、二度、兄に話しかけようとしましたが、どういうわけか轟音《ごうおん》がさらに大きくなって、兄の耳許《みみもと》で声をかぎりに怒鳴っているのに、一言も届きゃしません。やがて兄は首を振って、死んだように蒼褪《あおざ》めて、「聞け！」と言うように指を一本立ててみせました。

最初はどういうことかわかりませんでした――が、まもなく、恐ろしい考えがパッと浮かびました。ポケットから時計を出して見れば、動いちゃいねえんです。文字盤を月明かりで見て、思わずどっと涙を流しながら時計を海に投げ込みました。七時で、止まっていたんです！　潮止まりの時間はとっくに過ぎ、大渦巻きは最高潮を迎えていたんです！

船ってもんは、造りが頑丈で装備も万全で、荷も積みすぎてなきゃ、強風時の波ぐらいは、追い風なら船の下をすり抜けていくように思えるもんです――新米の船乗りにはかなり不思議に思えるようですが――船乗り言葉では「波に乗る」って言います。さて、ここまでは、うねりにしっかり乗ってきたんですが、やがて巨大な波が、突き出た船尾の下に潜り込んだかと思うと、船を――高く――高く――空まで放り投げんばかりに持ち上げました。波があんなに高く上がるもんだとは、この目で見なきゃ信じられませんでしたよ。それから、すうっと、すべるように下がってきて、ズブズブと水中へ入り込むもんだから、気持ちは悪《わる》いの、眩暈《めまい》はするのって、まるで高い山頂から飛び下りる夢でも見てる気分でした。ただ、高く上がったときに、さっとあたりを見まわし――一瞥《いちべつ》するだけで十分でした――すぐに船の正確な位置を確認しました。モスケーの渦は、まさに約四分の一マイル前方に迫ってました。ただ、いつものモスケーの渦とは似ても似つかねえ。旦那《だんな》が今ご覧になっているあの渦が水車用流水とは似ても似つかねえくれえにね。自分たちがどこにいて、これからどうなろうとしているかわかってなかったら、目の前にあるのが何なのか見当もつかなかったでしょうね。

思わず怖くなって目を閉じちまいました。瞼《まぶた》が引きつったようにギュッとかたまりましたよ。

それから二分もしないうちに、不意に波がおさまったかと思うと、あたりは泡だらけになってました。船は左に鋭く半旋回し、それから稲妻の速さで新たな方向へ突進していきました。同時に、波のうなる音は、甲高い絶叫のような音に完全に掻《か》き消されました――まるで何千もの蒸気船が一斉《いっせい》に蒸気を吐き出したかのような轟音です。今や船は、渦の外周をまわりつづける波の軌道に乗ったんです。もちろん、次の瞬間には深淵《しんえん》に落ちていくんだろうと思いました――ただ、あんまりにもすごい速度で運ばれてるんで、奥底ははっきりとは見えませんでしたがね。ところが、船はちっとも沈まず、怒濤《どとう》の波の表面に浮かぶ気泡のように滑ってるんです。右舷のすぐ横に渦があり、左舷《さげん》にはさっきまで船があった海が高く盛り上がってました。船と水平線のあいだに、のたうちまわる壁のように海が聳《そび》えていました。

不思議に思えるかもしれませんが、いよいよ深淵に呑まれようっていうとき、そこへ近づいて行ってたときよりもずっと気が落ち着いていました。最初のうちはすっかり怖気《おじけ》づいちまってたんですが、もう希望は持つまいと心に決めたせいで、恐怖がすうっと消えたんです。絶望したおかげで、神経が図太くなったわけです。

自慢するわけじゃねえが、本当です――こんな死に方をするのは、すげえことじゃねえかと思い始めてました。これほど壮大な神の力を目《ま》の当たりにしてるときに、てめえの人生なんてちっぽけなことを考えるなんて馬鹿じゃねえかと思えました。そう思いついたときは恥ずかしくて顔が赤くなってたと思いますよ。しばらくして、渦そのものに大いに興味を惹《ひ》かれてました。その底を調べてみたいと本気で思ったんです。どんな犠牲を払ってもね。何が悲しいって、これから目にする神秘を陸《おか》にいる仲間に教えてやれねえってことでさ。そういった極限状態だと、そんなおかしなことを考えるもんですが、そのあと何度も思ったもんです——船が渦のまわりを旋回したせいで、頭がちょいと、いかれちまったんじゃねえかってね。

　落ち着きを取り戻すきっかけは、もう一つありました。風がやんでたんです。船の現在の位置までは、風が届かなくなったんです。さっきご覧になったとおり、旋回している怒濤の帯は、海面全体よりかなり低くなっており、海面は今や黒い山の峰となって高く船の上に聳《そび》えてたわけですよ。すげえ強風の海に出たことがなけりゃ、風と飛沫《しぶき》を受けるだけでどれほど頭が混乱するもんか見当もつかんでしょう。目は見えねえ、耳は聞こえねえ、息はできねえ、動くことも考えることもできやしねえ。ところが、今はずいぶんそういった苦しさが軽減されたってわけです。まあ、獄中の死刑囚が、死刑が決定するまでは許されていなかったちょいとしたお楽しみを味わわせてもらうようなもんでさ。

どれぐらい旋回したかわかりません。一時間ぐらいまわってましたかね。浮かぶっていうより飛ぶんです。徐々にじわじわと怒濤の帯の真ん中へ入っていき、恐ろしい内側へどんどん近づいていく。そのあいだじゅうずっと、ボルトの輪っかを放しゃしませんでした。兄は船尾にいて、船尾突出部の狭くなったところの下にしっかりと縛りつけられてあった大きな空《から》の水樽《みずだる》にしがみついてました。そいつは強風が最初に襲ってきたとき、海へ投げ出されずに甲板に唯一残ってたものでした。船がいよいよ深淵の縁へ近づいていくと、兄はそれを放して、輪っかをつかもうとしてきました。そして、輪っかは二人いっぺんにしがみつくには小さすぎたため、兄は恐怖の苦悩のあまり、あっしの手を無理やり引き剝《は》がそうとしました。兄がそんな振る舞いに及ぼうとは——ただもう怯《おび》えて精神錯乱状態になってそんなことをしたとはわかっていたものの——こんなに悲しいことはありませんでしたね。しかし、兄と輪っかを取り合う気はさらさらありませんでした。別に、どっちか一人がつかまってなくても関係ねえと思って、兄にボルトを譲り、船尾の樽のほうへ向かいました。そいつはちっともむずかしいことじゃありませんでした。漁船はかなり安定して旋回しており、左右のバランスもよく——ただ、飛沫《しぶき》を上げてまわる渦の強烈な勢いに押されて前後に揺れる程度でした。新たな場所にしっかり身を落ち着けたとたん、船は激しく右舷《うげん》へ傾き、真っ逆さまに深淵へと落ちて行きました。あっしは急いで神へ祈りました。もはやこれまでと思ったんです。

　吐き気がするような落下の不快感を覚え、本能的に樽にいっそう強くしがみつき、目を閉じました。数秒間、怖くて開けられませんでした。すぐに死ぬんだと思ったのに、水が肺に入ってきて死の苦しみを味わっているわけじゃねえのが不思議でした。刻一刻と時が過ぎていきます。まだ生きてました。落下感はなくなりました。船の動きは、泡の外輪にいたときとかなり同じで、前より傾《かし》いでいる点だけがちがいました。勇気を出して、もう一度あたりを見てみることにしました。

　その光景に見惚《みと》れるように目を瞠《みは》ったときの畏怖《いふ》と恐怖は決して忘れられるもんじゃありません。船はまるで魔法のように、漏斗形をした渦巻きの内側の斜面の途中にひっかかって、止まってるんです。その漏斗の円周たるや広大で、深さは桁外《けたはず》れ、完《かん》璧《ぺき》になめらかな斜面はまるで黒檀《こくたん》です。それがめちゃくちゃな速さで旋回しており、さっき言った雲の円い裂け目から、満月の光が黄金の輝きとなって深淵の奥深くまで射し込み、その照り返しで黒い壁が妖《あや》しい光を放っていなかったら、美しい黒檀に見えたでしょうよ。

　最初あまりに頭が混乱して、何も正確に見てとれませんでした。恐ろしいまでの壮大な世界が突然目に飛び込んできたもんですからね。少し気を取り直すと、本能的に下を見ました。漁船は深淵の傾斜面にへばりついてて、そこから下を見ると、視界を妨げるもんは何もありません。船は完全に左右のバランスがとれていました——つまり、甲板は水面と平行だったんです。ただ、水面は四十五度以上の角度で傾いてますから、船は横倒しになっているようなもんでした。ところが、そんな状況でも、完全に水平のときと同じように樽につかまって足を踏ん張っていられたのは、回転する速度が速くて遠心力が働いてたからでしょう。

　月明かりは深淵の底まで射し込んでるようでしたが、あたりをすっかり包み込む濃霧のせいで、底ははっきりとは見えません。霧の上には雄大な虹《にじ》がかかっていました。まるでイスラム教徒が「時」と「永遠」のあいだを唯一渡す橋としている、髪の毛よりも細く、剣の刃よりも鋭い橋みたいでしたよ。この霧っていうか飛沫は、漏斗の巨大な壁が底でぶつかって生じてるってことはわかりましたが、その霧から天に向けて発せられる絶叫のような音は、とても言葉じゃ言い表せません。

　上のほうで泡を立ててた怒濤の帯から最初に深淵に落ちたときは斜面をかなり落ちたのに、そこから先はさほど落ちなかったってわけです。船はぐるぐるまわってましたが、一定の動きではなく、ふらついたり、ぐいと動いたりして、ほんの数百フィートしか動かねえときもあれば、気づけば渦をほぼ一周していることもありました。まわるたびに、下へずり落ちていきました。ゆっくりではありましたが、はっきりとわかりました。

こうして船を運んでいく黒檀の広大な荒海を見まわしてみると、あっしらの船だけがこの渦につかまったわけじゃねえとわかりました。上にも下にも船の残骸《ざんがい》やら、大きな建材やら、木の幹やらが、数点の家具や壊れた箱、樽や樽板といった小さないろんなものと一緒に浮かんでるんです。最初の恐怖に代わって異様な好奇心が湧いたことはさっき話しましたが、その好奇心は、恐ろしい破滅に近づけば近づくほど膨らみましてね。で、今や一緒に浮かんでいるいろんなものを不思議な興味を持って眺めてたんです。錯乱してたにちげえねえんです——なにしろ、ものによって泡立つ底へ落ちていく速度がちがうことに気づいておもしろがってたんですから。「この樅《もみ》の木が次に下に引きずりこまれて消えるだろうな」なんて言ってね——そして、オランダ商人の船の残骸がそれを追い越して先に消えたのを残念がったりしてました。とうとう、そういった当てっこを何度かやって、みんな外れたとき——その事実——いつも見込みちがいだという事実をつきあわせて考えると、また体が震えてきて、心臓がバクバクしてきました。

こんなふうに気が昂《たかぶ》ったのは新たな恐怖のせいじゃなくて、胸躍らせる希望が見えてきたためでした。この希望が生まれたのは、記憶のおかげでもあるし、現状の観察のおかげでもあります。そう言えば、モスケーの渦に巻き込まれながら吐き出されたいろんな漂流物がロフォーテンの海岸に散らばってたじゃねえかと思い出したんです。

だいたいは、見るも無残にぼろぼろになって、刺《とげ》が全面に突き刺さってるみてえに擦《す》り剝《む》けてたが、まったく無傷なのもあったことを、はっきり思い出したんです。どうしてそんなちがいが生じたのか。ぼろぼろになったのは、完全に吸い込まれたやつで、そうじゃねえのは、潮の流れのあとのほうでやってきたか、あるいは何らかの理由で、巻き込まれたあと、かなりゆっくりと落ちていって、底に着く前に潮の変わり目が来たんじゃねえだろうか。それ以外の説明はつかねえと思いました。どっちにせよ、先にずっと速い勢いで巻き込まれたやつとはちがった運命を辿《たど》って、海面にふたたび吐き出されるってのはありえることだと思いました。さらに三つの重要な観察をしました。一つは、一般に、大きいもののほうが先に沈むってこと。二つ目は、同じ大きさで、球形とそれ以外の形があった場合、下降の速度は球形のほうがまさってるってこと。第三に、同じ大きさで、円筒形とそれ以外の形があった場合、円筒形のほうがゆっくり吸い込まれるってこと。脱出したあと、このことに関して地元の学校のベアラン教師と何度か話をしたんですが、「円筒形」だの「球形」だのといった言葉を覚えたのは、その先生のおかげです。先生は——正確な説明は忘れましたが——あっしが観察したのは、浮遊するものの形の当然の結果だと教えてくれ、渦巻きに円筒形の物質を入れると、同等の体積で他の形状をしたものよりも、渦の吸引力に最も大きな抵抗力を示し、なかなか引き込まれにくいのだと教えてくれました。

それから、あるすごいことに気づいちまいました。そのおかげで、今までの観察はまちがいねえと納得できただけでなく、こいつは利用してみねえ手はねえぞって気になったんです。すなわち、回転するたびに、樽やら、折れた帆桁《ほげた》やらマストやらを通りすぎるわけですが、初めて渦を驚いて見つめてたときには同じ高さにあったものの多くが、今じゃ船よりずっと高い位置にあって、もともとの場所からほとんど動いてねえように見えたんです。

　どうしようかとためらっている場合じゃありませんでした。つかまってた樽にしっかり自分を縛りつけ、船尾から切り離して、樽もろとも水に飛び込もうと決心しました。身振りで合図をして兄の注意を引いて、そばを流れるいくつかの樽を指さして、これから自分が何をするつもりかできるかぎりわからせようとしました。とうとう兄はわかってくれたと思いますが、わかったにせよ、わからなかったにせよ、絶望的に首を振って、ボルトの輪っかから離れようとしませんでした。無理強いはできなかったし、ぐずぐずしている場合でもなかったんで、兄は兄の運命に任せることにして、あっしは樽を船尾に縛りつけてたロープで体を樽に結びつけて、もはや一瞬のためらいもなく、樽とともに渦に飛び込んだんです。

　結果は、まさに期待してたとおりでした。この話をしているのが、ほかでもねえあっし自身であることからもおわかりのとおり、助かったんです。どうやって助かったかはもうご存じで、これから先の話も見当がお付きでしょうから、さっさと話を終えちまいましょう。船から飛び出して一時間かそこいらすると、船はかなり下のほうまで下りていて、三度か四度つづけざまに猛烈に激しい回転をすると、愛する兄もろとも、永遠に泡の混沌《こんとん》の中へ消えちまいました。自分をくりつけた樽が、渦の底と船から飛び込んだ水位との半分までも下りねえうちに、渦に大きな変化が起こりました。巨大な漏斗になってた斜面の傾斜がどんどん水平になっていき、渦の回転も次第にその激しさを弱めていったんです。徐々に泡や虹が消えて、渦の底がゆっくりとせり上がってきました。空は澄み、風はやみ、満月が輝きながら西に沈みかけていました。で、気づいたんです。自分はさっきまでモスケーの渦があったところの海面に浮かんでいて、向こうに見えるのはロフォーテンの岸じゃねえかって。潮止まりの時間になってたんです。だけど、海は、まだ颶風《ハリケーン》の影響で、高波で荒れていました。あっしは、海峡の中へ押し流され、数分後には海岸沿いのみんなの「漁場」へと運ばれていました。船がやってきて、へとへとに疲れ切ってたあっしを拾ってくれました。危険が去った今となっては、あの恐怖を思い出しただけで口がきけなくなっていましたよ。助けてくれたのは、昔からの仲間で毎日付き合ってるやつらでしたが、あっしのことがわかりませんでした。黄泉《よみ》の国からやってきた旅人かと思ったんでしょうかね。かつては鴉《からす》のように真っ黒だった髪が、ご覧のとおり真っ白になっちまってましたからね。

それに、表情もすっかり変わっちまったと言われましたよ。みんなに話を聞かせてやりましたが、信じてもらえませんでした。旦那《だんな》にこうして話したわけですが、ロフォーテンの愉快な漁師たちと同じで、やっぱり信じてもらえねえんでしょうな。

ユーラリー

独《ひと》りの頃
嘆きの心
澱《よど》みたる魂に流れ来たりて、変わり目に
我得たりや、優美なユーラリーをわが頬染《ほほそ》む花嫁に——
黄金《おうごん》の髪の乙女ユーラリーをわが微笑《ほほえ》む花嫁に

ああ　光　乏《とぼ》し
翳《かげ》るは　夜の　星々
輝く乙女の瞳《ひとみ》に比して朧気《おぼろげ》に
菫《すみれ》と真珠の色に染まりし
月光から作りし
一片《ひとひら》の華麗なる霞《かすみ》とて及びはせぬ、実《げ》に
懐《ゆか》しきユーラリーのしどけなき巻き毛に

明眸《めいぼう》のユーラリーの慎《つつ》ましき解《ほつ》れ毛に
疑いも苦しみも最《も》早《はや》なし
妻の優しさ　この上なし
その魂は　わが吐息に吐息で応《こた》え
かくて　終日《ひねもす》
燦燦《さんさん》と愛を灯《とも》す
空の金星《アスアルテ》こと愛の女神に訴え
愛《いと》しきユーラリーは常に仰ぎ見る
若きユーラリーは菫の目で金星《ヴィーナス》を見る

モレラ

それ自体、永遠にして唯一のそれ自体——

プラトン『饗宴』

友モレラには、心からの、だが極めて特異な愛情を抱いていた。何年も前、たまたま知り合うようになり、初めて会ったときからわが魂はついぞ経験したことのない炎で燃え上がったのだ。だが、それはエロスの炎ではなかった。この常ならぬ炎の意味が何なのか見定めることはできぬものの、そのわけのわからぬ激しさを抑えることもできないと徐々に確信していくにつれ、わが胸は苦悶《くもん》した。それでも、私たちは逢瀬《おうせ》を重ね、運命は二人を教会で一つにした。私は愛していると言ったことはなかったし、恋だとも思わなかった。しかし、彼女は人づきあいを避け、私だけを相手にし、私を幸せにしてくれた。それは驚きの幸せ——夢見る幸せだ。

　モレラは博学多識だった。正直、その才能は尋常ではなかった——その精神力は巨大であった。私はそう感じて、多くの点で彼女の生徒となった。ところが、彼女はプレスブルク〔現スロバキアの首都ブラチスラヴァ。黒魔術の総本山として知られた〕で教育を受けたためか、初期ドイツ文学の駄作と普通看做《みな》されるような神秘的な文章を私に読ませるようになった。どういう理由かは想像もつかないが、それが彼女のお気に入りで、いつも研究していた――そして、その感化を受けながら慣れ親しんだせいであろうが、やがて私のお気に入りにもなった。

これらすべての点に於《お》いて、私の誤りでなければ、私の理性はほとんど関わっていなかった。そんな観念的世界に触れても私の理性的信念は揺らがなかったし（揺らいだとしたら私はどうかしていたのだ）、読んでいた神秘主義思想じみたところが私の行動や考えに紛れ込んだりもしなかった（よほど思いちがいをしていないかぎり）。そう思い込んで、私は妻の導きにすっかり身をゆだね、その複雑な神秘の研究世界へ迷うことなく入っていった。そうして――禁断の書物を読み耽《ふけ》るうち、禁断の精神の火が私の中に灯《とも》ると――モレラはその冷たい手を私の手に重ね、死せる哲学の灰から特異な言葉を掻《か》き出して低く呟《つぶや》いてみせたので、その不思議な意味は私の記憶に焼きつけられた。こうして何時間も何時間も、私は彼女の傍らで、音楽のような彼女の声に聞き惚《ほ》れていたが――やがて、その旋律は恐怖の色を帯びるようになってきて――わが魂に暗い影が落ち――この世ならざる調べに蒼褪《あおざ》め、内心、震え慄《おのの》いた。こうして喜びは不意に恐怖となり、最も美しいものが最もおぞましくなったのだ。ヒノムの谷が地獄《ゲヘナ》となったように（古代エルサレム市の南端にあったヒノムの谷で、処刑された罪人の遺体が燃やされ、旧約聖書時代には生贄《いけにえ》のために子供らが燃やされ、悪臭を放つ場所となりゲヘナと呼ばれ、ゲヘナは地獄の意味となった。旧約聖書「列王記下」23：10、「エレミヤ書」32：35参照〕。

前述の書物から発して長いあいだモレラと私の唯一の話題となった論考が具体的にどのようなものかを語るには及ぶまい。学識者なら、神学的倫理学とでも呼べばすぐに理解されようし、学問のない者には、いずれにせよ理解できないだろう。フィヒテの熱狂的な汎神論《はんしんろん》〔万物は神の一部だとする説〕、ピタゴラス学派の修正輪廻《りんね》説、そしてとりわけシェリングが論じた「アイデンティティ」の学説などが、想像力豊かなモレラにとって魅力ある論点となった。「個人」とは何かといえば、それはジョン・ロックが正しく定義したように、理性を持った一つの存在だ。人は思考する知的実在であり、思考には意識がつきものである以上、この意識こそが、人それぞれが「人それぞれ」になる根拠であり、それによって他の思考する存在と区別して、個人としてのアイデンティティを持つことになる。しかし、死に際してそのアイデンティティが完全に失われるのか否かという「個体化の原理」の概念は、私にとって常に非常に興味ある問題だった。その結果が不可解でおもしろいものであるからというよりは、モレラがそれを語る際の極めて昂奮《こうふん》した態度が気になったからである。

とは言いながら、わが妻の謎めいた態度が私を呪縛《じゅばく》する時がやってきた。彼女の蒼白い指や、その音楽的な言葉の低い響き、その憂鬱《ゆううつ》な目の輝きに、これ以上耐えられなくなったのだ。彼女はそれを知りながら咎《とが》めることはせず、私の弱さや愚かさもわかっているらしく、微笑みながら、それも「運命」だと言った。また、私の気持ちが次第に妻から離れていっている理由も心得ているようだったが、私すらわかっていないその理由がどういうものか、些《いささ》かも教えようとはしなかった。だが、さすがに女ゆえ、日に日に窶《やつ》れていき、やがて頬に深紅の点がはっきりと現れるようになって、白い額《ひたい》には青い静脈が目立ってきた。一瞬、憐《あわ》れに思ってしまうのだが、次の瞬間には、彼女の意味深長な視線と出会い、ぞっとして、何かおぞましい底知れぬ深淵《しんえん》を覗《のぞ》き込んでしまったような眩暈《めまい》を感じるのであった。

と言うことは、私はモレラの亡くなる瞬間を心待ちにしていたということだろうか。そうだ。だが、その脆《もろ》き魂は、土塊《つちくれ》にすぎぬ肉体にしがみついていた——何日も——何週間も——何か月も。私は辟易《へきえき》し、ついに責《せ》め苛《さいな》まれた神経がわが精神を支配して、遅延に激怒し、暮れゆく日の影さながら彼女の柔《やわ》な命が次第に長く伸びるにつれ、日に日に長くなっていくかに思われる時間を、その苦々しい一刻一刻を、鬼の心で呪ったのだった。

けれども、ある秋の夕暮れ、天に吹きすさぶ風がやんだとき、モレラは私を枕許《まくらもと》へ呼んだ。霞《かす》む靄《もや》が大地を覆《おお》いつくし、水面《みなも》は暖かく照り、十月の森の豊かな彩《いろど》りの見事さは、蒼穹《そうきゅう》より虹《にじ》が落ちたかと思えた。

「まさに今日こそ」私が近づくと、彼女は言った。「今日こそ、生死の分かれ目の日です。この世に生ける息子らにとって美しい日であり——ああ、天に逝《ゆ》く娘らにとってさらに美しい日です！」

　私がその額にキスすると、彼女はつづけた。

「私は死にますが、生きるのです」

「モレラ！」

「あなたが私を愛してくれた日はありませんでした。けれど、生きて嫌ったこの女を、死してあなたは愛するでしょう」

「モレラ！」

「私は死ぬと言いました。ですが、私の中には愛の結晶が——ああ、本当にささやかな愛だったけれど、あなたがこのモレラに注いだ愛が実を結びました。わが魂が旅立つとき、その子は生まれるでしょう——あなたと私の子、モレラの子です。でも、あなたの日々は悲しみの日々となりましょう——棺《ひつぎ》を作るのに使われる糸杉が木々の中で最も頑丈であるように、いつまでも悲しみは心に刻まれたままとなりましょう。あなたの幸せの時は終わり、二度花開くと言われるペスタム〔イタリア南部にあった古代ギリシャの植民地〕の薔薇《ばら》とはちがい、人生に喜びは二度ないのです。ですから、あなたはもうギリシャの詩人アナクレオンを気取って恋や美酒を唄《うた》うことはできず、ヴィーナスに捧《ささ》げる銀梅花《マートル》も葡萄《ぶどう》も知らずに、メッカのイスラム教徒のように生きながらにしてご自分の死装束を手にすることになるのです」

「モレラ！」と私は叫んだ。「モレラ！　なぜそんなことがわかるんだ？」――しかし、彼女は枕の上で顔をそむけ、その体を微《かす》かに震わせると、息を引き取り、その声は二度と聞かれることはなかった。

　ただ、予言されたとおり、死ぬと同時に生まれた子供が――母が息を引き取るまでは息をしなかった子供が――娘が生まれた。不思議なほどめきめきと背丈も知能も成長し、亡き母に瓜《うり》二つとなった。この世に住む者に対してこれほどの愛は抱けないであろうというぐらい熱烈な愛をもって、私はこの子を愛した。

　しかし、やがて、この純愛の天空も曇り、陰鬱《いんうつ》と恐怖と悲嘆が黒雲となって空を覆った。心身が不思議な成長を見せたと述べたが、その身体的成長の速さは不思議と言ってすますことができても――ああ、その知的発達を見守る私が感じた総毛立つほどの恐ろしい思いと言ったら！　いたいけな子供に大人の女の能力と機能があることがわかり、幼児の口から経験豊富な言葉が漏れ、成熟した女の才知や情熱がそのぱっちりとした思索的な目から常に輝いているとわかったとき、恐怖に震えないことがあろうか。怯《おび》えながらも、はっきりとそう認識してしまったのだ。わが心からそれを隠すこともできない。震えながらも否定することもできやしない。となれば、心を乱す恐ろしい疑念がわが精神に迫り、今は亡きモレラの奇想天外な話やぞっとする学説を思い出して慄然《りつぜん》としたとしても驚くには当たるまい。私は、運命ゆえに愛さざるを得ないわが子を、世間のうるさい目の及ばぬように、わが家の奥の奥に匿《かくま》って、悶々《もんもん》たる不安を抱えながら、この愛児の成長を見守った。

数年が瞬《また》く間に経ち、私は毎日、娘の清らかで優しく表情豊かな顔を見つめ、成熟した体を眺めるうちに、この子が、その母親、あの憂鬱な死人《しびと》とそっくりである点を日々新たに発見していった。その類似の影は刻一刻と濃く、はっきりと、決定的となってゆき、私を困惑させ背筋を凍らせた。微笑みが母親似であることくらいなら我慢できるが、それがまさに母親の微笑そのものであることに身震いしてしまうのだ。目がモレラの目に似ているのは耐えられるが、その目から、人をたじろがせるような強烈なモレラの眼差《まなざ》しが、私の魂の奥まで覗き込んでいるのである。広い額や、絹のような髪の巻き毛や、髪に埋まった蒼白《あおじろ》い指を見るにつけ、悲し気な音楽のような話し方を聞くにつけ、そしてとりわけ――ああ、とりわけ――この愛《いと》しき生者の唇から死《し》人《びと》の表現や言いまわしがこぼれるとき、私は恐怖の想いの虜《とりこ》となるのだ、私にいつまでもつきまとう死せぬ蛆虫《うじむし》〔旧約聖書「イザヤ書」66:24より〕のごとき存在を感じて。

かくてわが子の生涯は十年を数えたが、まだ娘の名前はなかった。「わが子」とか「愛しい子」などが父親の愛情から出る呼称であり、世間から隔絶された暮らしにより、父親以外との交わりはなかった。モレラの名前はその死とともに葬られ、母親のことを娘に話したことはなかった——話すことなどできなかった。娘はまだ短いその生涯に於《お》いて、そのひっそりと隔離された暮らしの中で得られるもの以外、外界から何の影響も受けていなかった。だが、やがて、気力を失い、心乱れた私は、洗礼の儀式を受けさせてはどうかと思いついた。わが運命の恐怖から一時的にでも解放されるのではないかと思ったのだ。洗礼盤を前にして、何という名前をつけたものかと、とまどった。古今東西の多くの賢い美女たちの名前が、優しく、幸福で、善良なる美しい多くの名前とともに私の唇にのぼってこようとしていた。なのに、埋められた死人の記憶を掻《か》き起こしてしまったのはなぜだろう。いかなる悪魔があの音を私の口から吐き出させたのか。思い出しただけでも、赤い血潮がこめかみから心臓までどっと引いてしまうあの名前を？　いかなる悪鬼がわが魂の奥から話していたのか。あの暗い通路で、夜の静寂《しじま》のなか、牧師の耳にあの名前を囁《ささや》いたとき——モレラ、と。悪鬼以上の何が、わが子の相貌《そうぼう》を引きつらせ、死の色をもって覆ったのか。ほとんど聞き取れないその音にぎょっとして、娘はそのガラスのような目を地から天へ向け、先祖代々の納骨堂の黒い石盤の上にひれ伏して、応《こた》えたのだ——「私はここにいます！」と。

はっきりと、冷たく、静かに明晰《めいせき》に、その短い言葉はわが耳に響き、熱く溶けた鉛のように、わが脳の中へ、焼け爛《ただ》れさせる音となって流れ込んだ。幾年月が過ぎ去ろうとも、あのときの記憶は決して消えることはない！　私とて花や葡萄を知らぬわけではなかったが——毒人参と糸杉〔死の象徴〕が日夜、私に暗い影を落とした。それから私は時や場所を一切気に留めなくなった。わが運命の星々は天から消えてゆき、それゆえ大地は暗くなり、人々は飛びまわる影法師のように通りすぎ、そのなかで私が見つめていたのはただ一人——モレラであった。蒼穹《そうきゅう》の風は、わが耳に一つの音のみを囁《ささや》き、海のさざ波もいつまでも繰り返し呟《つぶや》くのだ——モレラ、と。しかし、その娘は死んでしまった。私は自分の手で娘を墓へ運び、そして思わず長く、苦々しい笑い声をあげてしまった。二人目を埋葬しようとした納骨堂から、跡形もなく消えていたのだ——最初の——モレラが。

アモンティリャードの酒樽《さかだる》

　これまでフォルトナートから一千回もひどい目に遭わされ、じっと我慢に我慢を重ねてきたものの、あからさまな侮辱を受けたとき、私は復讐《ふくしゅう》を誓いました。けれども、私の心根をご存じのあなたは、私が脅しを口にしたとはお思いにならないでしょう。こうなったら復讐してやる――それは絶対決まりでしたが、まさにそう固く心に思い定めたとき、危険を冒すまいとも考えました。ただ仕返しをするだけでなく、こちらの身に危害が及ばぬように相手を罰さなければならない。報復が報復者の身に返ってきたら、借りを返すことにはならない。復讐者が、ひどいことをした相手に同じように思い知らせてやれないようでは、復讐にならないのです。

　私の言動がフォルトナートに、私の善意を疑わせるようなことがあってはならない。私はいつものように面と向かって微笑みつづけましたが、その微笑みが今ややつをやっつけてやることを思ってのものであると、やつは知る由もなかったのです。

　やつには――あのフォルトナートには――弱点がありました。そのほかの点では、尊敬され、恐れられさえする男なのに。自分がワイン通であることを鼻にかけていたのです。イタリア人で本物のワインの目利きができる人は多くありません。たいてい、イタリア人というのは、時間や機会を巧みに使って、イギリスやオーストリアの億万長者を騙《だま》すのに夢中ですからね。絵画や宝石に関しては、フォルトナートはイタリア人の例に漏れず、いかさま師でした――が、年代物のワインとなると、真剣なのです。この点で、私もさほど変わりません。私はイタリアのワインに詳しく、機会があれば大量に購入していましたから。

　私がこの友人に再会したのは、謝肉祭《カーニバル》シーズンの狂乱もたけなわだったある夕闇の迫る頃でした。ひどく陽気に私に話しかけてきたフォルトナートは、すっかりできあがっていました。道化服を着ていました。体にぴったりした色ちがいの柄模様のついた服で、頭に鈴のついた三角帽をかぶっていました。私はやつに会えてすっかりうれしくなって、握手した手を放したくないほどでした。

　私はこう言いました――「フォルトナート君、会えてよかったよ。君は、今日はまた、なんて恰好《かっこう》をしているんだい！　実はさっき、アモンティリャードだという大樽《おおだる》を受け取ったんだ。だけど、どうも騙されたんじゃないかと思ってね」

「何だって？」と、やつは言いました。「アモンティリャードだと？　大樽だと？　ありえない！　しかもカーニバルの真っ最中に！」

「だから怪しいと思うわけさ」と、私は答えました。「愚かにも、この件で君に相談もしないで、アモンティリャードとして代金を支払っちまったけどね。君が見当たらなかったものだからね。買いそびれるのも嫌だったし」

「アモンティリャード！」

「ちがうかもよ」

「アモンティリャード！」

「調べてみないとね」

「アモンティリャード！」

「君は忙しそうだから、僕はルケージのところへでも行くよ。目利きができるとすれば、あいつぐらいなもんだからね。あいつなら——」

「ルケージなんかにゃ、アモンティリャードとシェリーのちがいもわからないさ」

「でも、やつは君ほどの舌を持っているって言う馬鹿もいるよ」

「さあ、行こう」

「どこへ？」

「君の酒蔵《さかぐら》へ」

「だめだよ。君の好意につけこむわけにはいかない。用事があるんだろ。ルケージが——」

「用事なんかない。——来い」

「だめだよ。用事はないかもしれないが、ひどい風邪をひいているようじゃないか。地下蔵はひどい湿気だし、硝石《しょうせき》だらけだからね」

「いいから、行こう。風邪なんて大したことない。アモンティリャードか！　騙されたな。ルケージなんか、アモンティリャードとシェリーのちがいもわからない」

　そう言いながら、フォルトナートは私の腕をつかみました。黒い絹の仮面をつけて、マント《ロクロール》にすっかり身を包んだまま、私は、やつが私を私の家へ急ぎ引っ張っていくに任せました。

　家には、召し使いが一人もいませんでした。カーニバルを楽しもうと、抜け出したのです。私は、朝までは戻らないと告げ、家から出てはならないとはっきりと申し渡しておいたので、それで十分でした。私が背を向けたとたん、一人残らずいなくなるだろうと思ったとおりでした。

　私は壁から突き出た燭台《しょくだい》から松明《たいまつ》を二本取って、一本をフォルトナートに渡し、いくつかの部屋を通って、地下蔵へとつづく廊下へ案内しました。長い螺旋《らせん》階段を下りながら、気をつけてついてきてくださいとお願いしたのです。とうとう階段を下り切ると、そこはモントレソール家の湿った地下墓地《カタコンベ》でした。

　わが友の足取りはおぼつかなく、歩くたびに帽子の鈴が鳴りました。

「大樽は？」

「まだずっと先だよ」と私。「それにしても見てみろよ。この洞窟《どうくつ》の壁に、蜘蛛《くも》の巣みたいな白いのが光ってるだろ？」

やつは私を振り向きました。濁った目を酩酊《めいてい》で潤《うる》ませて、私の目を覗《のぞ》き込んでいます。

「硝石か？」とうとうやつは尋ねました。

「硝石だよ」私は答えました。「君のその風邪はどれくらい長いんだい？」

「ゴホッ！　ゴホッ！　ゴホッ！――ゴホッ！　ゴホッ！　ゴホッ！――ゴホッ！　ゴホッ！　ゴホッ！――ゴホッ！　ゴホッ！　ゴホッ！――ゴホッ！　ゴホッ！　ゴホッ！」

哀れな友は、長いあいだ答えることができませんでした。

「だいじょうぶだ」と、やつはようやく言いました。

「さあ」と、私はきっぱりと言いました。「戻ろう。君の健康が大切だ。君は金持ちで、尊敬も称賛も受け、愛されている。君は幸せ者だ。僕もそんなときがあった。君がいなくなったら困る人が大勢いる。僕はどうでもいいけど。戻ろう。君、病気になっちまうよ。僕は責任が持てない。それに、ルケージだっているんだから――」

「もういい」と、やつは言いました。「咳《せき》なんか大したことはない。そんなんで死にやしない。咳で死ぬもんか」

「そりゃ、そうだけど」と私。「それに余計な心配をさせるつもりはないけど、ちゃんと気をつけたほうがいいと思うよ。このメドック・ワインを一杯やって、湿気から身を守ろうじゃないか」

そう言うと私は、酒架にずらりと並んだワイン瓶の一本を取り、栓をポンと抜きました。

「飲めよ」私はワインを差し出しました。

やつはニタリと笑って、ワインを口に運びました。そこで止まって、親し気にこちらにうなずいてみせたので、鈴がチリンチリンと鳴りました。

「ここで安らかに眠れる者たちに乾杯」

「僕は君の長寿に乾杯するよ」

やつはまた私の腕を取り、私たちは先へ進みました。

「ずいぶん広い地下蔵だな」

「モントレソール家は、何代もつづく名家だからね」

「どんな紋章だっけ」

「金色の大きな人間の足が、空色の地に描かれている。足は首をもたげた蛇を踏み、蛇の牙《きば》は踵《かかと》に食らいついている」

「標語《モットー》は？」

「やられたら、やりかえす《ネモ・メ・イムプネ・ラケシト》」

「よし！」と、やつ。

目にはワインが輝き、鈴が鳴っています。私の想像もメドックのおかげで奔放になってきました。さまざまな大樽と一緒くたになって骨が積み重なった壁のあいだを抜けて、地下墓地《カタコンベ》の奥まったところへ進みました。私はまた立ち止まり、今度はフォルトナートの二の腕をぐっとつかみました。

「硝石が増えてるだろ。苔《こけ》みたいにつくんだ。ここは川底の下だよ。骨のあいだから水分が滴り落ちてくる。さあ、手遅れにならないうちに引き返そう。君の咳は――」

「だいじょうぶだ。先へ進もう。だが、まず、メドックをもう一杯もらおうか」

私はド・グラーヴの小瓶《フラソン》を手渡しました。やつは一気に飲み干してしまいました。目は強烈な光でぎらついています。笑って、何だかわからない身振りとともに瓶を投げ上げました。

私は驚いて、やつを見つめました。また同じ身振りを繰り返しています――グロテスクだ。

「わからんか？」と、やつ。

「わかんないね」私は答えた。

「じゃあ、おまえは入っていないんだな」

「どういうこと？」

「おまえは、メイソン〔フリーメイソン〕じゃないんだな」

「いや、メイソンだよ。もちろん」

「おまえが？　ありえない。メイソンだって？」

「メイソンさ」と、私。

「サインは？」

「これさ」と、私はマントの下から石工《メイソン》の使う鏝《こて》を取り出しました。

「ふざけるな」やつは数歩後ずさって叫びました。「まあいいや、アモンティリャードのとこへ行こう」

「そうしよう」私は、道具をマントの下に戻しながら言って、ふたたびやつに腕を取らせました。やつはしっかりとつかまってきました。二人してアモンティリャードへの旅路を進んでいきました。低いアーチをいくつもくぐり、階段を下り、通路を通り、また階段を下り、深い地下室に着きました。澱《よど》んだ空気のせいで、松明の炎はぼんやりとしています。

　地下室の一番奥に、さらに狭い部屋がありました。壁に沿って人骨が頭上の丸天井に届くほど積み重なっているさまは、ちょうどパリの地下墓地《カタコンベ》のようです。この内室の三方の壁はこの調子で装飾が施されています。四つ目の壁からは人骨が崩されて、地面に雑然と転がり、ちょっとした山になっているところもありました。こうして人骨が取り除かれたことで丸見えになった壁の内側には、さらに空間がありました。奥行き四フィート〔約一・二メートル〕、幅三フィート〔約九十センチ〕、高さは六、七フィート〔約二メートル〕です。特に何かに用いようとして造られた空間ではなく、地下《カタ》墓地《コンベ》の天井を支える二本の巨大な柱のあいだに偶然できた空間らしく、壁は堅固な花《か》崗岩《こうがん》です。

フォルトナートがその暗い松明を持ち上げて、この奥を覗《のぞ》き込もうとしても無駄でした。鈍い光では、奥までは見えなかったのです。

「進みたまえ」と私。「アモンティリャードはこの中だ。ルケージに拠《よ》ると――」

「あいつにゃ、何もわかっちゃいない」友はそう口を挟むと、おぼつかない足取りで前へ進み、私はすぐにそのあとにつづきました。たちまちやつは奥の壁にぶつかり、行く手を岩にはばまれて、馬鹿みたいに狼狽《ろうばい》しています。次の瞬間には、私は花崗岩の壁にやつをつなぎ止めていました。壁には二フィート〔約六十センチ〕ほど離れて同じ高さのところに二つの鉄の鎹《かすがい》が打ち込まれており、その一つから短い鎖が垂れ下がり、もう一方からは南京錠が下がっていたのです。鎖をやつの腰にぐるりとまわして錠をかけるのに、ものの数秒とかからなかったというわけです。やつは呆気《あっけ》に取られて、抵抗することすらできませんでした。鍵《かぎ》を引き抜くと、私は後ずさりしてその狭い空間から出ました。

「壁を触ってみたまえ」と私。「硝石がびっしりだろう。まったく、ここはすごい湿気だよ。ねえ、引き返そうよ。最後のお願いだ。嫌かい？　じゃあ、君をここに残していくしかないな。だけど、その前に、微力ながら、君にできるかぎりのことはして差し上げたいと思ってる」

「アモンティリャード！」友は、まだ驚愕《きょうがく》から立ち直れないまま叫びました。

「そう」と私。「アモンティリャードだ」

そう口にしながら、私は前述の人骨の山に戻って作業にかかりました。山を崩すと、奥から石材とモルタルが出てきました。それらを鏝《こて》で固めながら、せっせと空間の入り口に壁を造り始めたのです。

最初の段ができないうちに、フォルトナートの酔いがかなり醒《さ》めてきているのがわかりました。空間の奥から低くうめく叫び声が聞こえてきて、初めてそうと気づきました。酔漢の叫びではありませんでした。それから長い強情な沈黙がありました。私は二段目を並べ、三段目、四段目も完成させました。そのとき鎖を猛烈に揺さぶる音がしました。音は数分つづき、その間私は、その音をもっと楽しめるように、作業の手を休めて、人骨の山に座って耳を傾けました。ついに鎖の音《ね》がやむと、また鏝《こて》を手にして一気に五段目、六段目、七段目を仕上げました。壁はもう私の胸近くまできています。私はまた手を休め、壁越しに松明《たいまつ》を差し込んで、中の人影をぼんやりと照らしてみました。

やかましい甲高い叫びが、鎖でつながれた影の喉《のど》から突然迸《ほとばし》り、私は思わず激しく身を引きました。一瞬、私は狼狽し――そして震えました。細身の剣《レイピア》を抜くと、それで奥の空間を探ろうとし始めましたが、一瞬考えて、気を取り直しました。地下墓地《カタコンベ》の硬い壁に手を置いて満足を覚えたので、ふたたび壁に近づき、騒いでいる男の叫びに応《こた》えました。谺《こだま》のように、叫び返してやったのです――音量でも激しさでも上まわる声を出してやりました。そうしてやると、騒いでいたフォルトナートは静まりました。

もう真夜中となっており、作業も終わりに近づいていました。八段目、九段目、そして十段目が完成しました。最後の十一段目がほぼ仕上がって、あとたった一つの石材をはめ込むばかりとなりました。その重さと苦闘しながら、予定された場所にその石材を置きかけたとき、今度は奥の空間から低い笑い声がして、毛が逆立つ思いがしました。笑い声のあと、悲しげな声が響きました。高貴なフォルトナートの声とは思えない声でした。声はこう言いました――

「ハハハ！――ヒヒ！――まったく大した冗談だぜ――すばらしいジョークだ。屋敷に戻って大いに愉快に笑おうじゃないか――ヒヒヒ！――ワインでも飲みながら――

ヒヒヒ！」

「アモンティリャードをね！」

「ヒヒヒ！――ヒヒヒ！――そう、アモンティリャードだ。だが、もう夜も遅いんじゃないか？　屋敷じゃ俺たちを待ってるだろ、俺の奥方やみんながさ。もう行こうじゃないか。」

「そうだね」と私。「逝《い》くんだな」

「後生だから、モントレソール君！」

「そうだね。後生を思いたまえ」

ところが、耳を傾けても返事はありませんでした。私は苛立《いらだ》ち、大声で呼んでみました。

「フォルトナート！」

　答えはありません。もう一度呼びかけました。

「フォルトナート！」

　やはり答えはありません。残った隙間から松明を突っ込んで、向こう側へ落としてみました。返ってきたのは鈴のチリンチリンという音ばかり。胸が悪くなりました――が、それはきっと地下墓地《カタコンベ》の湿気のせいでしょう。私はさっさと作業に片をつけてしまおうと急ぎました。最後の石を所定の場所に押し込んで、漆喰《しっくい》で固めました。新しくできた壁に沿ってふたたび骨を堆《うずたか》く積み上げました。半世紀経った今でも、その骨を動かした者はいません。安らかに眠りたまえ《イン・パーケ・レクウイエスカト》！

アッシャー家の崩壊

その心、弦を張りつめたリュートさながら
Son cœur est un luth suspendu;
触れればたちまち鳴り響く
Sitôt qu'on le touche il résonne.

ド・ベランジェ (De Béranger)

その年の秋、威圧的な雲が垂れ込め、どんよりと暗く静まり返った妙に侘《わび》しい田舎道を、私は独り、一日かけて馬で進んでいた。ついに夕闇迫る頃、見えてきたのが、憂鬱《ゆううつ》なるアッシャー家だ。なぜかはわからぬが、その屋敷を初めて目にしたとたん、耐えがたい暗澹《あんたん》たる思いに襲われた。なぜに耐えがたいかと言えば、普通うらさびれて悲惨なる自然を目にすれば、どんなに厳しいものであっても詩情を覚えてなかば楽しめるところもあるものなのに、そんな気持ちにさらさらなれなかったためである。私は眼前の風景を見つめた——ただの家だ。どうということもない風景画のような光景だ。私は荒涼たる壁を、そして虚《うつ》ろな目さながらの窓を凝視した。少し菅《すげ》が茂り、枯れた木々は白い幹を曝《さら》している。そのときの私の魂が潰《つい》えていくような感覚といったらなかった。まるで阿片《あへん》の幻覚から醒《さ》めて見る悪夢としか言えないような、この世ならざる感覚。残酷な日常へ戻るつらさ、ヴェールを剝《は》ぎ取られる恐怖にも似て——心が凍《い》てつき、どっと落ち込み、胸が悪くなった。救いがたいほどの鬱々たる思いゆえに、どう想像力を掻《か》き立てようと、崇高さなど微塵《みじん》も感じられない。一体何だって

――私は考えてみた――アッシャー家を眺めただけで、こうも気が萎《な》えてしまうのか。まったくもって不可解だ。あれこれ考えるうちに押し寄せてくる影のようなさまざまな想像に対処しきれず、不本意な結論を出すしかなかった。すなわち、このような心理的効果はごく単純なあたりまえの理由がいろいろ重なりあって生まれるにちがいないが、その正体をつきとめることはできないのだと。あの家の外観の特徴であるとか、見かけのこまごまとした点がほんの少し変わるだけで、きっとこんな陰気な印象は消えるのだろう。そう思うことにして、私は屋敷のそばに水鏡の輝きをもって横たわる暗く不気味な小さな湖のぎりぎりの端まで馬を進め、見下ろした。だが、灰色の菅《すげ》、ぞっとするような木々、虚ろな目のような窓が逆さに水面《みなも》に映っているのを見て、いっそう身の縮《ちぢ》む思いがしただけだった。

そうは言っても、私は、この陰鬱なる屋敷にこれから数週間滞在するのだ。家主のロデリック・アッシャーは、私の少年時代の仲のよい友人だった。もう何年も無沙汰《ぶさた》にしていたが、遠方から私のもとに一通の手紙が届いたのだ。彼からの手紙だ。とにかく来てくれと執拗《しつよう》に迫るその文面に、私は自ら出向いていくしかなかった。手紙には神経的に昂《たかぶ》っている様子があり、ひどい病気に罹《かか》り――精神的にまいっているので――親友と言うか、唯一の友として会いに来てくれたら、心も和《なご》んで病も癒《い》えると思うと熱心に求める内容だった。それ以外にもあれこれ書いてあったが、その逼迫《ひっぱく》した感じに、一刻の猶予もならないと思った。熱心な願いの裏の彼の真情に打たれたのだ。こうして、まったくもって奇妙な呼び出しだと思いながらも、やってきた次第である。

少年時代に厚い親交があったとはいえ、実はわが友のことはさほどわかっていなかった。あまりに引っ込み思案で、いつも寡黙な男だったのだ。だが、この旧家は、遥《はる》か昔から異様なまでに繊細な気質を持つことで知られており、いつの時代にも多くの立派な芸術作品を生み出してその家風を示してきたし、最近では、音楽学の分野に於《お》ける、すぐにそれとわかるような伝統的な傑作よりは複雑な作品に大いに入れあげて、気前の良い、とは言え、派手ではない慈善活動を繰り返していたことは知っていた。また、アッシャー家は古くからの名家ではあるが、いつの時代にも分家がつづいたためしがないという特異な事実も知っていた。つまり、一子のみでつながる直系だけが残っており、一時的に傍系が出かかってもすぐに消えてしまったのだ。そのせいなのだろうと私は考えた。この屋敷の特徴と一族の有名な特徴が完璧《かんぺき》に合致していることを思ったのだ。両者は何世紀にも亘《わた》って互いに影響し合ったのだろう。この領地がもとはどう呼ばれていたにせよ、分家が出ずに父から息子へと受け継がれてきた家の伝統と一体となることで、「アッシャー家」という古風で曖昧《あいまい》な呼び方をされるようになったと思われる。領地内の小作人たちは、「アッシャー家」と言うとき、家族のことも屋敷のことも指しているらしかった。

湖を眺め下ろすという些《いささ》か子供じみたことをしたところ、奇妙な第一印象を深めるばかりだったことは既に述べた。自分の迷信がいよいよ強まっていくのを意識してしまうと——迷信としか呼びようがないだろう？——なおのこと迷信は強まってしまう。畏怖《いふ》に基づいたあらゆる感情には、そうした矛盾したところがあるものだと、私は昔から気づいていた。水面から目を上げてふたたび家を見たとき、心に奇妙なイメージが生まれたのは、そんな思い込みのせいにすぎなかったのかもしれない。実に馬鹿げたイメージであり、ここに記すのも、そのせいでどっと気が滅入《めい》ったためにほかならない。想像を逞《たくま》しくするあまり、私はこの屋敷と領地全体とに一種独特の雰囲気がまとわりついていると本気で信じてしまったのだ。それは、天国の空気とは一切関わりのないような、腐った木々や灰色の壁、そして静まり返った湖から醸し出される、どんよりと澱《よど》んだ、なんだかよくわからない、鉛色の、感染力を持つ謎めいた蒸気だった。

思い過ごしにちがいないと、そんな想念を振り捨てて、私は建物の実際の様子を詳しく見てみた。主たる特徴は、とてつもなく古風なところと言えよう。年月が経ってひどく色褪《いろあ》せていた。外壁全体に菌類がはびこり、軒から薄くからまった蜘蛛《くも》の巣のようにぶら下がっている。そうは言っても、激しく荒廃しているわけではなかった。崩れたところはどこにもない。それゆえ、まだしっかりと組み合わさっているのに、あちこちの石がぼろぼろになっているのが、ひどくそぐわなかった。まるで人知れぬ地下室で、長年外気に触れなかったために昔の姿をとどめながら腐り果てた木造品のようだ。しかし、外面が朽ちているだけで、構造はしっかりしたものだった。目の鋭い人なら、微《かす》かな亀裂が正面の屋根の下からジグザグに走り、そのまま延びて、やがて湖の陰鬱な水面の中へ消えているのに気づいたかもしれないが。

こうしたことを見てとると、私は屋敷の前に短く延びる敷石の道へ戻ってきた。待っていた召し使いに馬を預けると、ゴシック様式のアーチを通って玄関ホールへ入った。忍び足の従者が黙ったまま、暗く入り組んだ廊下をあちこち先導し、主人のいる仕事場《スタジオ》へ案内してくれた。途中で目にしたものは、どういうわけか、これまで述べてきた私の漠たる思いを強めるものばかりだった。あたりにあるのは――彫刻を施された天井、渋い壁飾り《タペストリー》、黒檀《こくたん》のように真っ黒な床、そしてそばを歩くとカタカタと音を立てる戦勝記念品《トロフィー》――こいつには魔幻燈《ファンタズマゴリック》のような紋章が付いていた。そういったものは、私が幼少の頃から馴染《なじ》んできた類《たぐい》のものであり――馴染みのものと認めるざるを得ないのに――ありきたりのものがこんな妄想を掻き立てるとは一体どういうことなのだろうか。階段をのぼっていくと、この家の主治医とすれちがった。卑しい狡猾《こうかつ》さと困惑の交ざった顔つきをしていた。医者は狼狽《ろうばい》して私に挨拶《あいさつ》して通りすぎた。そのとき従者がさっと廊下のドアを開け放ち、主人の前へ私を案内した。

そこは広々として、天井の高い部屋だった。窓は長細く、先が三角になっていて、黒いオーク材の床からずいぶん離れたところについていたので、内側からは窓に手が届かない。深紅の微かな光線が格子窓から射し込んでいて、目立った調度品の形を照らし出していた。だが、部屋の遠くの隅や組子模様の丸天井の奥のほうは、いくら目を凝らしても見えなかった。四つの壁には暗い壁飾り《タペストリー》が掛かっている。ふんだんにある家具は、使い勝手の悪そうなアンティークで、ぼろぼろだった。本やら楽器やらが、あたりに散乱していたが、この光景に生気を与えることもない。ここで自分が呼吸している空気には悲しみが満ちていると感じられた。厳しくも深い、そして癒《いや》しがたい陰鬱さの籠《こ》もった空気が立ち込め、部屋に充満していた。

　私が入っていくと、アッシャーは寝そべっていたソファーから身を起こし、快活な親しみを籠《こ》めて挨拶をしたが、私には最初、大げさな歓迎ぶりに感じられた。世間に倦《う》み、アンニュイな男が、無理をしていると思えたのだ。しかし、その顔つきを一瞥《いちべつ》すると、まったく心から迎え入れてくれたのだと確信できた。私たちは腰を下ろし、しばらくのあいだ私は、黙っている彼の様子を憐憫《れんびん》と畏敬《いけい》とが相なかばする思いで見つめていた。これほどの短期間に、こんなに変貌《へんぼう》してしまうとは！　幼い頃に一緒に遊んだその人だとは、わからなかったほどだ。だが、その顔の特徴は、相変わらずはっきりしていた。頬は、げっそりとこけ、大きな潤んだ目は、異様にぎらぎらと光っている。いくぶん細くてかなり蒼褪《あおざ》めた唇は、極めて美しい曲線を描いている。繊細な鼻はヘブライ人型のすっと筋の通ったものだったが、それにしては鼻孔が大きかった。きれいな形の顎《あご》は引っ込んでいて、弱い精神を示していた。蜘蛛の糸のような繊細で柔らかな髪。これらの特徴に加え、こめかみから上が異様に広いため、忘れがたい容貌《ようぼう》となっていた。アッシャーの変貌は、こうした目立った特徴を一段と際立たせ、以前にも増して強い顔つきとなっていたために、私は自分が話しかけている相手があのアッシャーなのかと疑うほどだった。とりわけ、亡霊のような肌の蒼白《そうはく》さと、らんらんとした目の光には、驚いたのみならず、畏怖さえ感じた。絹のような髪もぼさぼさに伸び放題で、宙に漂ううっすらとした乱れ糸のように、顔にかかるというより、流れるようだった。そのアラベスクな様相を、普通の人間の姿に結びつけることはどうにもできなかった。

　わが友の態度にどこかおかしなところ——一貫性のなさ——があると私はすぐ気づいた。それは、異様に神経が昂《たかぶ》っているため体がいつも小刻みに震えていて、それを抑えようと空しい努力をしているためであると、やがてわかった。彼のそんな様子は手紙からも窺《うかが》えたし、彼の少年っぽい癖を思い出しても、その独特な体や気質を考えても、当然予測していたことだった。陽気になったかと思えば落ち込むという躁鬱《そううつ》状態にあったのだ。震えるような（まったく生気がない）優柔不断な声を出したかと思うと、正体をなくした酔漢や阿片《あへん》常用者が異様な昂奮《こうふん》状態にあるときのように、勢い込んではっきりとものを言うこともあった。阿片常用者の物言いとは、例の、ぶっきらぼうで重々しく、ゆっくりと虚《うつ》ろで、無気力だがはっきりとした実に落ち着いた喉《のど》声のことである。

こんな様子で彼は、私を招いた理由を話してくれた。どうしても私に会いたかった、会えば落ち着くと思ったと言う。自分の病気を自分でどう認識しているかも長々と話してくれた。この家に伝わる遺伝的なもので、治療はできないと諦《あきら》めていると言ったそばから、単なる神経症だから、きっとすぐ消えてしまうだろうと付け加えた。異様な感覚がどっと押し寄せるのだと言う。彼が詳細に語ってくれるその症状のなかには、興味と当惑を覚えるものもあった。もっとも、そのとき彼の用いた用語や話し方全般のせいでそう感じたのかもしれない。感覚が病的に研ぎ澄まされ、味気ないものしか食べられなくなったと言う。ある特定の布地の服しか着られなくなり、どんな花の香りにも嫌悪を覚え、目は微かな光もまぶしいと感じる。特定の音以外には恐怖を覚え、大丈夫なのは弦楽器の音だけだと言う。

アッシャーは、異様な恐怖にがんじがらめになっていたのだ。「僕は死ぬ」と、彼は言った。「こんな嘆かわしい、馬鹿なことをやっていたら、死んでしまう――こうして、このまま。これこそ、僕の死にざまなんだ。これから何が起こるかと思うと、怖い。起こることそのものではなく、その結果が怖いんだ。ほんの些細《ささい》な出来事のせいで、耐えがたいほど魂が掻き乱されると思っただけで身震いする。この身に危険が及ぶのを恐れているんじゃない。ただ、恐怖という如何《いかん》ともしがたいやつに囚《とら》われているんだ。そのせいで気力を奪われ、悲惨なありさまとなって、早晩、命も理性も手放さなきゃならない時が来る気がする。〈恐怖〉というこの陰鬱《いんうつ》なる幻影《ファンタズム》を相手にもがき苦しみながら」

　ほかにも、途切れ途切れの言葉の端々や、曖昧《あいまい》な言い方から、彼の精神状態の特異点が少しずつ見えてきた。彼は自分が住んでいる屋敷に関する迷信じみた考えに縛られていて、もう何年も屋敷から出ようとしたことがないのだ。ある作用が働いていると言うのだが、それがどんなものなのかあまりにも漠然としていて、ここに書き記すこともできない。この一家の屋敷の形と実体に関わる何かが、長い年月を経て老朽化したことにより、彼の心を蝕《むしば》み、その灰色の壁や小塔や、家から見下ろされる暗い湖の形が、彼という人間の気力に強く作用するに至ったという。

　しかし、こうして彼を襲う憂鬱には、遥かに筋の通った、もっともらしい原因もあるにはあるのだと、彼はためらいがちに認めた。それは、愛《いと》おしい妹の長患いだ。実のところ、妹は余命幾許《いくばく》もなかった。長年、妹とだけ一緒に暮らし、血縁はこの世で妹だけだった。「あの子が亡くなれば」と、彼は忘れがたい苦渋に満ちた顔で言った。

「救いようのない弱き自分が、由緒あるアッシャー一族の最後の生き残りとなる」そう口にしたとき、レイディ・マドリン（という名前なのだ）がゆっくりと、部屋の向こうを通りすぎ、私のいることに気づくこともなく消えた。彼女を見たとき、私はびくっとして仰天した――が、その理由《わけ》はわからない。去っていく彼女の足取りを目で追いながら、茫然自《ぼうぜんじ》失《しつ》してしまったのだ。ついに彼女の後ろでドアが閉まると、私はとっさに兄の顔つきに目をやった――だが、彼は両手に顔を埋《うず》め、痩《や》せ細った指のあいだから滂沱《ぼうだ》の涙をこぼしており、私はその指から血色がすっかり消えているのを見るばかりだった。

レイディ・マドリンの病には、医者たちは疾《と》うに匙《さじ》を投げていた。慢性的無気力状態、体力の減衰、そして頻繁に起こるが一過性の強硬症《カタレプシー》、つまり硬直状態となる症状といったところが、たいていの医者の診断だった。これまで彼女は病にじっと耐え、寝たきりにはならなかったのだが、私が屋敷に着いた日の夜遅く、（兄が夜、言いがたいほどの昂奮状態で私に告げたのだが）、病の力に組み伏されたのだった。つまり、私がちらりと見たあの姿は、私が目にした最後の姿となり、もう二度と、少なくとも生きた姿で、お会いすることはないと私は知ったのだ。

それから数日のあいだ、妹の名は、アッシャーからも私からも口に出されなかった。その間、私は友の憂鬱を何とか取り除いてやろうと、必死で手を尽くしていた。一緒に絵を描いたり読書をしたりした。あるいは、彼の熱狂的なギターの即興演奏に、夢見心地になって聴き入ったりもした。こうして、いっそう懇意にして彼の心の琴線に遠慮なしに触れるようになると、その心を慰めてやろうとするあらゆる試みの虚《むな》しさを思い知った。まるで彼の心には、しっかりと根づいた暗闇があって、精神世界と物質世界とにあるすべてのものに、やむことのない陰鬱さを放ちつづけているかのようなのだ。

　アッシャー家の主人とともにこうして二人きりで過ごした厳粛な長い時間を、私は決して忘れることはあるまい。だが、彼が私に教え、手ほどきしようとしてくれた、その研究というか、没頭していた仕事がどのようなものか正確に伝えることはできないだろう。昂揚《こうよう》して狂おしいばかりの詩的想像力《アイデアリティ》が、まるで燃える硫黄《いおう》を思わせる強烈な光をあたり一面に投じていたのだ。長い即興の挽歌《ばんか》はいつまでも私の耳に鳴り響きつづけるだろう。とりわけ、フォン・ウェーバーの最後のワルツの奔放なメロディーを奇妙に捻《ね》じ曲げて誇張してみせた曲が、妙に心に残ってつらかった。彼の精巧な想像力がじっと抱えるようにして描いた絵画の数々は、一《ひと》筆ごとに曖昧さを増し――私はなぜ身が震えるのかわからないがゆえに猶更《なおさら》ぞくぞくして震撼《しんかん》したのだが――そうした絵（今もなお眼前にあるかのようにはっきり思い出せる）の迫力は、とても言葉では表現できない。できたとしても、ごくわずかである。その構図の完璧《かんぺき》なまでの単純さや素朴さによって、彼は見る者の目をとらえ、戦慄《せんりつ》させた。人間技で思索が描けるものなら、その人間はロデリック・アッシャーだ。少なくともそのときの私には、この心気症患者がカンバスに描こうとした抽象画から耐えがたい畏怖《いふ》の強烈さがたちのぼっているように思えた。確かに印象的ではあっても具象的にすぎるフュースリーの幻想画を眺めても、そんな強烈さは微塵《みじん》も感じたことはなかったと言うのに。

わが友の心に去来する魔幻燈《ファンタズマゴリア》のようなイメージのうちの一つは、それほど抽象度が高くなく、ぼんやりとではあるが、言葉にすることもできた。どこまでもなめらかにつづく、何もついていない低い白壁に囲まれた、ひどく長い長方形の地下室かトンネルの内部を描いた小さな絵があったのだ。構図上の補助線を見れば、地下のかなり深いところに掘られた場所だとわかる。その広大な空間のどこにも出口はなく、松明《たいまつ》などの人工の光源も見当たらない。それなのに、凄烈《せいれつ》な光の洪水がうねっており、ぞっとするような気持ちの悪い輝きが全体を包んでいた。

アッシャーは、ある種の弦楽器を例外としてあらゆる音楽を受けつけられなくなっていることは既に述べた。恐らくそれゆえギターしか爪弾《つまび》かないという制限を自らにかけたせいか、ギターを手にすると実に幻想的な演奏を聞かせてくれた。だが、どうしてこれほど情熱的に即興演奏がさっとできるのかわからない。その幻想曲は、音符も歌詞も彼の狂おしい幻想から生み出されているにちがいなく、事実そうだった（というのも、時折、韻を踏んだ歌詞を即興でつけてみせていたからだ）。それは、先ほど述べたとおり、極度の昂奮《こうふん》状態に自らを追い込んだ瞬間にのみ見られる激しい精神集中によって生み出されたのだ。こうした狂詩曲《ラプソディー》の一曲の歌詞を私はずっと覚えてしまった。彼がそれを口ずさんだとき、その意味の神秘的な流れにこそ、アッシャーの危《あや》うい意識を初めて聴き取ったように思えたからだろう。彼の高邁《こうまい》な理性がその玉座で今まさに崩れんとしていることを、彼自身が意識している――そう思えて、いっそう心に深く刻み込まれたのだ。「幽霊宮殿」と題されたその歌詞は、正確とは言えないまでも、ほぼ次のようなものだった。

I

善なる天使の住処《すみか》なる
緑の深い谷の下
かつて華麗で荘厳なる
輝く宮殿が聳《そび》えていた
〈思考〉という名の王の国――
そこに聳えて揺るぎない！
熾天使《してんし》も　かほど美しき宮の上空に

翼をひろげたことはかつてない

II

金に輝く誉《ほま》れの幟《のぼり》、
屋根からはためき　とめどなし
（これはすべて、時を遡《さかのぼ》り、
昔のお話）
そして微風《そよかぜ》　戯れ誘《さそ》い
甘き過日に漂って
羽根で飾った白き城壁に沿い
飛び去った　翼ある香りとなって

III

その幸せの谷を彷徨《さまよ》う者たち
二つの明るい窓越しに見ていた
調べに合わせて蠢《うごめ》く霊たち
妙なるリュートの調べに乗って舞っていた

玉座のまわりを――そこに座るは而《しこう》して
（尊いお方！）
その栄誉にふさわしく威儀を正して
王国統《す》べる上《うえ》つ方《かた》

Ⅳ
そして真珠とルビーに輝くのは
宮殿の扉　やんごとなき
そこから流れ流れて溢《あふ》れ出すのは
弥増《いやま》す光の限りなき
妖精《ようせい》エコーの一群、その務めは一《いつ》にかかって
歌うこと
圧倒的な美声をもって
王の機知と叡智《えいち》を称えること

Ⅴ
だが、悲しみの衣を纏《まと》った邪悪なるものが早《はや》

襲い来たりて、君主の名門は毀《こわ》れ、
（ああ嘆け　王にはもはや
朝《あした》は訪れぬ　哀れ！）
屋敷のまわりに頬赤らめた花を咲かせた
栄光も今はなし
記憶も朧《おぼろ》に色褪《いろあ》せた
葬り去られた昔の話

VI

その谷を旅する者たち、
見つめよ、赤く灯《とも》る窓から、
この世ならざる大きな形、
乱れた調べに蠢《うごめ》く輩《やから》。
おぞましき奔流さながらに
色褪せた扉より　たゆまぬ
延々たる忌まわしき群れが飛び出し――さらに
嗤《わら》うのだ――だがもはや決して微笑《ほほえ》まぬ。

　このバラッドから示唆を得て、二人で一連の思考を辿《たど》っていったことで、アッシャーの考えがわかるようになったことをよく覚えている。それをここに記すのは、それが珍しかったからではなく（同じことを考えた人はいる（原注　ワトソン、パーシヴァル博士、スパランツァーニ、とりわけランダーフ主教――『化学論集』第五巻参照））、アッシャーの執拗《しつよう》さが気になったからだ。この考えは、一般的に言えば、あらゆる植物には感性があるというものである。だが、アッシャーの歪《ゆが》んだ想像の中で、この考えはさらに大胆なものとなり、無機物の領域にまで踏み込む場合さえあった。その考えの全貌《ぜんぼう》を説明する言葉も、彼がどこまでその考えに心酔してしまっているか言い表す言葉も私は持たない。しかし、この考えは（前にも仄《ほの》めかしたように）先祖代々住んできた屋敷の灰色の石と関係していた。これらの石の組み合わせに成功すれば――石を覆《おお》っている菌類や周囲の枯れた木々とも絡んでくるが、石をきちんと配列することができれば――感性の条件は整うと彼は思っていたのだ。とりわけ、石が長いあいだずっと同じ配列にあって、静かな湖面に映って二倍となっていることが重要らしい。その証拠――感性がある証拠――は、湖面と壁付近の大気が徐々に凝固することでわかると彼は言った（それを聞いて私はぎょっとしたものだ）。「何世紀にも亘《わた》ってわが一族の運命を決定づけた、この静かだが、執拗にして恐ろしい影響力を見れば、その結果はわかるだろう」と、彼は付け加えた。「そのせいで僕はこんなふうになってしまったんだ」と言う。そんなことを言われても返す言葉もないし、返すつもりもない。

我々が読んだ本――わが病人の精神的な側面の少なからぬ部分を長年に亘って形成してきた書物――が、この幻想《ファンタズム》を生み出す手のものであることは、お察しのとおりである。グレッセの『ヴェルヴェル』〔一七三四年刊の詩。一八六九年にオッフェンバックによりオペラ・コミックになった〕や『シャルトルーズ』〔一七三四年刊の詩〕、マキャヴェッリの『ベルフェゴール』〔悪魔ベルフェゴールが人間の女と結婚してひどい目に遭う滑稽《こっけい》譚〕、スウェーデンボリの『天界と地獄』〔霊視体験の本〕、ホルベアの『ニコラス・クリミウスの地下旅行』〔主人公が地球内部の空洞を冒険する諷刺《ふうし》小説〕、ロバート・フラッド〔イギリスの神秘主義的哲学者〕やジャン・ダンダジネ〔ドイツの神学者〕、ド・ラ・シャンブル〔フランスの哲学者〕の手相学の本、ティークの『青き彼方への旅』〔妖精の女王と結婚した貴族の冒険を描く諷刺小説〕、カンパネッラの『太陽の都』〔太陽国というユートピアを訪れる話〕などを読んだが、お気に入りは、ジローナ生まれのドミニコ会修道士ニコラス・エイメリック著『審問指南書』〔魔女審判の本〕の小さな八折り本《オクテーヴォ》だった。アッシャーは、ポンポニウス・メラの本の古いアフリカの半人半獣《サテュロス》や山羊神《アイギパーン》について書かれたところを開きながら、何時間も夢見心地で座っていたこともあった。しかし、彼の主たる喜びは、とびきりの稀《き》覯《こう》本《ぼん》である『マインツ教会聖歌隊による死者のための通夜』と題された忘れられた中世の教会の四折り本《クォート》の手引書だった。

　この狂気じみた通夜の儀式がこの心気症患者に与えたであろう影響を考えずにはおれないでいたところ、ある夜、不意に、彼はレイディ・マドリンが亡くなったと告げ、その死体を（最終的に埋葬するまで）屋敷に多数ある地下室の一つに二週間安置しておくつもりだと言う。この尋常ならざる処置をなぜにするのかその世俗的な理由は、私が云々《うんぬん》できることではないと思った。兄は、亡くなった妹の病気の常ならざる性質を考えてこの決定に至ったのであり、妹の医師団の方でもぜひ検死を行いたいと厚かましく求めているし、一族の墓地が遠くで放置されているという理由もあった。私はこの家に着いた日に階段で出会った人物の不吉な容貌《ようぼう》を思い出し、その処置は最善であり、害もなく、決して不自然なことではないと思って、反対する気はさらさらなかった。

　アッシャーの要望により、私は一時的な遺体安置の手伝いをすることになった。遺体は既に棺《ひつぎ》に入っていて、それを私たち二人だけで地下へ運んだ。その地下室は（それまでずっと閉め切っていたため、澱《よど》んだ空気で私たちの松明《たいまつ》は消えかかり、あたりを調べることもできなかった）狭く、じめじめしていて、外光がまったく入らなかった。私が寝ている部屋のすぐ下にある深い地下室だ。ずっと昔の中世に地下牢《ろう》として用いられていたらしく、それよりあとの時代には、火薬など発火性の高い物質の貯蔵庫となっていたようで、床の一部や長いアーチ型の廊下の壁全体が銅で丁寧に覆われていた。重たい鉄のドアにも同じような処理がされていた。その圧倒的な重さのせいで、ドアが蝶番《ちょうつがい》で動くとき、ギーという異様に鋭くきしむ音が出た。

　嘆くべき荷をこの恐怖の部屋の架台に下ろすと、私たちはまだねじ釘で留めていなかった棺蓋《かんぶた》をずらして、中の人の顔を見てみた。兄妹《きょうだい》が驚くほどそっくりなことに、私は初めて気づいた。アッシャーは、恐らく私の思いに気づいて、ぼそぼそと呟《つぶや》いたので、死んだ妹と彼が双子であって、説明のつかないほどに心が通じ合っていたと知った。しかし、遺体をいつまでも見つめることはしなかった——畏怖《いふ》の念に襲われてしまうからだ。強硬症《カタレプシー》の気がある病気では常のことだが、若い盛りに命を奪われたこの乙女の胸と顔には、まだ微《かす》かな赤らみが浮かんでおり、唇には微笑みが残っているかのように思えて、死体にはそぐわず、ぞっとした。私たちは蓋を戻してねじ釘で留め、鉄のドアをしっかりと閉めて、重い足取りで、憂鬱《ゆううつ》さに於《お》いてはさほど変わらない階上の部屋へ戻った。

　さて、つらい悲しみの日々が過ぎていくと、わが友の精神疾患に明らかな変化が現れた。いつもの様子がすっかり消えたのだ。これまでやっていたことはなおざりにされ、忘れられた。部屋から部屋へ、せかせかと不規則な足取りで、目的もなく歩きまわる。顔の蒼白《そうはく》さは、そんなことが可能ならばだが、今まで以上にぞっとするほど白くなった。だが、目の輝きはすっかり消えていた。ときどき上ずる声の調子もなくなり、極度の恐怖を感じているかのように、声が常に震えていた。休むことなく昂奮《こうふん》状態にある彼の精神が何か恐ろしい秘密を打ち明けようとして勇気を出そうと葛藤《かっとう》しているのではないかと思えるときもあった。あるいはまた、すべてはいわく言いがたい狂気の幻想のせいにすぎないのだとも思った。というのも、彼は何時間も虚空《こくう》を見つめ、聞こえもしない音に耳を澄ましているかのように、深い集中をしていたからだ。そんな彼の状態に私が怯《おび》えを感じ、私まで感染したのも無理はあるまい。徐々にではあるが確かに、彼の幻想が生み出した強烈な迷妄の影響が私にまで忍び寄ってくるのを感じていたのだ。

　そうした感情を最大限に経験したのは、レイディ・マドリンを地下牢に安置してから七日目か八日目の夜遅く、ベッドに入ろうとしていたときだった。横になっていても眠気はやってこず――ただ時間がゆっくりと過ぎるのみだった。私は自分を支配している神経の昂《たかぶ》りを理性の力で抑えようとしていた。今自分が感じていることは、すべてとは言わずともほとんど、この部屋の陰鬱《いんうつ》な家具の辛気《しんき》臭《くさ》さのせいだと思い込もうとした。ぼろぼろの暗いカーテンは、迫りくる嵐の突風を受けて、発作的に壁のあちこちをもがくように動いたり、落ち着きなくベッドの装飾のあたりに触れたりしていた。だが、どう努めても無駄だった。抑えがたい震えが、次第に全身に浸透し、とうとう、わが心臓の上にまったく原因不明の恐慌の悪霊《インキュバス》がどっかと腰を下ろしたのだ。喘《あえ》ぎ、もがいて、これを振り払おうとして、私は枕の上に身を起こし、部屋の暗がりをじっと見据えて、聞き耳を立てた――なぜかわからぬが、何か虫の知らせのようなものを感じてそうしたのだ――低くくぐもった音が、嵐の音のあいだを縫うようにして、長い間隔を置きながら聞こえてくるのに耳をそばだてた。どこから聞こえるのかわからない。激しい恐怖に囚《とら》われ、わけもわからず、耐えがたい思いで、私は急いで服を着て（その夜はもう眠れないと思ったのだ）、部屋の中を足早に行ったり来たり歩くことで、この惨めな状態から何とか抜け出そうとした。

　そうやって数回踵《きびす》を返したとき、隣の階段から軽い足音がするのに気づいた。アッシャーの足音だとすぐにわかった。一瞬のち、彼はドアをそっとノックして、ランプを手に部屋に入ってきた。その顔つきは、いつものように死人のように蒼褪《あおざ》めていたが――のみならず、その目には狂気の歓喜のようなものが浮かんでいた。全体の物腰には、病的昂奮《ヒステリア》を抑えようと努めている節があった。その様子に私は驚いた――が、さっきの孤独にずっと耐えるくらいなら何だってましだ。彼が来てくれたことに安堵《あんど》さえ感じた。

「君はまだ見てないのか」しばらく黙ってあたりを見つめてから、不意に彼は言った。「まだ見てないのか――いや、じっとして！　今に見える」そう言うと、注意深くランプに覆《おお》いをして、窓辺へと足早に進んで、嵐へ向かってパッと窓を開け放った。

突風が入り込んでくる強烈な勢いに体が宙に浮く思いがした。嵐ではあったが、厳しくも美しい夜だった。その戦慄《せんりつ》と美とに於いて、狂おしいまでの独特さがあった。この近隣で旋風が吹きすさんでいたらしく、風の向きが頻繁に激しく変わった。雲は過剰に濃く厚くなっていたが（屋敷の小塔を圧《お》し潰《つぶ》さんばかりに低く垂れ込めていた）、まるで生き物のような速さで動きまわるのが見えた。あちこちで互いに反発しあうように流れるのだが、どこかに消え去ってしまうことがない。かなりの厚さにも拘《かか》わらず雲の動きが見えたと述べたが、月や星は見えなかった。稲妻が走るわけでもなかった。ただ、もくもくと湧き立つ巨大な蒸気の塊の下、すぐそばの地上にあるものすべてが、異様なる幽《かす》かな光明に浮かび上がっていた。それは、屋敷を包み込むようにして覆っている、はっきりと目に見える気体から、ぼうっと発せられている光だった。

「見てはいけない――これを見てはだめだ」私は、身震いしながらアッシャーに声をかけると、窓辺から椅子へと無理やり（乱暴にならないように）連れ去った。「君を困惑させているこの現象は、よくある電気的現象に過ぎない――さもなきゃ、あの湖の腐った瘴気《しょうき》が原因かもしれない。この窓は閉めよう――外気は冷えて、君の体によくない。ほら、ここに君のお気に入りの物語がある。読んでやるから、聞いてくれ―

―そうやって、このひどい夜を一緒に過ごそうじゃないか」

　私が取り上げた古い本は、サー・ラーンスロット・キャニングの『狂乱の会合』だった。それを彼のお気に入りと言ったのは、本気ではなく、悲しい冗談だった。というのも、実は、そのやぼで想像力に乏しい冗長な話には、わが友の高尚にして精神的詩的想像力《アイデアリティ》を刺激するところなどほとんどなかったからだ。しかし、手近にその本しかなかったので、この心気症患者の昂奮状態であれば、これから読む荒唐無稽《こうとうむけい》の極致のようなものでも慰めになるのではと期待したのだった（精神疾患の歴史を繙《ひもと》けば似たような例がいくらでもある）。この物語に彼が耳を傾けた（あるいは傾けているように見えた）過度に緊張した陽気さから判断してよいなら、思ったとおりだと悦に入ってもよかっただろう。

　やがて、物語の主人公エセルレッドが、隠者の庵《いおり》へ穏やかに入ることがかなわず、無理やり入ろうとする有名なくだりへとさしかかった。その一節がこんなふうに書かれていることは、読者諸賢もご記憶であろう。

「勇猛なる心持てるエセルレッド、飲み干せし酒の助けもあって、力漲《みなぎ》り、もはや実《げ》に頑迷にして悪意ある隠者との談判を待たず、肩に雨を感じつつ、嵐の起こるを畏《おそ》れつつ、矛《ほこ》を高々と持ち上げ、戸に打ちかかり、籠手《こて》つきの手を差し込む穴をたちまちにして開けた。その手をがっしと引き抜けば、戸は割れ、砕け粉々となり、乾いて虚《うつ》ろな戸の木の音は谺《こだま》となって森中に響き渡った」

　そこまで読むと私はハッとし、一瞬読むのをやめた。どうやら（気が立っていて勘ちがいをしただけだとすぐに思い直したが）――屋敷のどこか遠くの方から、まさに本に記されていたのとそっくりの、木が裂け、割れるような音が（くぐもっていて鈍い音だが）響き渡ったように、ぼんやりと聞こえてきたのだ。疑いもなく、気になったのは偶然のせいだ。なにしろ、窓ガラスがガタガタと鳴り、ますます強まる嵐の激しい騒音と比べたら、そんな音はまったく気にならない些《さ》細《さい》なものにすぎないはずなのだから。私は物語を読み進めた。

「されど、善なる戦士エセルレッド、戸口の中へ足を踏み入れるものの、あの邪悪な隠者の影も形も見当たらぬのに怒り驚く。代わりに全身鱗《うろこ》の巨大ドラゴンが、口から火を吐き、床は銀敷きの黄金の宮殿を守らんとして、その前に構えているではないか。壁にかかる輝く真鍮《しんちゅう》の盾に記されたるは、この銘――

　ここより入る者、征服者たるべし
　ドラゴンを倒す者、この盾を得べし

そこでエセルレッド、矛を持ち上げ、ドラゴンの頭に打ちかかった。怪物は倒れ、苦しき息をつき、おぞましくも激しくあたりを劈《つんざ》く断末魔の叫びをあげたれば、エセルレッドはこのおぞましき音を聞くまいと、両手で耳を塞《ふさ》いだ。未《いま》だかつて聞いたためしなき、恐ろしき絶叫だったのだ」

ここでもふたたび、私はふと読むのをやめた。今度は激しく驚愕《きょうがく》していた。というのも、今度ばかりは、まちがいなく本当に聞こえたのだ（どこからかはまったくわからないが）、明らかに遠くのほうから、低いが、激しく長い、この世のものとも思われぬ叫び、あるいはきしるような音が。物語で描写されていたドラゴンの異様な絶叫として私が想像したものとまさにそっくりだった。

二度目の常軌を逸した偶然に、私は千々に乱れる思いに圧《お》し潰され、とりわけ驚異と激しい戦慄に囚われた。それでも、どんなことがあっても、友の繊細な神経を逆撫《さかな》でするまいとする冷静さだけは失わなかった。彼も例の音にこれまで気づいていたのかどうかはわからなかったが、確かに、この数分のうちに、彼の態度は奇妙に変化していた。私の前に座っていた彼は、徐々に自分の椅子をずらしていって、部屋のドアに顔を向けていた。そのため、私には横顔しか見えなかったが、その唇が、あたかも何か聞き取れぬことを呟《つぶや》くかのように震えているのが見えた。頭をがくんと落としていたが、眠っていたわけではない。横顔を見れば、目がはっきりと大きく見開かれているのがわかったからだ。体の動きからも、起きていることはわかった。ゆっくりと左右に体を揺らしつづけているのだ。こうしたことをさっと見てとると、私はサー・ラーンスロットの物語に戻った。話はこうつづく。

「今や、ドラゴンの激しい怒りから逃れた勇士は、真鍮の盾を思い出し、盾にかけられた魔法を解こうとして、ドラゴンの屍《しかばね》をどけ、宮殿へとつづく銀《しろがね》の道を、勇気をもって進み、壁にかかる盾の前へ出た。ところが、盾は、彼の来るのを待ちはせず、彼の足許《あしもと》の銀の床の上へ落下し、恐ろしき大音声を轟《とどろ》かせた」

　これらの言葉が私の唇から出るや否や――真鍮の盾が本当に、その瞬間、銀の床に落ちたかのように虚ろに鳴り響く金属音がした――ガラガランと響き、籠《こ》もったような反響音がつづいている。すっかり怖気《おじけ》づいて、私は跳び上がった。だが、アッシャーのゆったりとした体の揺れは乱れることはなかった。私は彼が座っている椅子へ駆《か》け寄った。その目は前をじっと見据えていて、その顔は全体に石のように強《こわ》ばっていた。私が肩に手を置くと、彼の体じゅうが激しく震えた。唇は病的な微笑みでわななき、まるで私がいることがわからないかのように、低い声でぼそぼそ何か早口で呟いていた。彼の上にすっかり身を屈《かが》めて、ようやくその言葉の恐ろしい内容が呑《の》み込めた。

「聞こえないか？――そう、聞こえる。ずっと聞こえていたんだ。ずっと――ずっと――ずっと――何分も、何時間も、何日も――なのに僕は――ああ、憐《あわ》れんでくれ、この惨めな僕を！——僕にはできなかった——言えなかった！　妹を生きたまま埋葬してしまったと！　僕の感覚は鋭いって言ったろ？　虚ろな棺《ひつぎ》の中で妹が最初に微《かす》かに動いた音だって聞こえていたと今になって言うよ。聞こえていたんだ——何日も何日も前に——でも言えなかった——言えなかったんだ！　そして今——今夜——エセルレッドが——ハハ！——隠者の戸を破る音、ドラゴンの断末魔の叫び、盾が落ちて響き渡る音！——いや、あれは妹が棺を破り、牢《ろう》の鉄の蝶番《ちょうつがい》がきしみ、銅張りの地下の廊下をもがき歩く音なんだ！　ああ、僕はどこへ逃げよう？　今にもここに来るんじゃないか？　早すぎた埋葬をした僕を責めようと急いでやってくるんじゃないか？　階段に足音が聞こえるだろ？　その心臓の重く恐ろしい鼓動が聞こえないか？　妹だ！」——ここで、彼は激しく立ち上がり、まるで魂をしぼり出そうとするかのように、一音一音を叫んだ——「妹だ！　今、戸のすぐ向こうに立っている！」

　その言葉の超人的な強さに呪文の力でもあるかのように——彼が指さした巨大な古風な扉は、その瞬間、その重たい黒檀《こくたん》の顎《あご》を開くように、ゆっくりと向こうへ開いた。突風のせいで開いたのだ。だが、戸の向こう側には確かに、アッシャー家のレイディ・マドリンの死装束にくるまれた高貴な姿があった。その白い衣には血がついており、その窶《やつ》れた姿のどこを見ても激しい葛藤《かっとう》の様子が見えた。しばらくのあいだ、彼女は震えたまま、よろめきながら戸口に立っていた——と、低いうめき声をあげると部屋の中へと倒れ込み、兄の体に重くのしかかった。そして今や最後の凄惨《せいさん》な死の苦悩を以《もっ》て兄にしがみつくと、兄はずっと恐れていたとおりの恐怖の犠牲となって、事切れて、床に屍《しかばね》となって横たわった。

私は肝を潰《つぶ》して、その部屋から、屋敷から逃げ出した。外では嵐が依然として猛威を振るっていたが、気づけば私は古い土手道を越えるところまで来ていた。突然、激しい閃光《せんこう》が道を襲った。こんな異様な光がどこから発せられたのかと私は振り返った。背後には、巨大な屋敷とその影しかないはずだ。光は、屋敷の向こうに沈みゆく血のように真っ赤な満月から放たれていたが、それが、かつてはそれとわからぬほどだった裂け目を通して、はっきりとこちらへ射し込んでいるのだ。屋敷の屋根からジグザグに地面まで走っていると以前述べたあの裂け目である。その裂け目が見る見るうちに大きくひろがり——旋風がそこを激しく吹き抜け——次の瞬間、円い月の全体像が現れた。強大な壁が勢いよく崩壊していくのを目にして、眩暈《めまい》を覚えた——長く激昂《げきこう》した絶叫が、一千の波の音のように響き渡った——そして、足許の深く陰鬱《いんうつ》な湖は、「アッシャー家」の瓦礫《がれき》によって埋まっていき、むっつりとその口を閉じたのだった。

早すぎた埋葬

　ものすごくおもしろいのだが、真っ当な小説の主題とするにはおぞましすぎるものがある。単にロマンティックな空想物語を書こうという作家は、読者を怒らせたり不快にさせたりしたくなければ、そうした主題を避けねばならない。それがきちんと扱われるとすれば、真実の過酷さの裏づけがあって壮大さがそれを支えているときだけだ。「楽しめる苦痛」を強く感じられるのは、例えば、ナポレオン軍がロシアから敗走した際にベレジーナ川で大軍を失った屈辱〔一八一二〕、リスボン大地震〔一七五五〕、ロンドンの疫病〔一六六五〕、聖バーソロミューの大虐殺〔一五七二〕、カルカッタで捕虜百二十三人が地下牢《ろう》で窒息死させられた「黒い穴《ブラックホール》」事件〔一七五六〕などの説明を読むときだ。しかし、これらの場合、刺激的と感じるのは、事実であり、現実であり、歴史だからである。創作された小説となると、単に嫌悪の情で受け取られてしまう。

　今、歴史上の有名な、畏怖《いふ》の念を呼び起こす大惨事を挙げたが、これらの事例に於《お》いて想像力をいきいきと刺激するのは、これら惨劇の性質のみならず、その規模であろう。人類がいろいろと経験してきた奇妙な厄災の事例の数々には、こうした大惨事とは別に、最も本質的な苦悩を伴った個人的な災難がいくらでもあることは今更申し上げるにも及ぶまい。実のところ、真の惨《みじ》めさ、そう、究極の苦悶《くもん》とは、多くの人が経験するものではなく、むしろ特定の個人だけのものだ。そのおぞましい苦悶は、人類全体ではなく、一人の人間として味わうものなのだ――その点は、慈悲深き神に感謝しよう！

　生き埋めにされることは、疑いなく、人間の不運として最大の恐怖であろう。かなり頻繁に生き埋め事件が起こっていることは、少し考えてみれば否定し得ない。生死の境目などというものは、実に曖昧《あいまい》ではっきりしないものだ。この時点で生が終わって、ここから死が始まっているなどと誰に明言できよう？　目に見える生体機能が全停止するものの、実は本当は一時停止しているにすぎない病気があることは知られている。理解しがたい生体機能が、ほんの一時《いっとき》止まるだけなのだ。少し時間が経てば、目に見えない摩訶不思議《まかふしぎ》な機能が魔法の歯車を動かし、命のメカニズムがふたたび動き出す。生命のメタファーとされる白銀《しろがね》の糸は切れてはおらず、黄金の杯はもとに戻らないほど壊れたわけではない〔旧約聖書「コヘレトの言葉」12：6より〕。ただ、止まっているあいだ、魂はどこにあるのやら？

　とは言え、これこれの原因がこれこれの結果を生み出すという演繹《えんえき》的に当然の帰結――要するに、そのような生体機能の一時停止が明白に存在するのだから早すぎる埋葬があり得るという推論は、今、脇に措《お》くとしても、医療現場や日常に於いて、そうした生き埋め事件が実際に起きているという証言なら多数ある。必要なら、証拠もそろっている事例をたちどころに百件余り挙げることすらできる。読者のなかには記憶に新しいと感じる方もいるのではないかと思うが、極めて顕著な事件がすぐ隣のボルティモアで起こって、その痛々しい悲惨さに大騒ぎとなったのは、さほど昔のことではない。偉い弁護士で国会議員でもあった町の名士の妻が、突然の原因不明の病に倒れ、医者たちの手に負えずに、完全に匙《さじ》を投げられた。彼女はひどく苦しんだ末に、死んだ、と言うより、死んだと思われた。まさか死んでいないなどと誰も思わなかったし、思う理由もなかった。どう見たって死んでいるようにしか見えなかったのだから。顔は死に顔のようにげっそり痩《や》せこけ、唇は死人らしく硬く蒼褪《あおざ》め、目は光を失い、体は冷え切り、脈も止まっていた。三日間、遺体は埋葬せずに安置され、そのあいだにも石のように硬直していった。腐敗が急速に始まっていると思われて、埋葬が急がれたほどだ。

その女性は一族の納骨堂に納められ、それから三年というもの、そのままにされた。三年後に、新たな石棺を入れるために納骨堂が開けられた。ところが、ああ！　自ら扉を開いた夫君の恐怖と驚愕《きょうがく》たるやいかばかりであったことか。両開きの扉が外へ開くと、白装束の何かがカラカラと音を立てて夫の両腕に崩れ込んできたのだ。それは、まだ朽ち果てぬ死装束をまとった妻の骸骨《がいこつ》だった。

慎重な調査の結果わかったのは、埋葬されて二日後に彼女は蘇生《そせい》し、棺《ひつぎ》の中でもがいたために、棺は台から床へ落ち、蓋《ふた》が壊れて、外に出られたという事実だ。偶然、油がたっぷりのランプが一つ納骨堂内に残されており、発見時には油は空になっていた（蒸発してなくなった可能性もあるが）。納骨堂へ下りる階段の最上段には、棺の壊れた大きな破片が落ちており、どうやら彼女はそれで鉄の扉を叩《たた》いて助けを求めていたらしい。そうしているうちに気を失ったか、ひょっとすると恐怖ゆえに絶命し、倒れる際に、死装束が室内に飛び出した鉄細工にひっかかった。そうしてそのまま、立ったまま朽ち果てたのである。

一八一〇年には、フランスで生きながらの埋葬事件が起き、その状況たるや、まさに事実は小説よりも奇なりというものであった。この話のヒロインは、マドモワゼル・ヴィクトリーヌ・ラフールカードという裕福な名門一族の誠に美しい令嬢だった。その大勢の求婚者の一人に、ジュリアン・ボスエというパリの貧乏文士兼ジャーナリストがいた。彼の才能と人好きのする性質が、この令嬢の目に留まり、大いに愛されたらしい。ところが彼女はその家柄への誇りゆえに、結局彼をふって、銀行家にして傑出した外交官でもあるルネルという男と結婚することにした。だが、結婚すると、この紳士は、妻を蔑《ないがし》ろにし、かなりひどい扱いをしたらしい。悲惨な数年を過ごしたのちに、彼女は死んでしまった——少なくとも彼女を見た人はそう思ってしまうほど死に近い状態になっていた。彼女は納骨堂ではなく、生まれた村の普通の墓に埋められた。恋人だったジュリアン・ボスエは絶望しながらも、深い愛情の記憶に燃えており、遺体を掘り起こしてその豊かな髪を持っていたいというロマンティックな思いを胸に、パリからその片田舎の村へとやってきた。墓に到着し、真夜中、棺を掘り出して、蓋を開け、まさに髪を切ろうとしたその瞬間、愛する人の目がパチリと開いたのだ。なんと、生きたまま埋葬されていたのだった。完全に生気を失ったわけではなく、恋人の愛撫《あいぶ》を受けて、死とまちがわれていた昏睡《こんすい》状態から覚醒《かくせい》したのである。彼は夢中で彼女を村の宿屋まで運び、それなりに医学の知識があったので、強力な蘇生術を施して、ついに彼女は蘇《よみがえ》ったのだ。彼女は、命の恩人が誰なのかわかった。それから少しずつ回復して、健康をすっかり取り戻すまで彼とともに暮らした。こうして愛に救われてみれば、さほど頑《かたく》なではなかった女心はとろけて、ボスエに心を捧《ささ》げることにした。元の夫の許《もと》へは帰らず、蘇ったことを隠して、恋人とともにアメリカへ逃げた。二十年後、彼女の風貌《ふうぼう》もすっかり変わったので、かつての友人に会ってもわからないだろうと思って、二人はフランスへ戻ってみたが、その当ては外れた。出会ったとたんに、ルネル氏は妻とわかって、自分の妻だと要求してきたのだ。彼女はそれを拒み、裁判所もその拒絶を支持した。この特殊な情況に鑑み、長い年月が経過していることもあって、公平性の見地からも法的見地からも夫の権利は消失したと審判を下したのである。

アメリカの出版社が翻訳して刊行してもよさそうな高い権威と評判のライプツィッヒの雑誌『外科ジャナール』の最新号にも、この手の非常に痛ましい事件が掲載されている。

屈強な大男である砲兵隊将校が、手に負えない暴れ馬から放り出され、頭部を激しく打撲し、その場で意識を失った。頭蓋骨《ずがいこつ》が微《かす》かにひび割れたが、命に別状はなさそうだった。穿頭術《せんとうじゅつ》は成功し、瀉血《しゃけつ》もなされ、そのほか多くの通常の処置がなされた。ところが、次第に男はどうしようもない昏睡状態へと落ちていき、とうとう死んだと思われてしまった。

天候が暑かったため、あわてて公共墓地へ埋葬された。葬儀は木曜日に行われ、次の日曜には、墓地の境内にはいつものとおり多くの人が来ていた。お昼頃、その将校の墓石に座っていた農家の男が、誰かが地中でもがいているかのような動きを感じたと言いだして、大騒ぎとなった。最初、そんなことがあるものかとあまり注意は払われていなかったが、男が見るからに怯《おび》え切って、本当だ本当だとしつこいものだから、ついに人々もその気になって、鋤《すき》が数本持ってこられ、恥ずかしいほど浅いその墓は数分で掘り返されて、中にいた人の顔が出た。そのときは一見死んでいるようだったが、棺の中でほとんど身を起こしており、必死にもがいたために蓋が開きかけていた。

　近くの病院に運ばれた男は、仮死状態にあるものの、まだ生きていると診断された。数時間後に男は蘇生し、知り合いの顔も認識して、墓の中の苦しみをぽつりぽつりと語り出した。

　その話に拠《よ》れば、埋められてから一時間以上、気を失うまで意識があったらしい。墓はかなりいい加減に土をばらばらとかけただけで、それなりに地中でも呼吸できたのである。頭上の足音を聞きつけた男は、自分の声を届かせようと努力した。深い眠りから起こしてくれたのは、墓地内の騒がしさだと思うと言う。だが、目覚めると、たちまちにして、自分の置かれた恐ろしい状況をすっかり理解したのである。

　この患者は記録では経過もよく、すっかり回復する見込みがあったのだが、いんちき医学実験の犠牲者となってしまった。ガルヴァーニ電流が当てられて、何度目かの実験で突然恍惚《こうこつ》の発作を起こして息絶えたのである。この実験では時折りあることだ。

　しかしながら、ガルヴァーニ電流実験と言えば、二日間埋葬されていたロンドンのある若い事務弁護士を蘇生させたという有名な特異例も思い出される。それは一八三一年のことで、当時大いに評判になったものだ。

　患者のエドワード・ステイプルトン氏は、発疹《はっしん》チフスで死んだように見えたが、異常な兆候がいくらか見えたため、担当医たちの興味を引いた。死んだと思われたとき、死後解剖を許可してほしいと求められた友人たちは、これを拒否した。よくあることだが、そのように拒否された医者たちは、埋葬された遺体を掘り起こして内密にゆっくり解剖してやろうと考えた。ロンドンにはいくらでもいる墓場泥棒と手を結ぶのは容易なことだった。そして、葬儀から三日後の夜、その遺体と思われていた人体は、八フィート〔約二メートル四十センチ〕も深い墓から掘り出され、私立病院の手術台の上に置かれた。

　腹部を実際に少し切開し始めたとき、遺体に生気があり、腐乱した様子もないので、電流を当ててみてはどうかという提案がなされた。何度か電流を流しても、通常の反応があるだけで、特に変わったところはないように思えたが、一度か二度、痙攣《けいれん》の動きが生きているときの動きにかなり近いように見えた。

　夜が更け、夜明けが近づいたとき、ついに、さっさと解剖を終えてしまおうという話になった。ところが、ある研究者が自説を試したくてたまらず、胸筋の一本に電流を流すと言って聞かなかった。乱暴に胸部にメスが入り、電極が取りつけられた。すると患者は、パッと——とは言っても痙攣の動きではなく——手術台から起き上がり、部屋の中央まで床を歩き、落ち着かずに数秒あたりを見つめると——口をきいたのだ。何を言ったかは聞き取れなかった。しかし、発せられたのは言葉であり、音節は明確にあった。話し終えると、どさりと床に倒れた。

しばらくのあいだ、一同はあっけにとられて動けなかった。しかし、この緊急事態に、やがて冷静さを取り戻した。ステイプルトン氏は、気絶しているが、生きているのだ。エーテルを吸入させると、息を吹き返し、急速に健康を取り戻していった。最後には友人たちのもとへ帰ることができたのだが、再発の恐れがないとはっきりするまでは、蘇生の事実は友人たちには秘密にされていた。それを知らされたときの友人たちの驚きと喜びたるや、想像に難《かた》くない。

しかしながら、この事件の最もスリリングなところは、ステイプルトン氏本人の供述にある。彼は、どんなときもずっと意識があったと言うのである。ぼんやりとした混乱した意識ではあっても、医者たちから死亡を宣告されたときから、病院の床に気絶して倒れたときまで、自分に起こったことを何から何までわかっていたと言うのだ。「僕は生きています」というのが、自分が解剖室にいると知ったときに、必死になって言おうとしていた、わけのわからない言葉だった。

こうした事例を次々に挙げていくことは容易だが、ここでやめておこう。そこまでしなくとも、「早すぎた埋葬」事件が起きていることは証明できるのだから。こうした事件の性格上、それになかなか気づけないものであることを考え合わせると、知らないところでそうしたケースが頻繁に起こっていると認めざるを得ないだろう。実を言うと、目的の如何《いかん》を問わず、程度の如何を問わず、墓を暴いてみると、骸骨《がいこつ》の姿勢が変わっていないことは滅多にない。それがどんな恐ろしい疑惑を呼ぶかおわかりだろう。

そのように疑えばまったく恐ろしいが、最も恐ろしいのは、自分がそういう目に遭うことだ！　生き埋めにされるほど、肉体的にも精神的にも苦痛の極致を感じる出来事はこの世にはないと、躊躇《ちゅうちょ》なく断言できるだろう。肺は耐えがたいほど押しつけられ——湿った土の臭いで息が詰まり——死装束が体にまとわりつき——狭苦しい棺《ひつぎ》の中で動けない。絶対的な夜の闇——圧倒的な海のような静寂《しじま》——征服者である蛆《うじ》の見えないながらも感じられる存在——そんなものに囲まれつつ、地上には空気や草があると思い、自分がこんなことになっていると知れば必ず助けに駆《か》けつけてくれるはずの友人たちのことを思い出したところで、この悲運は決して知られることはなく、自分は本当に死んだとされているのだと絶望するしかない。そう思い巡らせば、まだ鼓動している心臓はおぞましくも耐えがたい恐怖で縮み上がり、どんなに豪胆な気力の持ち主でもひるむにちがいない。地上でこれほどの苦痛を味わうことはない。地下の地獄でさえ、この半分もおぞましいものがあるとは思えない。こうして、この件にまつわるあらゆる語りは、深い興味を呼ぶ。しかし、それが本当に興味深いか否かは、この話題が神聖なる畏怖《いふ》を起こすがゆえに、語られている内容が真実であると信じられるかどうかという点に、当然ながらはっきりとかかってくるのである。これからお話しするのは私自身の体験であり、実際にこの身に起こったことである。

数年のあいだ、私は、医者たちが強硬症《カタレプシー》と呼ぶ奇妙な症状に悩まされてきた。そうとでも呼ぶしかない病気で、直接的原因もわからず、兆候も診断も依然として不可解ではあるものの、その明確な特徴は極めてはっきりしていた。症状に差があるとしても、程度のちがいだ。患者が完全な昏睡《こんすい》状態に陥るのが一日のみだったり、もっと短い時間だったりすることもある。その間、意識はなく、完全に動かなくなるが、心臓の鼓動は微かながらも認められる。ある程度の体温も残っている。頬の中央にわずかに色が残り、唇に鏡を当てれば、不活発ながらも心肺機能が途切れ途切れにあることがわかる。一方、昏睡状態は何週間も何か月もつづくことがあり、そうなってしまうと、どんなに徹底的に精密検査をしたところで、強硬症の容態と完全な死のあいだに実質的な区別をつけることはできない。早すぎた埋葬をされずにすむのは、ひとえに、患者が以前にも同じ症状になったことがあると知る友人らから、死んでいないのではないかとの疑いが出され、特に身体に腐敗の兆候が見られないことに注意が向けられるからである。強硬症の進行は幸いなことに徐々に進んでいくものであり、最初の症状は驚くべきものではあっても、はっきり強硬症とわかるのだ。発作はどんどんと強まり、症状の持続も前よりも長くなっていく。埋葬されずにすむのは、もっぱらこのためである。ところが、最初の発作があまりに強烈な場合——そういうケースも時に見られる——ほぼまちがいなく、墓場へ直行となる。

　私自身の場合も、医学書に記されているものと大きなちがいはないが、明確な原因もなしに、なかば気絶した状態に徐々に陥ることがあった。そうなると、痛みは感じず、動けなくなる。厳密に言って、考えることもできなくなるが、自分が生きているという、ぼうっとした鈍い意識はあって、ベッドのまわりに人がいることも感じられる。そうしているうちに病が峠を越えて、不意に完全な感覚が戻るのである。逆に突然、どうしようもなく動けなくなることもあった。気分が悪くなり、体が鈍り、寒気や眩暈《めまい》がして、バタンと倒れてしまうのだ。それから数週間、すべては虚《うつ》ろとなり、真っ暗で音もなく、無が宇宙となる。これほど完全な虚無はない。ところが、そうした発作は起こるときは急激なのに、目覚めるには時間がかかった。ちょうど、長く侘《わび》しい冬の夜に町をさまよう家も身寄りもない物乞《ものご》いに、白々と朝がやってくるように、ゆっくりと物憂げに、魂の光が私に明るく射し込むのだった。

　しかし、昏睡になる傾向を別にすれば、私の健康そのものは良好のようだったし、この持病によって健康が蝕《むしば》まれているとは思えなかった——もちろん、私の普通の睡眠もこの病気ゆえなのだとすれば話はちがったが。眠りから覚めると、私はなかなか感覚を完全に取り戻すことができず、数分間かなり当惑して麻痺《まひ》した状態にあるのだ。精神的機能のみならず、とりわけ記憶がすっかり飛んでしまうのである。

この病気に肉体的な苦痛はなく、精神的な苦痛がひどかった。どうにも死を考えてしまうのだ。蛆虫《うじむし》やら墓やら墓碑銘やらを口にし、死の幻想に耽《ふけ》って、生きたまま埋められるという思いで頭がいっぱいになった。おぞましいその危険に自分が陥るという強迫観念が日夜つきまとった。昼間それを思う苦痛は過酷だったが、夜になると耐えられたものではなかった。厳《いか》めしい暗闇が大地にひろがると、私は死を考えただけで——霊柩車《れいきゅうしゃ》の上で震える羽根飾りのように——恐怖に震えた。眠るまいという努力に限界が来て、もはや起きていられなくなってくると、眠ってしまうのもまた苦闘だった——というのも、目覚めたら墓の中にいるかもしれないと思って身震いしたからだ。そうして、とうとう眠りに落ちると、幻想の世界に飛び込むことになり、そこで巨大な真っ黒の翼をひろげて宙に浮かんで世界を支配しているのは、あの生き埋めの概念《イデア》だった。

　こうして私を夢の中で圧迫する無数の陰鬱《いんうつ》なイメージから一つだけ選んでここに書き記すことにしよう。どうやら私は、いつもより長いあいだ強硬症の昏睡状態にあったらしく、深い眠りに落ちていた。突然、私の額に冷たい手が触った。苛立《いらだ》たしげな早口な声が耳許《みみもと》で「起きろ！」と囁《ささや》いた。

　私は身を起こして座った。あたりは真っ暗だ。私を起こした者の姿は見えない。どれぐらい気絶していたのか、ここがどこなのかさっぱりわからない。じっとして、何とか思い出そうとしていると、冷たい手が私の手首を乱暴につかんで、いらいらと揺すると、また早口の声が聞こえた。

「起きろったら！　起きろって言ったろ？」

「あなたはどなたですか」と私は尋ねた。

「俺が住んでいるところでは、名前はない」声が悲しそうに答えた。「かつては俺も人間だったが、今じゃ悪魔だ。昔は無慈悲だったが、今じゃ哀れみを持っている。俺が震えているのがわかるだろ。話すとき俺の歯はカチカチ鳴るが、最果てのない夜の寒さのせいじゃない。それにしても、このおぞましさは耐えがたい。何だっておまえは平然と寝ていられるんだ？　俺はこの激しい苦悶《くもん》の叫びを聞くと寝ちゃいられない。この光景はあまりに耐えがたい。立て！　一緒に夜の外界へ来い。墓の中身を見せてやる。まさに阿鼻叫喚《あびきようかん》の絵じゃないか――見ろ！」

私は見た。私の手首をまだつかんでいる見えない姿は、あらゆる人間の墓という墓を暴いてみせた。どの墓でも腐敗した死体から幽《かす》かな燐光《りんこう》が出ており、その光でずっと奥まで見えたのだが、中には蛆虫とともに悲しくも荘厳な眠りにつく死装束の死体があった。だが、ああ！　実際に眠っているのはわずかであり、遥《はる》かに多い何百万もの人たちは少しも眠ってなどいないではないか！　弱々しくもがいている者もいる。たいていは悲しそうにざわついている。そして無数の穴の底から、埋められた者たちの衣擦《きぬず》れの音がする。安らかに眠っていると思《おぼ》しき人たちの大勢も、当初葬られたときの堅苦しい落ち着かぬ姿勢をやめて、姿勢を多少変えているではないか。私が目を瞠《みは》っていると、さっきの声がまた私に言った。

「まったくもって、哀れな光景じゃないか」しかし、私が答える言葉を見出《みいだ》す間もなく、そいつは私の手首を放した。燐光が消え、墓は荒々しく不意に閉じられ、あちこちの墓から絶望的な叫びが「まったくもって、哀れな光景じゃないか」と喧《かまびす》しく繰り返すのだった。

　そうした幻影は、夜になると現れ、私が目覚めているときまでおぞましい影響を及ぼした。私の神経はずたずたになり、常に恐怖に怯《おび》えるようになった。馬に乗るのもやめ、散歩もやめ、外出を避けるようになった。実のところ、私が強硬症に罹《かか》りやすいことを知っている人たちがそばにいないところへは行きたくなかったのだ。いつもの発作が起きたりしたら、容態の真相がわかる前に埋められてしまうかもしれない。一番仲の良い友人たちの配慮や友情だって当てにはならない。いつも以上に長く昏睡状態に陥ったら、私はもう回復しないと思ってしまうのではないか。私がかなり迷惑をかけてしまったから、発作が長くつづけば、これ幸いとばかりに、私を厄介払いするいい口実ができたと思うのではないかと疑いさえした。いくら真剣に約束してくれても、とても信頼できなかった。どのような状況になろうと、腐敗がかなり進行してこれ以上遺体を保存しておくのは無理になるまでは決して私を埋葬しないと、神に懸けて誓ってもらった。そのときでさえ、死にたくないという恐怖ゆえに、一切の理性に耳を傾けず、一切の慰めを受けつけなかった。私は、念入りの予防策をひととおり講じることにした。とりわけ、わが家の納骨堂を改造して、中から容易に開けられる工夫をした。墓の中に延びる長いレバーを弱い力で押すだけで、鉄の扉が外へ開く仕掛けだ。空気や光を通りやすくし、私が入ることになっている棺《ひつぎ》からすぐ届くところに便利な食料や水の容器も用意した。棺には柔らかく暖かい詰め物をして、蓋《ふた》には納骨堂の扉と同じ原理で開く仕掛けを施し、少しでも体を動かせば簡単に蓋を開けられるようにバネも付け加えた。糅《か》てて加えて、墓の天井からは、大きな鐘を吊《つ》るし、そこから垂れるロープにつながった紐《ひも》が棺の穴を通って遺体の手に結ばれるようにした。しかし、ああ！　人の運命に対してどれほど警戒をしたところで、何になるのだろう？　これほど周到な予防策も、生きながら埋葬されるという究極の苦しみに対しては無力だった。私は、その苦悶をすべく運命づけられていたのだから！

　目覚めの時がやってきた。これまでと同じで――完全なる無意識から抜け出て、微かな漠然とした存在の感覚が戻ってくる。ゆっくりと――亀ののろさで次第に――魂の灰色の夜明けの到来。無感覚の不安。鈍痛。痛みかどうかもわからない。何も気にならず――希望もなく――何をしようというわけでもない。それから、ずいぶんしてから耳鳴りがする。次に、さらにずっと経ってから、手足の先がちくちくするような、じんじんするような感覚がある。つづいて、永遠かと思える時間をじっと動かないでいると、目覚めだした感情が何とかして頭を働かせようともがきだす。それから一時、非存在に逆戻りしたかと思いきや、突然覚醒《かくせい》する。ついに、瞼《まぶた》がぴくぴくと震え、その瞬間、直ちに恐怖が電撃のように走り、そのおぞましくも漠たる恐怖ゆえに、こめかみから心臓までどっと血が流れる。こうなると、頭を働かせなくてはと強く思うようになり、思い出そうという努力が始まる。少しだけ思い出せそうになるが、ぼんやりしている。やがて記憶が甦《よみがえ》ってきて、今の自分の状況が少しわかってくる。ふつうの眠りから目覚めたのではないのだ。自分が強硬症に罹りやすいことを思い出す。そして、ついに怒濤《どとう》のように、あの冷酷な危険が――どこまでもつきまとう、あの死想《イデア》が――震え慄《おのの》くわが心を打ちのめす。

その想いに囚《とら》われてから数分間、私は身動きをしなかった。なぜか？　動く勇気が出なかったのだ。自分の運命がわかってしまうのが怖かった。だが、私の心にまちがいないと囁くものがあった。絶望が――ほかのどんな惨めさも呼び起こし得ないほどの絶望が――絶望だけが私を駆り立て、長いあいだ躊躇《ちゅうちょ》した末に、重たい瞼を開かせた。私は目を開けた。暗かった――真っ暗闇だ。強硬症の発作が終わったことはわかっていた。病気ゆえの危機はとっくに過ぎたのだ。自分の視覚能力もすっかり使えるようになっていることもわかっていた――だが、暗い――真っ暗だ――永遠につづく強烈にして完璧《かんぺき》なる夜の闇。何の光もありはせぬ。

　私は悲鳴をあげようとした。唇とからからに乾いた舌が震えるばかりで、虚《うつ》ろな肺から何の音も出なかった。肺は何とか息を吸おうともがくたびに、山のような重しにのしかかられたかのように喘《あえ》ぎ、心臓は激しく鼓動した。

　大声を出そうとしても顎《あご》が動かなかったのは、縛られているのだろう。死体を縛るように。それに、体が横たわっているところは何か硬いものの上であり、同じように硬いものが両側にあって、狭苦しくなっているのが感じられた。それまで手足を動かそうとはしていなかったが、両手首のところで交差した形で胸の上に置かれていた手を、今激しく上へ伸ばしてみた。硬い木の板にぶつかった。顔からつい六インチ〔約十五センチ〕のところだ。とうとう棺に納められてしまったことは、もはや疑いがなかった。

　そんななか、果てしないありとあらゆる惨めさにも拘《かか》わらず、希望という天使が舞い降りた――いろいろ予防策を講じたはずではないか。私は何とかして蓋を押し上げようと、発作的に力んで身をよじった――が、蓋はびくともしない。手首のところにかかっているはずの鐘の紐を手探りした――が、見つからない。こうなると、慰めの天使は飛び去って消え、猶更《なおさら》厳しい絶望がわが身を支配した。あれほど注意して用意したはずの棺の中の詰め物もないとわかったからだ――しかも、湿った土の強烈な独特の臭いが不意に鼻孔を襲った。これは決定的だ。ここは遺体安置所ではないのだ。きっと外出中に卒倒でもして、どのようにしてかは覚えていないが、見知らぬ人たちが私を犬のように埋めてしまったのだろう――ありきたりの棺に入れて釘《くぎ》を打ちつけ、そのあたりの名もない墓の中に埋めたのだ。

　このおぞましい確信が、わが魂の奥底まで入り込むと、私はもう一度声を出して叫ぼうとした。今度は声が出た。長くつづく荒々しい金切り声というか苦闘の喚《わめ》き声が、地下の夜の国に響き渡った。

「何だ、何だ、何事だ！」どら声が応じた。

「一体全体、何の騒ぎだ？」別の声がした。

「そこから出てこい！」さらに別の声。

「ヤマネコみたいに長々と妙な声を出しやがって、どういうつもりだ？」さらに別の声がした。このとき私は荒くれ者の男たちに捕まり、遠慮会釈もなく、しばらく揺すぶられた。そのおかげで目覚めたわけではない――叫んだときに目ははっきりと覚めていたのだから――が、おかげですっかり思い出すことができた。

　この旅は、ヴァージニア州リッチモンド近くで始まったのだった。友人と連れ立って狩猟に出て、ジェイムズ川の土手を数マイル下ったところで夜が迫り、嵐になった。

川には園芸用の腐葉土を積んだ小さな帆船が停泊しており、そこしか逃げ込む場所がなかった。そこに泊まらせてもらって、船上で夜を過ごし、船に二つしかない寝棚の一つで眠った。六、七十トンの小型船の寝棚がどんなものかは言うに及ぶまい。私が寝た棚には何の布団もなかった。幅は十八インチ〔約四十六センチ〕。棚から頭上のデッキまでもきっかり十八インチ。中に入り込むだけでも一苦労だった。それでもぐっすり眠り、私が抱いたイメージは——というのも、それは夢でも悪夢でもなかったからだが——窮屈な姿勢や、いつもの心配性やら、目が覚めてから記憶や感覚がなかなか戻らないせいで、自然と生まれたものだった。私を揺すぶった男たちは、帆船の乗組員や荷下ろしのために雇われた作業員だった。土臭《くさ》い臭《にお》いは、積荷からしていたのだ。顎を縛っていたのは、いつものナイトキャップの代わりに頭に巻いていた絹のハンカチだった。

　しかしながら、私が味わった苦悶《くもん》は、実際に埋葬された苦悶とまったく変わらなかった。恐ろしかった。想像もつかぬほど悲惨なものだった。それでも怪我の功名で、あまりの恐怖ゆえにわが精神は鍛えられるようになっていった。わが魂は強健になり、落ち着きを得た。私は海外旅行もするようになり、元気に運動もした。天上の自由な空気を呼吸し、死以外のことを考えるようになった。医学書も捨て、『家庭の医学』の本も燃やした。『夜想』〔一七四二年から一七四五年にかけて刊行されたエドワード・ヤングの長詩。一七九七年版のウィリアム・ブレイクの挿絵が有名〕や墓地の怪談やおばけの話や、こういった怪奇ものは読まなくなった。要するに、生まれ変わって人間らしい暮らしを送るようになった。あの記念すべき夜から、私は永遠に死を恐れることをやめ、それとともに硬直症《カタレプシー》も消えたが、恐らく心配のしすぎでそんな病気になっていたのではないだろうか。

　理性の冷静な目から見ても、我らが悲しき人間界は時として地獄図となるときはある――が、人間の想像力というものは、魔女《カラシス》〔一七八六年刊のウィリアム・ベックフォードのゴシック小説『ヴァセック』の主人公の母親〕ではないのだから、その暗い洞窟《どうくつ》をあれこれ見たら影響を受けずにはいられない。ああ！　怒濤のように押し寄せてくる生き埋めの恐怖は、気のせいですますわけにはいかないのだ。イラン神話の英雄アフラシアブがオクサス河を下るときに一緒だった悪魔のようなものだ。眠らせておかなければ、こちらが喰《く》い殺される。恐怖を起こすな、眠らせておけ。でないと身の破滅だ。

ヘレンへ

ヘレン　御身《おんみ》の美しさ
古《いにしえ》の勝利の帆船《ほぶね》さながらに
進む海路《うみじ》の馨《かぐわ》しさ
さみしく流離《さすら》う彷徨《さすら》い人らに
故郷《こきょう》へ帰れと　ひたすらに

長き船路《ふなじ》の患《わずら》いも癒《い》え
思うは風信子《ヒヤシンス》の髪　汝《な》が身の上
その甘美なる顔《かんばせ》　思い　帰るべし　わが家《いえ》
ギリシャなる栄光へ
ローマなる壮麗へ

窓辺に立つ御身が姿に魅せられる

像の如くに　麗《うるわ》しい
瑪《め》瑙《のう》のランプも似合わしい
ああ　プシュケよ！　聖地より来たれる
わが魂《たましい》

リジーア

そして、意思はそこにあり、死にはしない。意思とその活力の神秘を誰か知る者があろうか。神そのものが、その思惑をもって万物に浸《し》み渡る巨大なる意思なのだ。人間が天使たちに身を任せ、完全に死に赴くのは、己の薄弱なる意思の弱さゆえなのである。

ジョゼフ・グランヴィル

　リジーア嬢とどのように、いつ、そして一体どこで知り合うようになったのか、どうしても思い出せない。知り合ってから長い年月が経《た》ち、多くの辛酸を嘗《な》めたために、記憶がかなり曖昧《あいまい》になっている。あるいはひょっとすると、今となっては思い出せないだけなのかもしれない。と言うのも、実際のところは、わが恋人の性格も、その類《たぐい》稀《まれ》な学識も、その独特ながらも穏やかな美しさも、そしてその低い音楽的言葉のぞくぞくするような魅惑的な雄弁さも、気づかぬうちに、いつのまにか徐々にじわりじわりとわが心に沁《し》み入ってきたせいで、最初がどうだったのか記憶が曖昧になってしまったのかもしれないのだ。だが、初めの頃よく出会ったのは、ライン河近くのどこか大きくて古い、朽ちかけた町だったと思う。その家系は――確か彼女から聞いたのだと思うが――遥《はる》か昔からつづく旧家であることはまちがいない。リジーア！　リジーア！　何よりも外の世界の雑念を抹殺するために研究に没頭していると、もはやいない彼女の姿が心の目に浮かぶのは、あの素敵な名前――リジーア――を口にするときだけだ。そして今、この文を書きながらも、そう言えば、と思い出すのだ――わが友にしてわが婚約者、そしてわが研究の同志であり、最後にわが心の妻であったあの人の父方の姓を一度も聞いたことがなかったことを。僕がそれを尋ねなかったのは、リジーアが訊《き》かないでねとふざけるように言ったからだったろうか、それとも僕の愛情の強さを試すためだったろうか。あるいは、僕自身の気まぐれか――最も情熱的な献身を求める聖堂への妙にロマンティックな捧《ささ》げ物だったか。もはや杳《よう》としてわからない。となれば、そもそもの馴《な》れ初めをすっかり忘れたのも無理はあるまい。そして確かにロマンスと呼ばれるあの精霊が――あの偶像崇拝のエジプトの愛の女神、霧のような翼を持つ蒼褪《あおざ》めたアシュトフェットが言い伝えどおり不吉な結婚を司《つかさど》るのであれば、まちがいなくわが結婚はその女神に支配されていたのだ。

　しかし、はっきりと覚えていることが一つある。リジーアの姿形である。背は高く、ややほっそりしていて、亡くなる前はかなり痩《や》せていた。その高貴な振る舞いの威厳や静かな落ち着き、あるいはその弾《はず》むような足取りの信じられないほどの軽やかさを描写しようとしても無駄だろう。彼女は影のようにやってきて、いなくなってしまった。その大理石のような白い手を僕の肩に置いて、素敵な音楽のような低く甘い声で僕に話しかけるまでは、彼女が書斎に入ってきたことに気づかないほどだった。顔の美しさに関しては、どんな乙女も足下《あしもと》にも及ばない。阿片《あへん》の幻想の輝きのごとく――デロスの巫女《みこ》らの夢見る魂に飛び交う幻想よりも圧倒的に神々しい儚《はかな》くも胸ときめかせる美しさだ。ただし、目鼻立ちは、異教の古典的作品で誤って崇《あが》められてきた整った顔立ちというのではない。「真に優れた美には、どこか均衡を壊す奇異なところが必ずある」と、ヴェルラム男爵フランシス・ベーコンが美のあらゆる形式と種類について述べているのは正しい。だが、リジーアの顔立ちは古典主義的な均整のとれたものではないにせよ——その愛らしさはまさに「優れた美」であり、そこには「奇異さ」がかなりあるとは思うが——その常ならざる「奇異さ」とはどのようなものかつきとめようとしてもできなかった。あの気高く蒼白《あおじろ》い額の形を見ても——完璧《かんぺき》だった。あれほど神々しい偉大なる人のことを言うのに「完璧」という語はなんとそっけないことか！　最高級の象牙《ぞうげ》のように白い肌が堂々たる落ち着きをもってひろがり、こめかみの上でなだらかに盛り上がっていた。それから大鴉《おおがらす》のように黒く、つやつやした豊かな髪が自然な巻き毛となって、ホメロスが「ヒヤシンスのようだ！」と描写したのもなるほどと思わせる。鼻の繊細な形を見れば——これほど見事なものはヘブライの優雅な円形浮き彫り肖像画でしか見たことがない。そんな肖像画で描かれているのと同じように豊かになめらかな鼻をしていて、同じようにわずかに鷲鼻《わしばな》の傾向があり、同じように調和のとれた鼻孔が自由意思を物語っている。愛らしい口を見れば——そこには、この世ならざる美の勝利があった。短い上唇が崇高な曲線を描き、下唇は柔らかく肉感的にまどろみ——たわむれるえくぼ、雄弁なる色——静かで落ち着いているが実に生き生きと輝く微笑みの上に降り注ぐ聖なる光はすべて、彼女の歯によって驚くほどの輝きをもって照り返される。顎《あご》の形をよく見れば——ここでも、ギリシャ人に見られるような豊かな幅、柔らかさ、威厳、豊満さ、精神性が見られた。アポロンの神がアテナイ人のクレオメネス〔ヴィーナス像の制作者とされる〕に夢の中でのみ示した堂々たる顎の形そのものだ。それから僕は、リジーアの大きな瞳《ひとみ》を覗《のぞ》いた。

目というものは、遥か昔には例とすべきものがない。フランシス・ベーコンが言っていた秘密は、このわが恋人の目にあるのかもしれぬ。その目は、たぶん、人間の普通の目よりかなり大きかった。アイルランドのヌールジャハドの谷に住むという種族のガゼルのような目よりも大きかった。ただ、この目の特徴がはっきりとリジーアに認められたのは時折りのこと——強烈な昂奮《こうふん》状態に於《お》いてだった。そして、そんなときにこそ、彼女の美しさは——のぼせ上がった僕にそう感じられただけかもしれないが——この世のものを超越した存在の美しさ、トルコ伝説の天女の美しさとなったのだ。瞳の色は実に見事な黒で、そのずっと上に、かなり長い睫毛《まつげ》が張り出していた。眉《まゆ》は、やや曲がっていたが、やはり黒だ。しかし、その目の「奇異さ」は、顔形やその色や輝きとははっきりと異なるもので、その表情にあると言わなければならない。ああ、意味のない言葉だ！　虚《むな》しくその音をひろげようとも、霊的なものへの無理解がその音の背後にひろがっていくだけだ。リジーアの目の表情といったら！　一体何時間、僕はその目のことを考えたことだろう。真夏の夜じゅうずっと、どんなにその奥底を見極めようと努めたことか。わが恋人の瞳の奥にあったのは何だったのだろう——デモクリトスの井戸よりもずっと深淵《しんえん》な何かだ。それは何？　僕は発見したくてたまらなかった。あの目！　あの大きな、輝く目！　あの神々しい瞳！　僕にとってそれはレダの双子星。そして僕は、それを夢中で見上げる占星術師。

　心の働きを研究すると、いろいろ説明のつかないおかしなことがあるが、なかでもぞくぞくするほど刺激的なのは——どの学派も研究対象として取り上げたことがないようだが——ずっと忘れていたことを思い出そうとしてあともう少しで思い出せると感じながら、やはり思い出せないもどかしさだ。こうして、リジーアの目をしげしげと見つめるときでも、その表情のすみずみまで理解できそうだと感じながら——もう少しだと思いながら——掌握しきれなくて——とうとうすっかり諦《あきら》めてしまうことがどれほどあったことか！　そして（不思議なことに、ああ、ほんとに不思議な謎だ！）宇宙のごくあたりまえの事象に、あの表情に似たものが次々に見つかったのだ。つまり、リジーアの美しさがわが心に入り込んで、いわば聖堂に収まったようになったのち、この現実世界のさまざまな存在から、彼女の大きく光る瞳を見てこの胸に沸き上がる感情と同じものが得られるようになったのである。ただし、この感情を定義したり、分析したり、落ち着いて眺めたりすることなどできやしない。繰り返すが、ぐんぐん伸びる蔦《つた》の葉を見つめたり、蛾や蝶《ちょう》やさなぎや小川を眺めたりするときに、ただわかったのだ。海でも感じた。落ちていく彗星《すいせい》を見てもそう思った。ひどく老いた人たちの眼差《まなざ》しにも感じた。そして天の星を（とりわけ、琴座の大きな星の近くにある、第六等級の変光星の二重星を）望遠鏡で見つめれば、同じように感じる星が一つや二つはあった。弦楽器の音からも感じることがあったし、本を読んでもそう思うことがよくあった。そのほか多くの例のなかでも、ジョゼフ・グランヴィルの本に（ひょっとすると、ただ風変わりだったからそう思っただけかもしれないが）必ずそう思わせる箇所があったことをよく覚えている——「そして、意思はそこにあり、死にはしない。意思とその活力の神秘を誰か知る者があろうか。神そのものが、その思惑をもって万物に浸み渡る巨大なる意思なのだ。人間が天使たちに身を任せ、完全に死に赴くのは、己の薄弱なる意思の弱さゆえなのである」。

　年月を重ね、思考を重ねて、確かにこの英国の道徳家の一節とリジーアの性格の一部に何かしらつながりがあるとわかってきた。リジーアの思考、行動、発言の強さは、その巨大なる意思の結果、あるいは少なくともしるしだったのではないか。その意思は、僕らの長い付き合いに於いて、それ以外の形でその存在をはっきり示すことはなかったけれども、僕が知っているあらゆる女性のなかで、外見は実に穏やかで、いつも落ち着いて見えていたリジーアほど、強烈なる情熱の餌食《えじき》となって狂おしく激昂《げきこう》する人はいなかった。そうした情熱について、僕が気づいたのも、僕をひどく歓喜させると同時に驚かせたあの奇跡のような目を見たからだ——あのとても低い声の、ほとんど魔法のような旋律、抑揚、滑舌、静謐《せいひつ》さ——そして彼女がいつも口にする激しい言葉の（言い方と対照的であるため、効果は倍増した）強烈なエネルギーを感じたからだ。

　前にも言ったように、リジーアの学識は相当なものだった。女性であれだけの知識のある人を僕は知らない。古典語に精通し、現代のヨーロッパ語に関しても、僕が知るかぎり、彼女がまちがったことはない。実際のところ、学界が誇る学問のうち、ひどく難解ゆえに崇められているようなどんな論題であれ、リジーアがわからないということがあっただろうか。妻の性質のこの一点が、ようやく今になって僕の注意を惹《ひ》くようになったとは、なんと奇妙な、なんと心ときめくことだろう！　その博識は女性には稀《まれ》だったと述べたが、男性であろうと、あれほど見事に倫理学、物理学、数学といったありとあらゆる学問領域を制覇した人などいようか。あのときは、リジーアの学識がそれほど巨大で驚くべきものとは今ほどわかっていなかったが、とても優れていることはよくわかっていたので、僕は幼児のように全幅の信頼を寄せて、彼女の導くまま、形而上《けいじじょう》学的探求の混沌《こんとん》たる世界に身を投じて、結婚当初は研究にいそしんでいたわけだ。そして何という勝利感——何という強烈な喜悦——何という天にも昇らんばかりの希望を、前人未踏の知られざる研究をする僕の上に彼女が身を屈《かが》めてくれたときに感じたことだろう。人の分け入ったことのない、壮大なこの長い道を行けば、あまりにも神々しく貴重であるがゆえに人間には禁じざるを得なかった知識をついには得られるのではないかという夢のような展望が開けたのだ！

　だからこそ、数年して、この確かな期待に羽が生えて飛んで行ってしまったとき、僕の悲しみのつらさといったらなかった！　リジーアなしでは、僕は手探りで進む子供同然だ。彼女の存在、彼女の学問だけが、僕らが没頭していた超絶主義の謎の多くを明るく照らしてくれていたのだ。彼女の目の輝ける光を失っては、黄金に輝く軽妙なる文字も、暗い鉛よりも鈍くなってしまう。そして今や、その目から、僕が読むページの上に注がれる光がどんどん弱くなってきた。リジーアは病気になったのだ。その狂おしい目は、あまりに——あまりにも燦然《さんぜん》たる光輝を放ち、透き通るような指は墓の蠟《ろう》のように白く、気高い額の静脈はどんなに些細《ささい》な感情の波にも揺れて、膨《ふく》らんでは激しく沈んだ。彼女は死ぬと僕にはわかった。僕は必死に死の天使アズラエルと心の中で闘った。そして、情熱的な妻の闘いは、驚いたことに、僕よりも激しかった。その厳しい性格を見ていると、妻には死すらも恐怖をもたらすことはできないのだと思わせるところがあった——けれども、実際はそうではなかった。妻が死の影と格闘したあの抵抗の激しさをほんの少しでも伝えようとしたところで、言葉は無力だ。その哀れな様子を見て、僕は苦悩してうめいた。慰めてやりたかった——理屈を説いてやりたかった。しかし、生きたい——生きたい——ただ生きたいという彼女の必死の欲望の強烈さの前で、慰めも理屈もまったく愚しいものでしかなかった。とは言え、その強靭《きょうじん》な精神が最も激しく痙攣《けいれん》し身《み》悶《もだ》えする最期の瞬間まで、彼女の外面の穏やかさは揺らぐことはなかった。その声はますますそっと——低くなった——が、静かに発せられた言葉の狂おしいばかりの意味を僕は考えたいとは思わなかった。聞いていると、頭がくらくらした。倫理を越えたメロディーに恍惚《こうこつ》となりながらも、僕は耳にしたのだ——命ある人間が未《いま》だかつて考えたことのない考え、望んだことのない願望を。

　妻が僕を愛していたことは、疑うべくもない。彼女のような人の場合、愛は尋常な情熱とはならないことぐらい僕にもわかる。しかし、死に際して初めて、僕は彼女の愛情の強さを思い知ったのだ。何時間も僕の手を放そうとせず、打ち明けてくれた心中は、情熱を通り越して偶像崇拝に近いような思いの丈だった。一体僕は、そんな告白を受けるほど幸せな人間であっていいのだろうか。そもそも僕は、その告白を受けたその瞬間に愛する人を奪われるというひどい目になぜ遭わなければならないのか。しかし、こんなことをぐだぐだ言っても仕方ない。ただ言いたいのは、リジーアが一人の女として以上の愛を——ああ、その価値もない相手に虚《むな》しく捧《ささ》げたとき、その願望の根本には、今や急速に失われようとしている命を心底から激しく求める思いがあったのだと、ようやく気づいたということだ。それは狂おしい願望だ——どうしても生きたいという必死の思い——ただ生きたい——それを言い表す力は僕にはない——何を言っても言い表せはしない。

いよいよというその真夜中、彼女は有無を言わせず僕を隣に呼んで、数日前に彼女自身が作った詩を読んでほしいと言った。僕は読んだ。こういう詩だった。

ご覧　今夜は特別公演《ガラ・ナイト》！
寂《さび》しきこの世《よ》の夜も暮れて
天使も翼で着飾らないと
ヴェールをつけて涙にくれて
劇場にて観る希望の
芝居は恐怖が勝ち
楽団が奏する天上の
音楽もつい途切れがち

道化らは神に扮《ふん》する役まわり

ぼそぼそ何やら呟《つぶや》きたり
あちらこちらへ飛びまわり
操《あやつ》り人形　行ったり来たり
形なき大きなものが命じれば
場面はあれこれ入れ替わる
コンドルが翼を一振りすれば
見えざる悲嘆が立ち現《あらわ》る

道化芝居だ――さてもさても
忘れられない
永遠に幻影《まぼろし》を追い求めても
群衆には捕まらない
ぐるりとまわって帰ったところ
元の木阿弥《もくあみ》　出発点
大いなる狂気　それより多い罪の心
それから恐怖が芝居の要点

でもご覧　道化騒ぎのその中へ
誰かが這《は》いずり込んできた！
赤い血に塗《まみ》れ　苦悶《くもん》を抱え
誰もいない舞台からやってきた！
のたうつ！　のたうつ！　わななく
道化が食われて花と散る
天使ら　これ見てすすり泣く
毒牙《どくが》より人の生き血が滴《したた》り落ちる

消える　光は消える――みな消えよ！
震える体を覆《おお》うのだ
幕を下ろせ　棺《ひつぎ》を覆えよ
嵐の速さで下ろすのだ
天使らは一様に顔面蒼白《そうはく》
立ち上がってヴェールをとりて、この凶事《きょうじ》
「人間」と題する悲劇なりと激白
主人公は征服者「蛆《うじ》」

「ああ、神よ」と、リジーアが急に立ち上がり、痙攣したように両腕を高く上へ伸ばしてなかば叫ぶように言ったのは、僕がこの詩を読み終わったときだった。「ああ、神よ！　聖なる父よ！　こんなことがあっていいのでしょうか？　この征服者は征服されることはないのでしょうか？　私たちはあなたの一部なのではありませんか。誰が——誰がこれほどの活力を持った意思の謎を知っているのでしょう。人は天使に屈しませんし、また死にもすっかり屈することはないのです。あるとすれば、それはただ己の薄弱なる意思の弱さゆえです」

　すると今度は、その思いで疲れ果てたかのように、彼女は白い腕を落とし、その死の床へと粛然と戻った。最後の溜《た》め息を漏らしたとき、それとともに唇から低い呟《つぶや》きが漏れた。僕は身を屈《かが》めて耳を当て、グランヴィルの最後の一節を聞き取った——「人間が天使たちに身を任せ、完全に死に赴くのは、己の薄弱なる意思の弱さゆえなのである」と。

　彼女は死んだ。僕は悲しみでぼろぼろになっていたので、ライン河のほとりの暗い朽ちかけた町に独りひっそりと住むのは耐えられなくなった。世間が富と呼ぶものなら不足していなかった。リジーアが普通の人が持つべき以上のものを遺《のこ》してくれていたのだ。こうして数か月のあいだ当て所《ど》なくさまよったあげく、僕はある修道院を購入し、少し修復をした。その名前は言わないでおこう。美しいイングランドの、人の訪れることもない、さびれた場所にある僧院だ。その陰鬱《いんうつ》で侘《わび》しい壮観さ、その敷地のほとんど未開の荒野のようなありさま、その両方にまつわる多くの憂鬱で由緒ある記憶が相俟《あいま》って、こんな人里離れた田舎へ身を投じてやれという自暴自棄の気分と合致してしまったのだ。ただ、朽ち果てた緑がぶら下がっている僧院の外観にはほとんど手を入れなかったものの、内装に関しては、悲しみをまぎらわすこともできはしないかという淡い期待も抱きつつ、子供じみた偏狭なこだわりをもって、王様の御殿のような壮麗で堂々たる設《しつら》えにした。そうした愚かしい趣味は、子供時代に身につけたものだが、それが悲しみでわけがわからなくなって甦《よみがえ》ってきたのだ。ああ、今にして思えば、精神錯乱の兆候とも言えたのではないだろうか、豪華で幻想的な壁掛け、エジプトの荘厳な彫刻、妖《あや》しい天井蛇腹《コーニス》や家具、金の縁飾りのついた絨毯《じゅうたん》の常軌を逸した模様！　僕は阿片《あへん》にがんじがらめになっていて、何をするにも命じるにも、夢心地でやっていた。しかし、こんな馬鹿げたことを話していても仕方がない。ただあの呪われた部屋の話をすればいい。どうかしていたのだ。その部屋へ僕は花嫁を――忘れがたきリジーアの後釜《あとがま》として、金髪碧眼《へきがん》のトレメインの娘ロウィーナ・トレヴァニオンを誘《いざ》なってしまった。

その新婚の部屋の構造と飾りつけは今もありありと目に浮かぶ。花嫁の一族の気高い精神はどこへ行ってしまったのだろう。金欲しさとは言え、あのように飾りつけられた部屋へ、穢《けが》れを知らぬ大事な娘が入ることを許してしまうとは？　この部屋のことは事細かに覚えていると言ったが、肝心のあのときのことは残念ながら覚えていない――あの部屋の幻想趣味の装飾には記憶を定かにするような体系や秩序があるわけではないのだ。部屋は、城のような僧院の高い塔にあり、五角形をしていて、広々としていた。この五角形の南側全体に窓が一つだけあり――ヴェネツィア製の一枚の巨大なガラスが塡《は》まっていた。その一枚の窓ガラスには鉛のような色がついていたので、太陽であれ月であれ、この窓を通して射し込む明かりは部屋の中のものにぞっとする光を落とした。この巨大な窓の上部には、古い蔦《つた》が格子のように伸びていて、塔の分厚い壁をのぼっていた。陰鬱な様相をしたオーク材からなる天井は、かなり高く、丸天井になっていて、なかばゴシック風、なかばドルイド風の極めて奔放でグロテスクな格子模様が巧みにあしらわれていた。この憂鬱な丸天井の中央の引っこんだところから、一本の長い金の鎖によって、やはり金でできた大きな香炉がぶら下がっていた。サラセン風の模様で、多くの穴があいていて、そこから色とりどりの炎が生きた蛇のようにしたたかに、のたうつように出たり入ったりしているのだった。

　東洋風の黄金の燭台《しょくだい》と足載せ用ソファー《オットマン》がいくつかあちこちに置いてあり、長椅子もあった――花嫁用の長い椅子だ――インド製で低く、硬い黒檀《こくたん》の彫刻が施され、上部には棺のような天蓋《てんがい》がある。部屋の五つの隅には黒い御影《みかげ》石の巨大な石棺が立っていた。古代テーバイの遺跡ルクソールの向かいにある王族の墓から運び出してきたもので、その年代物の蓋《ふた》には太古からの彫刻がぎっしり刻まれていた。だが、部屋の壁掛けと言ったら、ああ！　何よりも幻想的だった。ものすごく高く聳《そび》える壁——とんでもない高さだ——には、天辺から足許《あしもと》まで、幾重にも襞《ひだ》を折って、どっしりとした、いかにも重そうな壁掛《タペストリー》けが垂れており——しかも、この壁掛けの素材は、床の絨毯《カーペット》と同じであり、足載せ用《オットマン》ソファーとも、黒檀のベッドとも、ベッドの天蓋とも、そして窓をなかば覆っている豪華に渦巻くカーテンとも同じ、最高級の金襴緞子《きんらんどんす》だった。その一面に、直径一フィートほどの奇怪なアラベスク図像が、不規則な間隔をあけて漆黒の糸で縫い込まれていた。しかし、これらの図像が真にアラベスクとしての本領を発揮するのは、ある一点から見たときのみだった。今では珍しくもないが、実はかなり古くからある仕掛けによって、見る場所によって絵柄が変わって見えるのだ。部屋を入ったところでは、ただ奇怪なものとしか見えないが、近づくとそれがだんだんと変化し、一歩ずつ部屋の中で位置を変えるにつれて、ノルマン人の迷信か、修道僧の罪深い微睡《まどろみ》に出てきそうな身の毛のよだつ図像が、あたり一面をどこまでも取り囲んでいるかのように思えてくる。移り変わりゆく魔幻燈《ファンタズマゴリア》のような効果は、壁掛けの背後に常に強力な風を流しつづける装置によって大いに強められており、部屋じゅうの図像が、おぞましくも不気味に動きだすのだ。

　こんな部屋で——こんな花嫁の部屋で——僕はトレメインのお嬢さんと結婚の最初の一月《ひとつき》の罪深い時を過ごし——大して何事もなく過ごした。この妻が感情の起伏が激しい僕の癇癪《かんしゃく》を恐れ、僕を避け、ほとんど愛さなかったことは、気づかないわけにはいかなかったが、僕はむしろそれを楽しんでいた。僕は妻を、もはや人間らしからぬ悪魔のごとき憎悪をもって嫌うようになっていたのだ。僕が思い出すのは（ああ、なんという後悔の思い！）リジーアのことだった。愛《いと》しい堂々たる美女、今は埋葬されてしまったあの女《ひと》。その純粋さ、賢さ、気高く、この世のものとも思われぬ性質、情熱的で偶像崇拝とも言えるその愛し方を、僕はしみじみ思い出していた。そうしていると、僕の心は、彼女自身の愛の炎よりも激しくとめどなく燃え上がるのだった。阿片による夢に神経を昂《たかぶ》らせ（僕はこの麻薬にすっかりがんじがらめにされてしまっていた）、夜の静寂《しじま》に、昼の奥深い谷間に、リジーアの名を呼びつづけた。まるで、亡くなった人を必死で求めれば、真剣な愛をもって求めれば、身を焦がさんばかりの熱情をもって求めれば、彼女が歩むのを止めてしまった——ああ、永遠にそうなのだろうか？——この世の道へ連れ戻すことができるかのように。

　結婚して二月《ふたつき》目、ロウィーナ嬢は急に病に倒れ、なかなか回復しなかった。高熱で消耗し、つらい夜がつづいた。うつらうつらと不安な状態にあった彼女は、この塔の部屋の中やまわりで、物音がする、何か蠢《うごめ》いていると言いだした。心乱れて幻覚でも見えたか、ひょっとするとこの部屋の魔幻燈《ファンタズマゴリア》のような雰囲気のせいなのではないかと僕は思った。彼女はようやく快方に向かい——ついに元気になった。だが、少しすると、またもや激しい病のために苦しみの床につくことになった。これまでずっと弱っていた彼女の体は、今度こそ二度と回復しなかった。これ以降、重篤な状態がつづき、危険な発作が頻発し、医者たちが知識のかぎりにどんなに手を尽くしても無駄だった。もはや人間にはどうすることもできない病にとりつかれ、体がどんどん弱っていくにつれて、彼女の精神もますます乱れていくのがわかった。ちょっとしたことで恐怖に怯《おび》えて昂奮《こうふん》するようになったのだ。これまでにも言っていたあの音のこと——幽《かす》かな音のこと——壁掛けのあいだの異様な動きのことをふたたび、もっと頻繁に執《しつ》拗《よう》に口にするようになった。

　九月も終わろうというある晩、彼女はこの不安を掻《か》き立てる現象に、いつもよりも強く僕の注意を引いた。彼女は落ち着かぬ微睡《まどろみ》から目を覚ましたところで、僕はなかば心配し、なかば漠たる恐怖を感じながら、彼女の衰弱した容態を見守って、黒檀のベッドの脇のインド製の足載せ用ソファー《オットマン》に腰掛けていた。彼女は少し身を起こし、真剣な低い囁《ささや》き声で、今音が聞こえたと言ったが、僕には聞こえなかった——今何か動いたと言ったが、僕には見えなかった。風が壁掛けの背後でざわついていたので、僕は、壁掛けの図像たちがほとんど聞こえぬ言葉を発したり、ゆっくり動いたりするように見えるのは、いつもの風のせいで何でもないよと言おうとした（が、白状すれば、自分でも本当にそうとは思えなくなっていた）。けれども、彼女の顔全体が死人のように真っ蒼《さお》になっているのを見て、慰めようとしたところで無駄だとわかった。彼女は気を失いかけていたが、近くに召し使いたちはいなかった。そう言えば医者たちが用意させた軽めのワインがデカンターに入れて置いてあったと思い出し、それを取りに部屋を急いで横切った。だが、吊《つ》り香炉の明かりの下に足を踏み入れたとき、二つの驚くべき現象に気づいた。目には見えないのだが、確かに何かが僕のそばを軽やかに通りすぎた感じがしたのだ。そして、黄金の絨毯の上、香炉が放つ豊かな光のちょうど真ん中に、影が――天使のように幽かな、はっきりとしない影が――物陰の影とでも思えそうなものが見えたのだ。しかし、阿片の吸い過ぎで異様な昂奮状態にあった僕は大して気にも留めず、ロウィーナにも話さなかった。ワインを見つけると、もとの場所に戻ってきて、一杯注いでやり、それを失神しかけていた彼女の口に当てた。けれども、彼女は少し回復していて、自分でワインを飲めたので、僕はその様子を見守りながら、そばの足載せ用ソファー《オットマン》に腰を下ろした。そのときだった――絨毯《じゅうたん》の上をそっと歩く足音にはっきりと気づいたのは。長椅子のそばだ。一秒後、ロウィーナがワインを口へ持ち上げようとしていたとき、その杯の中へ、まるで部屋の空中の目に見えない泉から湧き出したかのように、光り輝くルビー色の液体の大きな雫《しずく》が三、四滴落ちたのが見えた、あるいは見えたと夢に見たのかもしれない。僕に見えたとしても――ロウィーナには見えていなかった。彼女はためらうことなくワインをごくりと飲み、僕は気のせいかもしれないことをわざわざ話すまでもないと思って、口をつぐんでいた。彼女があんまり怖がるものだから、阿片《あへん》のせいもあるし、こんな夜中には、ありもしないものがありありと見えたりするものだ。

でも、そのルビー色の雫が落ちた直後に、妻の容態が急速に悪化したことは否めない。こうして、その三日後の夜、召し使いたちの手によって妻の埋葬の準備がなされ、四日目の夜、僕は死装束に包まれた妻の遺体とともに、彼女を花嫁として迎えたこの幻想的な部屋に、一人で座っていた。阿片のせいで、狂おしい幻想が、目の前で影のように行き交っていた。落ち着かぬ目で部屋の隅にある石棺を見つめ、壁掛けの移り変わる図像を眺め、頭上の香炉の色とりどりの光がのたうつのを見守っていた。それから、いつだったかの夜に、香炉の光の下のところに幽かな影を見たことを思い出して、その場所に目を落とした。しかし、そこには、もう影はなかった。ほっと息をついて、ベッドの上の蒼褪《あおざ》めて硬直した遺体に目を向けた。すると、リジーアの思い出が怒濤《どとう》のように僕を襲った――そして、目の前にある遺体と同じように死装束に包まれた彼女を見たときの言葉にならない悲嘆のすべてが、荒れ狂う洪水の激しさで僕の心に押し寄せてきた。夜は更けていったが、僕は唯一この上なく愛した女性のつらい思いに胸ふさがれながら、ロウィーナの遺体をじっと見つめていたのだった。

　真夜中だったろうか。ひょっとするとまだ真夜中になっていなかったかもしれないし、あるいはもう過ぎていたかもしれない。時間のことは気にしていなかったのだ。ふと、すすり泣きが聞こえた。低く幽《かす》かだったが、かなりはっきり聞こえたので、ぼうっとしていた僕はぎょっとした。黒檀《こくたん》のベッドから――死の床から――聞こえたように思えた。迷信めいた恐怖に怯えながら僕は耳をすました――が、もう聞こえない。遺体が動いていないかと目を凝らした――が、微動だにしていない。それでも、気のせいではない。幽かではあったが、確かに聞こえた。それで、この胸の中の魂が目覚めたのだ。こうなったらと思い、遺体に注意を集中して絶対目を離さないことにした。ずいぶん経ってから、謎を解く手がかりになりそうなことが起こった。ついにほんの少しだが、とても幽かな、ほとんどわからないような赤みが頬にさしてきたのだ。落ちくぼんだ瞼《まぶた》の細い血管にも血が通い出したようだった。言いようのない恐怖と畏怖《いふ》に身が震えた。人間の言葉ではとうてい言い表すことなどできないほどの恐怖と畏怖に、僕は心臓が止まり、座ったまま手足が硬直する思いだった。けれども、義務感からついに気を取り直した。埋葬準備を急ぎ過ぎたことに、もはや疑いはなかった。ロウィーナはまだ生きているのだ。何らかの手当を直ちに行う必要があった。だが、塔は召し使いたちが住んでいる僧院から離れており、近くに人はいなかった。助けを呼びに行くとなれば、どうしても部屋を何分も空けることになる――それは避けたかった。そこで、一人で、まだそのあたりを漂っている霊魂を呼び戻そうと努めてみた。ところが、ほどなくして、容態がまた戻ったことがわかった。瞼《まぶた》からも頬からも赤みは消え、大理石よりも白くなった。唇は以前の倍もしなびて、身の毛もよだつ死の様相にねじれあがっていた。遺体じゅうが急速にじっとりと冷たくなって、ぞっとさせられた。僕は、さっきびっくりして立ち上がった長椅子に身を震わせて倒れるように座り、ふたたびリジーアを思って熱情的な白昼夢に耽《ふけ》ったのである。

　こうして一時間が経ったとき――そんなことがありえるだろうか？――ベッドのほうからまたもや、幽かな音がするのに気づいて、恐怖に慄《おのの》いた。音はまた聞こえた――溜《た》め息だ。遺体のそばに駈《か》け寄ると、唇が震えているのが見えた。はっきりと見えたのだ。まもなく唇はゆるんで、真珠のように輝く歯並びを覗《のぞ》かせた。今度は驚愕《きょうがく》が、それまで僕の胸を単独で支配していた深い畏怖と争い始めた。目がかすんできて、理性が働かなくなってきた。ものすごい努力をして勇気を出し、ようやくやらなければと思う作業に取りかかることができた。今や、彼女の額にも、頬にも、のどにも、少し赤みがさしていた。体じゅうにそれとわかる温《ぬく》もりがひろがっていた。心臓のわずかな鼓動さえ感じられた。生きているのだ。僕はさっきより一所懸命になって蘇生《そせい》にかかった。こめかみや両手をこすったり、お湯で温めたりし、経験と少なからぬ医学の知識から思いつくことをすべて試してみた。だが、虚《むな》しかった。いきなり赤みが消え、脈が止まり、唇には死人の様相が戻り、その一瞬後、体全体が凍るような冷たさとなり、青黒く、硬く、肉も落ちくぼみ、もう何日も墓に埋められていたかのようなぞっとする姿となってしまったのだ。

　ふたたび僕はリジーアの白昼夢に耽った――そして、またもや――これを書いている今もなお、ぞっとするのも驚くことではないだろう――またもや、黒檀のベッドのほうから、低いすすり泣きが聞こえてきた。しかし、あの夜の言い知れぬ恐怖を事細かに記すには及ぶまい。灰色の夜明けが来るまで、このおぞましい蘇生劇が何度も何度も繰り返され、驚異の復活を遂げるたびにさらに強固に、二度と取り返しのつかないと思える死へと逆戻りしたこと、そして、そのたびに苦悶《くもん》は見えない敵との葛藤《かっとう》のような様相を呈してきて、その葛藤の末に、死体の姿が言いようもない凄《すさ》まじい変貌《へんぼう》を遂げたことまで語るには及ぶまい。結末へ急ぐことにしよう。

　恐ろしい夜はもう終わろうとしていた。死んだはずの女は、ふたたび動いた――もはやこれまでと完全に諦《あきら》めざるを得なかった死滅の状態から戻ってきながら、今まで以上に激しく動いた。僕はもうあたふたするのも動くのもやめていて、足載せ用ソファー《オットマン》にじっと腰かけたまま、激しい感情の渦になすすべもなく巻き込まれていた。

もうどんな恐怖も、さほど凄まじくもなければ、恐ろしくもなかった。死体は、繰り返して言うが、また動き、前よりも激しく動いた。これまでにない活力が顔に漲《みなぎ》り、生気が溢《あふ》れ、手足はしなやかになった。瞼《まぶた》がまだしっかりと閉じられていて、死装束の布が巻かれていて死人であることを示していなければ、ロウィーナが本当にすっかり死の枷《かせ》から逃れたのではないかと思ったかもしれない。しかし、そのときはまだそう思えなかったにせよ、もはや少なくとも疑うことはできなくなっていた――彼女はベッドから起き上がり、よろめきながら、おぼつかぬ足取りで、目を閉じたまま、夢を見て困惑している様子で、死装束に身を包んだまま、はっきりと、紛《まご》うことなく、部屋の中央へと進んでいたのだ。

　僕は、震えはしなかった――動きもしなかった――この人の雰囲気、背丈、身のこなしを見て連想される言い知れぬ思いが群れをなして脳に流れ込んできて、石のように凍りつき、動けなくなっていたのだ。僕は動かずに――その幽霊を見つめていた。頭の中がひどく混乱していた――動顛《どうてん》して、どうにもならなかった。今、目の前にいるのは、本当に生きているロウィーナだろうか？　そもそもロウィーナなのか？――金髪碧眼《へきがん》のトレメインのロウィーナ・トレヴァニオン嬢なのか？　なぜ、どうしてそんなことを疑うんだ？　口許《くちもと》には布が厚く巻かれている――が、それが息を取り戻したロウィーナの口ではないとでも言うのか？　そして、頬――命の盛りのようなバラ色だ――そう、これこそ生きているロウィーナの美しい頬ではないか。それに、顎《あご》。健康そうなえくぼがある。彼女の顎ではないか？――だが、彼女は、病気をしてから背が高くなったのだろうか？　何だってまたそんな馬鹿なことを考えるんだ？　一《ひと》跳びして、僕は彼女の足許に着いた！　彼女が僕につかまれるのをよけたはずみに、頭を包んでいたおぞましい死装束がするすると落ち、部屋を吹き抜ける風の中に流れ出たのは、ふさふさとした長い乱れ髪だった。それは真夜中の大鴉の翼よりも黒かった！　すると、僕の前に立つその人は、ゆっくりと目を開けた。「じゃあ、やっぱり」と、僕は叫び声をあげた。「本当に――本当なんだね――その大きな黒い目、その激しい目は――僕の死んだ恋人の目だ――リジーアだ」

跳び蛙

　この王様ほど冗談好きな人を私は知らなかった。冗談のためだけに生きているような人だった。おもしろい笑い話をじょうずに語れるなら、ご寵愛《ちょうあい》を受けること確実だ。王様の七人の大臣がみな名うての冗談の名手であるのは、そうしたわけだ。いずれも、無類の冗談好きであるのみならず、脂ぎった肥満体の巨漢である点でも王様に似ていた。冗談を言うと太るのか、それとも肥満それ自体に冗談を好む傾向があるのかは知らないが、痩《や》せた冗談好きというのは確かに「世にも珍しき鳥《ラーラ・アウィス・イン・テレース》」であろう。

洗練――王様の言い方に拠《よ》れば才知《ウィット》の「霊魂《ゴースト》」――について、王様はほとんど気にかけなかった。冗談のでかさを特に称賛し、でかい冗談であるなら、長さも我慢しようというところがあった。あまり繊細《せんさい》すぎるものには、うんざりした。ラブレーの『ガルガンテュア物語』のほうが、ヴォルテールの諷刺《ふうし》物語『ザディーグ』よりもお気に入りであり、概して言葉のジョークよりは、いたずらのほうを好んだ。

　私がこれを書いている現在、宮廷道化師《コートジエスター》という専門職はすっかり廃れたわけではなかった。大陸の大国には、まだ、まだら服《モトリー》を着て、鈴のついた帽子をかぶった「道化《フール》」

なるものが存在した。どんなときでも瞬時に——王様の食卓からパンくずが落ちたときでも、それをネタにして——気の利いたことを言ってのけるのが仕事という連中である。

われらが王様も、当然ながら「道化」を抱えていた。実は、王様のみならず、大臣を務める七人の賢者の重々しい知恵とのバランスを取るためにも、王様としては、何か馬鹿騒ぎが必要だったのだ。

しかし、王様の道化、すなわちプロの道化師は、単なる「道化」（馬鹿《フール》）ではなかった。彼は低身長症で、脚が不自由でもあったので、王様の目からすると、三倍の価値があった。当時、宮廷では道化師と同様、低身長症の人が雇われることが多かった。多くの君主は、その長い日々（宮廷での日々はとりわけ長いのだ）を過ごすのに、笑いのネタを提供してくれる道化師と、笑いのネタとなる低身長症の人なしでは、やっていけないと感じられていた。ただし、既に述べたように、道化師というのは、九十九パーセント、まんまると太って動きもぎこちないので、「跳び蛙」（というのが道化師の名前だった）が一人で三つの宝を兼ね備えていることに、われらが王様は大いにご満悦だったのである。

「跳び蛙」という名前は、幼い頃からの名前ではなく、ほかの人のようには歩けないために、七人の大臣が合議の上で命名したものであろう。実のところ、この道化師は、ぴょんと跳ねるとも、身をくねらせるともつかない、体をひょいと前へ投げ出すような歩き方しかできず、それを王様は際限なくおもしろがり、もちろん慰めともしたのである。というのも、腹が出ていて、頭には生まれつきの瘤《こぶ》があった王様は、宮廷では、立派な風采《ふうさい》ということになっていたからである。

ただし、この道化師は、脚が歪《ゆが》んでいて、道でも床でもかなりの痛みと困難を伴わずには動けないけれども、自然の神から強靭《きょうじん》な腕力を与えられていて、下半身の欠陥を補って、木登りやロープを用いてよじ登ることでは実に機敏なすばらしい技をいろいろ披露した。そうした運動では、蛙というよりも、すばしこいリスか小猿に似ていた。

彼の出身地がどこかは正確にはわからない。だが、われらが王様の宮廷からずっと離れた、誰も聞いたこともないような未開地の出だ。彼と、彼と同様に低身長症の（見事なプロポーションをして、すばらしい踊り手であった）少女とは、互いに隣り合ったそれぞれの祖国から無理やり連れてこられ、負けを知らぬこの国の将軍から王様への贈り物とされたのだった。

そうした状況下で、この二人の小さな虜囚たちのあいだに親密さが生まれたとしても不思議ではあるまい。実際、二人は無二の親友となった。彼は、大いに余興をしてみせるのだが、決して人気者ではなかったので、その友達の少女トリペッタにしてやれることはなかった。しかし、彼女のほうはその優雅さと抜群の美貌《びぼう》によって、誰からも称賛され、可愛がられていた。それゆえ影響力が強かったのだ。そして、彼のためになることなら、必ずその力を行使したのである。ある壮大な国家の祝典に於《お》いて——何の祝典かは忘れたが——王様は仮面舞踏会を催すことにした。仮面舞踏会やその手の催しが宮廷であるときは、道化師とトリペッタは必ずその才能を発揮するように求められることになっていた。特に道化師は、仮面舞踏会の出し物や新奇な役柄《キャラクター》を考案したり、衣裳《いしょう》をデザインしたりする発明の才に長《た》けていたので、彼の助けがなければ何もできないように思われた。

　祭りの夜がやってきた。豪華な広間には、トリペッタの監督のもと、仮面舞踏会を成功させるべくありとあらゆる趣向が凝らされていた。宮廷全体が、期待の熱に浮き足立っていた。何に扮《ふん》してどんな衣裳を着ていくかは、それぞれもう決めているはずだった。一週間あるいは一月《ひとつき》前に（何に扮するかを）決めた人も多かった。実のところ、王様とその七人の大臣たちを除いて、決まっていないところは一ミリも残っていなかった。なぜ彼らが決められなかったかはわからないが、それもまた冗談のつもりだったのかもしれない。いや、恐らくは、あまりに太りすぎていて総身《そうみ》に知恵がまわりかねて決めがたかったのだろう。いずれにせよ、時は流れた。そして、最後の手段として、彼らはトリペッタと道化師を呼びにやったのだ。

　二人の小さな友が王様の呼び出しに応じたとき、王様はその閣僚七名と酒宴の最中であったが、かなりご機嫌ななめの様子だった。道化師が酒を好まないことは、王様も知っていた。飲むと、この哀れな男はまったくわけがわからない状態になってしまうのだ。前後不覚になるのは気分のいいものではない。しかし、王様はいたずら好きであり、彼に無理に酒を呑《の》ませ、（王様に言わせれば）「陽気に」させるのはおもしろいと考えた。

「ここに来い、跳び蛙」と、王様は、道化師とその友が部屋に入ってくると言った。「ご欠席の皆さんの健康を祝して、この満杯の酒を呑み干せ（ここで道化師は溜《た》め息をついた）。それから、おまえの智慧《ちえ》を貸してもらおう。突飛な――何か新奇な――仮装の人物――役柄《キャラクター》だ――を思いついてくれ。いつも同じものでは、うんざりだからな。さあ、呑め！　酒で頭も冴《さ》えるだろう」

　道化師は、いつものように、こうした王様の無理強いに対して、洒落《しゃれ》で応《こた》えてやろうとしたが、その努力はつらすぎた。その日はたまたまこの哀れな道化師の誕生日に当たっており、「欠席の皆さん」のために呑めと命じられて、目に涙が溢《あふ》れたのだ。大粒の苦い涙の雫《しずく》が、暴君の手からうやうやしく受け取った杯にボタボタと落ちた。「あっはっは！」道化師がいやいや杯を空けると、暴君は哄笑《こうしょう》した。「いい酒はよく効くじゃないか！　ほら、もう目が輝いておる！」

可哀想に！　その大きな目は光ったというより、妖しい閃光を放っていた。彼の昂《こう》奮《ふん》しやすい頭脳にとって、酒はただ酔わせるのみならず、即効力があったのだ。彼はそわそわと杯をテーブルに置き、なかば狂ったような凝視でもって一同を見まわした。みな、王様の「冗談」がうまくいったのを大いに楽しんでいるようだ。

「さて、本題に入りましょう」と、首相が言った。かなり太った男だ。

「そうだ」と、王様。「さあ、跳び蛙よ。智慧を貸してくれ。役柄《キャラクター》だよ、君。役柄が要るんだ――我々全員のな――ははは！」これも本気で冗談のつもりだったので、七人の大臣も笑いに唱和した。

道化師も笑ったが、弱々しく、虚《うつ》ろな笑いだった。

「さあ、さあ」王様はいらいらして言った。「何か案はないのか？」

「何か新奇なものを思いつこうと努力しています」道化師は、ぼうっとした様子で答えた。酒のせいですっかりまごついていたのだ。

「努力だと！」暴君は怒鳴った。「そりゃ、どういうつもりだ？　ああ、わかったぞ。おまえはすねていて、もっと酒が欲しいのだな。ほら、これを呑め！」王様はもう一杯なみなみと注いで差し出したが、道化師はただそれを凝視して、喘《あえ》いでいた。

「呑めったら！」怪物が叫んだ。「さもないと、悪魔にかけて――」

道化師は躊躇《ちゅうちょ》した。王様は怒りで真っ赤になった。大臣たちは薄ら笑いを浮かべていた。トリペッタは、死人のように真っ蒼《さお》になりながら、玉座の前に進み出て、王様の前に跪《ひざまず》いて、わが友をお許しくださいと願った。

暴君はしばらく彼女を見ていた。その厚顔無恥に呆《あき》れていたのであろう。自分の憤怒を最もふさわしく表現するために、何をすべきか言うべきか、まったくわからないようだった。とうとう、一言も言わずに、乱暴に彼女を押しのけると、なみなみと注いであった酒杯の中身を彼女の顔にぶちまけた。

哀れな少女は何とか立ち上がって、溜《た》め息をつくことすら恐れてできないまま、もといたテーブルの端の席へ戻った。

三十秒ほど、しーんと静まり返っていた。葉っぱや羽根が落ちても、聞こえたことだろう。沈黙を破ったのは、低いが、激しく長くつづく、ギシギシときしむような音だった。部屋の四隅から同時に聞こえたように思えた。

「何だ――何――何だって、そんな音を立てるんだ？」王様は、道化師にむかって、凄《すさ》まじい剣幕で問うた。

道化師は、ずいぶん酩酊《めいてい》状態から回復していたようで、暴君の顔をしっかと静かに見すえて、ただ叫んだ。

「私――私ですか？　私が出した音ではございません」

「音は外から聞こえたようですな」大臣の一人が言った。「窓辺のオウムが籠《かご》の鉄の網で嘴《くちばし》を研いでいるのでしょう」

「なるほど」そう言われて、かなりほっとしたように君主は答えた。「だが、騎士としての名誉にかけて言うが、こやつが歯ぎしりをしたのだとばかり思ったぞ」

ここで道化師は笑った（王様は筋金入りの冗談好きゆえ、誰かが笑うと同調せざるを得なくなる）。そして、道化師は、大きな、強力な、ひどくみっともない歯をむき出して見せて、「いくらでも酒を呑んでご覧に入れましょう」と断言した。それで王様は機嫌を直した。道化師は、もう一杯呑み干すと、些《いささ》かも悪酔いした様子を見せずに、意気揚々と仮面舞踏会の計画を話し始めた。

「どうしてこんなことを連想したかわかりませんが」と、彼は、まるで生まれてこのかた酒など一滴も呑んだことがないかのような実に静かな口調で語った。「陛下があの娘を殴って酒を顔にぶっかけた直後に――陛下がそうなさった直後、窓の外でオウムがあの奇妙な音を立てているあいだに、すばらしい余興を思いついたのです。私の故郷の遊びで、故郷の仮面舞踏会でもよくやられるものなのですが、今回はすっかり新しいものとなるでしょう。ただ、残念ながら、やるには八人いないとできないので――」

「ちょうどいいじゃないか！」と、王様はその偶然を鋭くも発見したことを笑いながら叫んだ。「ぴったり八人だ――わしと七人の大臣とで。さあ！　どんな趣向なんだ？」

「鎖でつながれた八頭のオランウータンという出し物で、うまく演じると、実にすばらしい余興となります。」

「そいつをやろう」王様はきちんと座り直して、目を細めながら言った。

「この余興の美点は」と、道化師はつづけた。「ご婦人方を怖がらせるところにあります。」

「すばらしい！」王様と大臣たちは声を合わせてどよめいた。

「皆様をオランウータンに仕立てるのは私にお任せください」道化師は話を進めた。「本物そっくりに致しますので、仮面舞踏会の出席者は皆様を本物のオランウータンと思うでしょう――そして、もちろん、驚くのみならず、怖がるわけです。」

「おお、こいつはいい！」王様が叫んだ。「跳び蛙！　おまえを男にしてやろう」

「鎖をつけるのは、ジャラジャラという音で混乱を煽《あお》るためです。飼い主から集団で逃げ出してきたという想定です。鎖でつながれた八頭のオランウータンが仮面舞踏会に出てきて、ほとんどの人がそれを本物と思ったらどんな効果が生まれるか、陛下にはご想像もつかないでしょう。繊細で豪華な服をまとった紳士淑女の方々の真っ只中《ただなか》へ、野蛮な叫びをあげて突入するのです。繊細と野卑、その対比《コントラスト》たるや最高です」

「そうだな」と王様。（夜も更けたので）閣僚たちは急ぎ立ち上がり、道化師の計画の実行にとりかかった。

みなをオランウータンに仕立てる方法は実に簡単だったが、十分目的を果たすものだった。この物語の時代に於《お》いて、オランウータンという動物は文明世界では滅多に目にされることがなかった。道化師が用意した仮装は十分動物に見えたし、しかも必要以上におぞましかったので、本物そっくりと思われることは確実だった。

王様と大臣たちはまず体にぴったりのメリヤスのシャツとズボン下を身につけた。それからタールをたっぷり塗った。その段階で、誰かが羽毛をつけたらどうかと言いだしたが、道化師はその提案を却下し、オランウータンのような動物の毛は麻糸でそれっぽく作れるのだということを実演によって八人にすぐ納得させた。タールを塗った上に、麻糸をびっしりつけて覆《おお》っていくのだ。それから長い鎖が取り出された。まず、王様の腰に巻きつけて結び、それから大臣一人の腰に巻きつけて結び、というふうに順番につづけていく。八人とも結ばれると、互いにできるだけ離れて立ち、輪になった。万事を自然に見せるために、道化師は、鎖の残りを輪の中央に延ばし、中点で直角に交差する十文字を作って固定した。ボルネオでチンパンジーや大きな猿を捕らえる際に現代でも用いられている方法を真似たのである。

仮面舞踏会が催される大広間は円形の会場であり、天井は高く、一つだけある天窓から日光を受けていた。夜には（この部屋は特に夜間に用いるのを想定して設計されていた）、天窓の中央から鎖で吊《つ》られた大きなシャンデリアの照明がついた。これは普通の重りのついた滑車で上げ下げされるが、この重りは（見映《みば》えを考えて）丸天井の外の屋根の上に置かれていた。

部屋の飾りつけはトリペッタの監督に任されていたが、いくつかの点では、友人の道化師の冷静な判断に従ったようだ。今回はシャンデリアが外されたのも、彼の指示によるものだった。蠟《ろう》が滴《したた》ると（このように暑い季節では避けがたいことであり）、ゲストの豪華なドレスをだめにしかねないが、広間はごったがえすので、中央部、つまりシャンデリアの真下に誰も入らないようにするわけにもいかない。そこで追加の突き出し燭台《しょくだい》を邪魔にならないように壁のあちこちに取りつけて、よい香りのする松《たい》明《まつ》を全部で五、六十本ほど、壁際に立つ女人像柱の右手に持たせた。

八頭のオランウータンは、道化師の言うとおりに、（部屋がすっかり仮面舞踏の客でいっぱいになる）真夜中になるまで辛抱強く登場を待った。しかし、時計が鳴り終わるや否や、飛び込んだ、と言うか、転げ込んだ――鎖で縛られているためにたいてい転んでしまい、登場するとき、転んだ者に引っ張られて全員がもんどりうったのだ。

仮装客たちの昂奮《こうふん》は凄《すさ》まじく、王様の心を喜びで満たした。予期したとおり、この獰猛《どうもう》な様相をした連中がオランウータンだとはっきり思わないまでも、何らかの本物の動物だと思った客は多かった。恐怖で気絶したご婦人方も多くいた。大広間への武器の持ち込みを王様が禁じていなかったら、このおふざけの代償が流血騒ぎとなったかもしれない。実際は、全員が出口へ殺到したが、王様は自分が登場したとたんに鍵《かぎ》をかけておけと命じていた。そしてその鍵は、道化師の提案により、道化師が預かったのだった。

騒ぎが最高潮に達し、誰もが自分の身の安全だけに気をとられていたとき（実際のところ、昂奮した群衆に圧《お》し潰《つぶ》されるという本当の危険もあった）――普段はシャンデリアを吊るしていた鎖が、今はシャンデリアを外して巻き上げられていたのだが、徐々に下りてきて、鉤《かぎ》のついた先端が床から三フィート〔約一メートル弱〕のところまできた。

そのあと、王様と七人の友人らは大広間じゅうあちこちよろめき歩いていたが、ついに部屋の中央にやってきた。もちろん、鎖のすぐ近くだ。その位置になったとき、すぐ後ろをつけてきていた道化師が、騒ぎつづけるようにと声をかけながら、円の中央で十字をなす鎖の交差部分をつかむと、電光石火の速さで、シャンデリアが吊られていた鎖の鉤を差し込んだ。すると、たちまち、見えない力によって、シャンデリアの鎖はすうっと上へ引っ張られて鉤に手が届かないところまで上がり、その結果、オランウータンたちは顔と顔を突き合わせて団子状態になってぶら下がった。

このときには、仮装客たちの恐慌状態もある程度落ち着いて、これはすべてよくできた余興だったと思うようになり、猿たちの苦境に大笑いをし始めた。

「こいつらは俺に任せておけ！」道化師が叫んだ。その甲高い声は喧騒《けんそう》のなかでもよく通った。「俺に任せておけ。俺にはわかる気がする。よおく見ればな。こいつらの正体を今に明かしてやろう」

ここで彼は、人々の頭上に上がると、その頭を次々に手足で押しつけながら、頭を飛び石のように使って壁まで行きつき、女人像柱の松明を一本つかんでから、部屋の中央へ戻ってきた――猿のようにすばしこく跳ねて、王様の頭に跳びつき、それから鎖を数フィートのぼって――松明を下げて、オランウータンの群れを確かめてから、なお叫んだ。

「こいつらの正体を俺が明かしてやるさ！」

それから、その場にいた人全員（猿も含めて）が笑いで身をよじっているうちに、道化師は不意に鋭い口笛を吹いた。すると、鎖はすごい勢いで三十フィート〔約九メートル〕ほど上がり、うろたえてもがいているオランウータンどもを持ち上げ、天窓と床の中間にぶら下げた。道化師は、上がっていく鎖にしがみついたままで、八人の仮装者たちとの位置関係も変わらず、（何の問題もないかのように）依然として松明を下の八人につきつけ、あたかもその正体を見極めようとしているかのように見えた。

この急激な上昇に誰もがアッと息を呑《の》んだので、一分あまり完璧《かんぺき》な沈黙があった。

沈黙を破ったのは、王様がトリペッタの顔に酒をぶちまけたとき、王様とその閣僚たちの注意を引いたのと同じ、あの低く激しい、ギシギシときしる音であった。しかし、今回は、その音がどこから出ているか疑問の余地はなかった。それは、怒りに燃えた表情で、王様とその七人の仲間らの顔を上から睨《にら》みつけ、口から泡を吹きながら、激しく歯ぎしりしている道化師の牙《きば》のような歯から出ているのだ。

「なあるほど！」とうとう怒りの道化師は言った。「なあるほど！　ようやく、こいつらが何者かわかったぞ！」ここで、王様をもっとじっくりと調べるふりをして、彼は松明を、王様を包んでいる麻糸につけた。たちまち王様は明るい火の玉となった。三十秒もしないうちに、オランウータン八頭はすべてごうごうと燃え盛り、下で見ている多くの人々は恐怖の叫びをあげたが、どうにも助けようがないのだった。

　ついに炎は突然その辛辣《しんらつ》さを増し、道化師は火の手を避けて鎖をもっと上にのぼらざるを得なくなった。彼が動き始めると、群衆は一瞬また沈黙に沈んだ。道化師はその機会をとらえて、ふたたび話した。

「はっきりわかったぞ。この仮装の人たちがどんな人たちか。偉い王様と七人の顧問官たちだ——身を守ることもできぬ女の子を殴ってもなんとも思わない王様と、その非道な振る舞いを王様にさせる七人の顧問官だ。俺は誰かと言えば、俺はただの道化の跳び蛙さ——そして、こいつが、俺の最後の冗談だ」

麻糸と麻糸を付着させているタールは非常に燃えやすいために、道化師がその短い演説を終えるや否や、復讐《ふくしゅう》は完了した。八体の真っ黒な遺体は鎖にぶら下がって、悪臭を放って、おぞましく、どこが何か見分けのつかぬ塊となっていた。道化師は、それらに松明を投げつけてから、ゆっくりと天井までのぼっていき、天窓の向こうへ消えていった。

大広間の屋根の上にいたトリペッタが、彼女の友人のこの炎の復讐劇の共犯者であり、手に手をとって二人の故郷へ脱出したものと思われる。というのも、どちらの姿も二度と見られることはなかったからである。

作品解題（ネタバレあり注意）

河合祥一郎

本書につづく『ポー傑作選2』ではミステリー小説を中心にお届けするのに対して、本書では恐怖《ホラー》小説を含むゴシック幻想小説の傑作を選《え》りすぐってお届けする。ポーの代表的詩作品も音韻に気をつけて訳したので、お楽しみいただきたい。

ポーの作品は、すべてマボット編纂《へんさん》の選集三巻本（Thomas Olive Mabbott, ed., *Collected Works of Edgar Allan Poe*, 3 vols, Cambridge, MA: Belknap Press of Harvard University Press, 1969–78）より訳出した。翻訳に当たっては、パイスマン（Stephen Peithman, ed., *The Annotated Tales of Edgar Allan Poe*, New York: Doubleday & Company, 1981）とヘイズ（Kevin J. Hayes, ed., *The Annotated Poe*, Cambridge, MA and London: The Belknap Press of Harvard University Press, 2015）の注釈を参照した。

なお、本書のページ数に言及する際は、算用数字で表記した。

「赤き死の仮面」“The Masque of the Red Death”（1842）

初出は、一八四二年五月発行の『グレイアムズ・マガジン』誌上。これまで「赤死病の仮面」や「赤い死の舞踏会」という題で訳されることもあったが、それは原題の masque が「仮面舞踏会」と「仮面」の両方を意味するからである（ポーは初出時には Mask としていたのを一八四五年以降 Masque に変更した）。また「赤い死」は「黒死病（Black Death）」という疫病《ペスト》の別名にひっかけた命名である。ペストの流行はシェイクスピアの時代もひどかったし、ボッカチオの『デカメロン（十日物語）』も疫病を避けて閉じ籠《こ》もった仲間が互いに順番に話をし合うという趣向で始まっている。しかし、ポーの場合は、そこにデカダンス趣味が濃厚に入り込み、閉じ籠もった連中が仮面舞踏会を催し、刹那《せつな》的な狂騒状態へと展開する。そこへ感染の雫《しずく》が一滴垂れれば……。そう考えると、「リジーア」で見えないリジーアがワイングラスに垂らす雫にもそんな意味があるように思えてくる。また閉め切って逃げられなくなった状況での仮面舞踏会という点では、「跳び蛙」ともつながってくる。

最初のゴシック小説とも言われるホレース・ウォルポールの『オトラント城』（一七六四）以降のゴシック小説の伝統のもと、城砦《じょうさい》の構えのある大寺院を舞台とし、七色の部屋など寓意《ぐうい》性の高そうな設定にしている。

プロスペローはシェイクスピアの『テンペスト』の主人公の名前であるし、『ハムレット』からの表現も使われているため、シェイクスピアとの関連を指摘する研究も多い。特に『マクベス』第三幕第四場の宴会の場にバンクォーの幽霊が現れ、驚愕《きょうがく》したマクベスが「誰がこんなことを？」（Which of you have done this?）と叫ぶのはプロスペロー公の「こんなことをする奴は誰だ？」（Who dares?）と対応しているという説もある（Narayana Chandran, “Poe’s use of *Macbeth* in ‘The Masque of the Red Death,’” *Papers on Language & Literature* 22（1993））。マクベス将軍のイメージが重なっているなら、「公爵は大胆で屈強な男だった」とするのも首肯し得る。マクベスのように公爵は死に向かって挑戦して果てるというわけである。また、一八四二年一月、ピアノを弾いて歌唱中に真っ赤な鮮血を吐いた妻ヴァージニアのイメージなど伝記的要素を読み込み、若い頃は裕福だったポーを主人公と重ねて読み込もうとする試みもある（Paul Haspel, “Bells of Freedom and Foreboding: Liberty Bell Ideology and the Clock Motif in Edgar Allan Poe’s ‘The Masque of the Red Death,’” *The Edgar Allan Poe Review*, 13.1 (Spring 2012): 46-70 (p. 47) にまとめあり）。

ヴィンセント・プライス主演により映画化（一九六四）もされ、翻案も多い。アンドレ・カプレの弦楽オーケストラとハープのための楽曲「赤死病の仮面」（一九〇九年初演）は一九一九年にハープと弦楽四重奏のための『幻想的な物語（Conte Fantastique）』としてアレンジし直されている。

「ウィリアム・ウィルソン」 “William Wilson” (1839)

パイスマンに拠《よ》れば「ポーの紛《まご》うかたなき傑作の一つ」。ドッペルゲンガーというモチーフに於《お》いて、ドストエフスキーの『二重人格』（一八四六）、アンデルセンの「影法師」（一八四七）、ロバート・ルイス・スティーヴンソンの『ジキル博士とハイド氏』（一八八五）、そして何よりもオスカー・ワイルドの『ドリアン・グレイの肖像』（一八九〇）に先行する重要な作品。初出は、一八三九年発行の『一八四〇年版ギフト』誌。

本作には、ポーが八歳から十一歳まで寄宿生として滞在したロンドン北郊外ストーク・ニューイントンにあるジョン・ブランズビー牧師の私立学校マナー・ハウス・スクールでの経験が盛り込まれている（作品では十一歳から十五歳の五年間在籍したことになっている）。実名で登場する校長のブランズビーは、作品中では博士となっているが、実際はケンブリッジ大学修士号を得ているものの博士号は持っていなかったとのことである。主人公の誕生日一月十九日は、ポー自身の誕生日と同じであり、主人公が博《ばく》打《ち》に手を出したようにポーも大学時代に博打に手を出して身を滅ぼしている。

ポー自身が一八三九年十月十日付のワシントン・アーヴィング宛ての手紙に明記しているように、アーヴィングが「バイロン卿《きょう》の書かれざるドラマ」と題して、バイロン卿が構想しながら書くことのなかった悲劇の筋書きを一八三六年の『ギフト』誌に記したもの——主人公アルフォンゾは、いつも自分をつけまわす男に悩まされ、自分のやろうとすることの邪魔ばかりする男が自分の影であると認識するようになり、ついに刺し殺すが、その仮面の背後にあったのは自分の顔であったという話——を踏まえた作品。パイスマンはアルフレッド・ド・ミュッセの「十二月の夜」（一八三五）との類似を指摘し、ポーは読んだか聞いたかしたかもしれないと推測している——主人公は子供のときから兄弟のように自分とそっくりの影のような自分の分身につきまとわれており、人生の重要なときに黒い姿でやってくるのだ。どこへ逃げてもついてきて、その正体はわからない。ついに影と対決し、まず自分の邪悪な運命として呼びかけ、次に自分の守護天使として呼びかけ、最後に自分の影として呼びかける。黒い姿はその正体を「孤独」だと明かした。

　この「十二月の夜」は、主人公が一人でいると、いつの間にか主人公の代わりに「そいつ」が主人公の席に座っているという、モーパッサンのスケッチ「そいつ」（短編「オルラ」の素）に於いて、主人公につきまとう「そいつ」が実は「主人公の孤独」と明かされるのと同工異曲である。

　モーパッサンやミュッセとちがって、分身《ダブル》の存在ゆえに主人公のアイデンティティが崩壊するところにポーの小説の恐ろしさがある。

冒頭のエピグラフは、ウィリアム・チェンバレンの長詩「フェロニダ」（一六五九）のどこを探してもなく、同じチェンバレンの戯曲『恋の勝利』（一六五八）第五幕にある「良心が私に仕えるとき、それはまるで恐ろしい死の使者の亡霊のぞっとする影のようだ」との混同ではないかとパイスマンとヘイズは指摘する。短編「黄金虫」（『ポー傑作選2』所収）のエピグラフで起こっているのと同様の記憶違いであろう。

　このエピグラフが明示しているように、本作に於けるドッペルゲンガーは主人公の「厳格な良心」と解釈できる。語り手がウィルソンの存在を意識し、自分の行動を執《しつ》拗《よう》に邪魔してくることに困惑していても、級友たちはそれに気づかない（29ページ）し、「級友たちは（兄弟じゃないのかという噂は別として）似ていることをとりたてて話題にしなかったし、ひょっとすると気づいてさえいないのかもしれなかった」（32ページ）こと、ウィルソンが囁《ささや》き声しか出せないこと、そして邪魔をするのは語り手が悪に走るときのみであることなどから、語り手の良心として機能していることは確認できる。『恋の勝利』で主人公は罪の意識ゆえに自殺をするが、それは本作で、ウィルソンが自分の良心であるドッペルゲンガーを抹殺するのに類似する。

　最後に殺されたウィルソンが「この世にも、天国にも、希望にも、君の居場所はない」と語るとき、「居場所は地獄だけである」と仄《ほの》めかしているように聞こえるのも、良心を失った者の行き先が地獄だからだと考えられる。だが、自らの良心を殺した語り手は「この世にも」居場所を失い、生きていられなくなるわけで、それでこの話の冒頭で「死が迫っている」と述べるのであろう。なぜ直ちに死なずに、この話を語る時間的余裕があるのかは謎だが、「黒猫」や短編「天邪鬼《あまのじやく》」の語り手が明日の死刑を前にして話を語る構造をそのまま当てはめたと言えそうだ。

途中で引用されているフランス語「ああ、よき時代だった、あの頽廃《たいはい》の時代は！」は、ヴォルテールの詩「世慣れた人」(*Le Mondain*, 1736) からの引用であり、ポー自身が学生時代に読んだものと思われる。直訳すれば「ああ、よき時代だった、あの鉄の時代は！」の意味であり、オウィディウスが人間の時代を黄金、銀、青銅、鉄の四つの時代に分けたことに基づき、鉄の時代は欲望と争いに満ちた頽廃の時代を指す。

結部について、パイスマンは、ポーの「煙に巻かれて」に於いてユング男爵が相手の映っている鏡に葡萄《ぶどう》酒の杯を投げつけて鏡を粉砕するくだりとの類似を指摘し、マボットと同様に、ジェイムズ・ボーデンがウィリアム・シデナムの筆名で一八二八年にロンドンで刊行し、翌年ボストンで刊行された「二つの命を持つ男」との類似を指摘している——主人公は行動《アクション》の命と贖罪《しょくざい》の命を持ち、後者は「男の影《リフレクション》」かつ「内省《リフレクション》」であり、奇妙なる友にして導き手であり、良心の力を持つのである。

「落とし穴と振り子」 "The Pit and the Pendulum" (1842)

初出は、一八四二年発行の『一八四三年版クリスマス新年号ギフト』誌上。舞台はスペインのトレド。スペインの異端審問は、スペイン王フェルナンド二世がローマ教皇の許可を得て十五世紀末より始めたものであり、本作の設定となる一八〇八～一四年の半島戦争（スペイン反乱）時にはとっくに収まりを見せていた。最後に登場するアントワーヌ・シャルル・ルイ・ド・ラサール将軍（一七七五～一八〇九）はナポレオン戦争期の当代随一の騎兵指揮官と言われた軍人であり、この人物を登場させたのはトマス・ディックの本（*Philosophy of Religion*, 1825, IV, iv）の次の記述に依拠しているのではないかとされる――「半島戦争の最中、フランス軍がトレドに入ったとき、ラサール将軍は異端審問の館《やかた》を訪ねた。大量の拷問道具、特に手足を引っ張る道具や落とし風呂《ぶろ》のようなじわりじわりと死に至らしめる道具などは、戦場で鍛えられた軍人さえ恐怖せしめた」。

エピグラフとして引用されているラテン語の四行詩について、ボードレールは本作を翻訳した際に、ジャコバン・クラブ跡地のマルシェ・サン・トノレには門扉も碑銘もないと注記しているが、ジョン・ムーア博士の選集（*Mooriana*, 1803, p. 166）には、この四行詩の引用とともに「政府はこれをその市場〔ジャコバン・クラブ跡地に建設予定の市場〕の門に刻むべしとした」という記述があり、ポーは自身が編集していた『サザン・リテラリー・メッセンジャー』誌一八三六年八月号――ポーの詩「イスラフェル」（一八三一）や「罪の町」（一八三一）が再録されている号――にムーア博士の記述をそのまま転写した短い記事を掲載している。

　ヴィンセント・プライス主演ロジャー・コーマン監督の映画（一九六一）には、「恐怖の振子」という邦題がついている。


「大鴉《おおがらす》」（詩）“The Raven”（1845）

　初出は、一八四五年二月発行の『アメリカン・レビュー』誌上。発表されるや大評判となり、ポーを有名にした代表的詩作品。ボードレールのほかマラルメによるフランス語訳もある。

　さまざまなアンソロジーや教科書にも掲載され、ポー本人も傑作と吹聴《ふいちょう》しており、自ら評論「構成の原理」で詳細に本作の分析を行っている。最終的な全体の効果を定めてから、その最終的着地点に至るように後ろから前へ構成していったという。ポーには自己劇化癖や虚言癖があるが、この点については信頼してよいだろうとマボット教授は判断している。

　各連《スタンザ》の最終行で繰り返されるリフレイン（Nevermore!）が微妙に意味の変遷をたど

り、ついには、今は亡き美しき恋人がもうこの世にいないことのみならず、天国に於《お》いても語り手がその魂と巡り逢《あ》えない絶望に至る第十六連でクライマックスとなる構成は白眉《はくび》と言ってよいだろう。ポーはこの第十六連から書き始めたという。演劇的に言えば、大鴉が登場する第七連までが導入部、大鴉と会話を行う第八〜十四連が展開部、第十五・十六連がクライマックスで、残る二つの連は解決部《レゾリューション》となる。これは巧みに演劇的に構成されている作品なのである。

　ポー自身がパフォーマー（低いよい声をしていたという）であり、この詩を何度も朗読してみせたことは知られている。ポーの初恋の人マイラ（のちのエルマイラ・シェルトン夫人）は、「エドガーが『大鴉』を読むと、ひどく興奮するので怖くなってしまう——抗議すると、彼は『どうしようもないんだ、読んでると頭に火がついちまう』と答えた」と記している（Mabbott, I, 351）。

　インターネット上にあるこの詩の映画化や朗読の動画を見てもわかるように、ある程度のスピードをもって調子よく声に出して読んで初めてこの詩のおもしろさが楽しめる。全体に整った韻律があったうえで、中間韻、脚韻、頭韻が絡み合うことで、先へ先へと進む推進力が出る。原文を黙読すると技巧過多にしか思えず、やりすぎではないかと思うほどの押韻ぶり（後述）なのだが、これが実際、音読し始めると止まらないおもしろさがあるのだ。

以下に、ネット上で現在公開されている動画のいくつかを紹介するが、音で聴くと「なるほど」と思えるインパクトがある。ぜひお聴きいただきたい。同様のパフォーマンスが日本語でもできることを目指して訳出したので、この翻訳にその成果ありやなしやお試しいただければ幸いである。

お薦めしたい順番に記す。

① エミー賞候補作となったサド・シエハノフスキー監督、デイヴィッド・ビレヴィッチ主演映画 *The Raven*（デイヴ・ペティット朗読、二〇一五）

② ドン・ティール三世とクリス・サファイア監督、クリス・サファイア主演映画 *The Raven*（二〇一一、同年H・P・ラブクラフト映画祭最優秀短編映画賞、ロサンゼルス・シネマ・フェスティバル・オブ・ハリウッド最優秀男優賞・最優秀編集賞、二〇一三年リール短編映画祭公式セレクション等受賞）

③ ピーター・ブラッドリー監督、ルイ・モラビト主演映画 *The Raven*（マイケル・G・セイヤーズ朗読、二〇〇三）

④ D・W・グリフィス監督の無声映画 *The Raven*（一九〇九）に二〇一四年にフアーガス・ロス・フェリアーが朗読をつけた動画もユーチューブにある。

そのほか、ヴィンセント・プライス（一九一一～九三）、サー・クリストファー・リー（一九二二～二〇一五）、ジョン・アスティン（一九三〇～　）、ジェームズ・アール・

ジョーンズ（一九三一〜　）、クリストファー・ウォーケン（一九四三〜　）などの名優による朗読や、声優ジョーダン・モンセルが有名人百人の声色で演じ分けた驚くべき朗読 "The Raven in 100 Voices" もネット上で聴ける。

■本作の構成について

まず、韻律だが、強弱八歩格《トロケイイックオクタメター》の五行と強弱四歩格《トロケイイックテトラメター》の一行から成っている。ポーは「構成の原理」に於いて「第五行に不完全韻律七歩格がある」などと記しているが、これは誤りであり、正しくは八歩格である。たぶん拍が半拍足りないことを気にして七歩格などと書いたのではないかと思われるが、足りない半拍は無音でもリズムを刻むので問題なく八歩格である。ちなみにポーのこの誤解については、夙《つと》に指摘されてきた（George P. Clark, "Poe's Comments on the Meter of 'The Raven,'" *Poe Studies*, 13 (December 1980), p. 37; Monika Elbert, "Chapter 9, Gothic Prosody: Monkish Perversity and the Poetics of Weird Form," *Transnational Gothic: Literary and Social Exchanges in the Long Nineteenth Century*, ed. Monika Elbert and Bridget M. Marshall, Routledge, 2016, p. 167 など）。いずれにせよ、調子よく全体に一定のリズムがつづいていくと考えればよい。

　問題は押韻だ。一行目と三行目に中間韻があり、それ以外はすべての連で Lenore や more と同音の脚韻《ライム》を踏む。しかも、三行目の中間韻は各連四行目の四拍目の語でも繰り返される。わかりづらい例として、第六連のlattice（ラティス）とthereat is（一語のようにしてゼラアティズと読む）や、第十四連のsent theeとnepentheなどがあるが、これらもライムするようにリズミカルに読む必要がある。同様にして、第七連でladyという語が出てくる理由は、直前の行のheとライムするためである（第八連でRaven / shaven / cravenのライムがあるのと同じ理屈）。もっとわかりやすい例で言えば、第十五連でTempterとTempestが出てくるのは音が酷似しているからであって、これらをそれぞれ字義だけ抽出して「魔王（誘惑者）」と「嵐」などと訳しても、この作品に於いては何ら意味をなさない。日本語に於いても音が酷似した語を用いなければ、ポーの狙いを表現したことにはならないのである。とはいえ、英語と日本語は構造があまりにもちがうので、同工の効果を日本語で再現するのは至難の業であり、本作品で「オア（モア、レノーアなど）」の押韻が七十二回繰り返される点は再現を諦《あきら》めたことを断っておく。ただし、それ以外の押韻は再現した。

■他作品からの影響について

本作がエリザベス・バレット・ブラウニング（ブラウニング夫人）の詩「貴婦人ジェラルディーンの求愛」の構成（強弱八歩格で中間韻を多用）を真似たところがあるのは確かであり、例えばブラウニング夫人の詩の三八一行目——

With a murmurous stir uncertain, in the air, the purple curtain

はポーの一三行目

And the silken, sad, uncertain, in rustling of each purple curtain

に酷似している。当初、私はなぜカーテンの色を purple にしたのだろうと悩んでいたのだが（purple は文脈によって深紅にも紫にも解されるので執筆者の意図が汲《く》めないと訳出ができない）、これで謎が解けたと思った。また、ブラウニング夫人が三八九行目以降リフレインのように三度繰り返す。

Ever, evermore the while in a slow silence she kept smiling—

における evermore のみならず、Sの頭韻の踏み方などは大いに参考にしたと思われる。ポー自身が一八四五年一月十一日発行の『ブロードウェイ・ジャーナル』でこのブラウニング夫人の詩に言及した際、同じ強弱八歩格のテニソンの詩「ロックスリー・ホール」を真似ていると述べているので、ポー自身がテニソンの詩も参照したことはまちがいない（ポーはテニソンの詩が大好きである）。一八四五年にポーの詩集『大《おお》鴉《がらす》とその他の詩』が出版されると、ポーがそれをブラウニング夫人に献じているのは、夫人に恩義があることを暗に認めているように思えるとマボット教授は指摘している。

　マボット教授はさらに、本作はもともと鴉ではなく梟《ふくろう》を想定して書き始めたものであり、作中に知恵の女神パラス・アテナが出てくるのは、知恵の象徴である梟との関係で用いたものが残ったのだと指摘した上で、一八四三年六月二十八日付のフィラデルフィアの地方紙『ドラー新聞』（ポーの「黄金虫」の最初の部分が掲載された号）に掲載されたジェイムズ・リーズの詩「古き夜の梟」を参照した可能性を示唆している。押韻四歩格から成る連の最後に梟の鳴き声がリフレインとして繰り返される構造は確かに似ている。このほか、ディケンズの『バーナビー・リッジ』で描かれるおしゃべりカラスのグリップに影響を受けたことを指摘する研究者もいる。影響と言うことで言い出せば、第八連にあるライム shorn and shaven はマザーグース「ジャックの建てた家」の頭韻であることはすぐわかるだろうし、第一連一行目にある dreary / weary のライムは、テニソンが一八三〇年に発表した詩「マリアナ」でリフレインのように用いられているものであり、当然ポーの記憶に刻み込まれていたはずである。なお、頭韻については漱石《そうせき》が本作の頭韻と合わせてシェイクスピアの頭韻にも言及しているので興味のある方は参照されたい（『底本漱石全集』岩波書店、二〇一八年、第十三巻、二八六ページ）。

余談だが、二〇一二年のアメリカ映画 *The Raven* は、日本では『推理作家ポー 最期の5日間』という邦題で公開されたスリラー映画であり、本作と直接の関係はない。

「黒猫」“The Black Cat”(1843)

初出は、一八四三年八月十九日発行の『ユナイテッド・ステイツ・サタデー・ポスト』(のちの『サタデー・イヴニング・ポスト』)誌上。

ポーは少なくとも一八四四年から一八四九年までキャタリーナ(愛称ケイト)という名の大きな錆《さ》び猫を飼っており、その前に飼っていた黒猫が魔法のように台所のくぐり戸を抜ける見事さについて、一八四〇年に「本能対理性――黒猫」と題するエッセイを書いている。そこでも黒猫は魔女だと述べているが、悪魔は黒猫を使い魔として用いるという俗説を利用しながら、本作は書かれている。

動物虐待というおぞましい過程が詳細に描かれるなかで、妻の殺害があまりにあっさりしすぎていることから女性蔑視《べっし》を読み取る読者もいるだろう。ただし、本作の核心は、現代では「リアクタンス(誘導抵抗)」「カリギュラ効果」として知られる「やってはいけないと思うとかえってやってしまう」という心理にある。「告げ口心臓」や「天邪鬼」などでも取り上げられるテーマだ。

遺体処理の方法として地下室の壁に塗り込めるというのがゴシックだ。「アモンティリャードの酒樽《さかだる》」でも地下室の壁のなかに閉じ込める方法が採られているが、これは「中世の僧侶《そうりょ》たちがその犠牲者らを壁の中に閉じ込めた」方法(99~100ページ)としてポーのなかで一つの定まった概念となっていたと思われる。ローマ帝国時代に、処女でなければいけないウェスタの巫女《みこ》が肉体的罪を犯した場合、巫女の血を流すことは禁じられていたので、地下に生き埋めにされたのだという。この方法は中世のカトリック教会に受け継がれた。しかし、この作品が書かれるすぐ前の一八四二年七月十六日付のフィラデルフィアの雑誌『パブリック・レジャー』に、地下室で身元不明の女性の白骨死体が見つかったという記事があり、ポーはそこから本作を思いついたのではないかとする説もある。

猫の名前「プルートー」は冥界《めいかい》を司《つかさど》る神の名前。サー・ウォルター・スコットの「悪魔学についての手紙」（一八三〇）に、現実に存在しないかもしれない猫に悩まされている弁護士の話があり、ポーは影響を受けたかもしれないという指摘もある。

映画化もあるが、いずれも翻案の度合いが強すぎる。

「メエルシュトレエムに呑まれて」 “A Descent into the Maelstrom”（1841）

初出は、一八四一年五月発行の『グレイアムズ・マガジン』誌上。エピグラフとして引用されているグランヴィル（Joseph Glanvill）は、英国の国教会牧師・哲学者（一六三六～八〇）。これは *Essays on Several Important Subjects in Philosophy and Religion* (London, 1676), p. 15 よりの引用である。

このエピグラフに出てくる「デモクリトスの井戸」は、「リジーア」に於《お》いて美女の瞳《ひとみ》の奥にある真理を「デモクリトスの井戸よりもずっと深淵《しんえん》」（２２７ページ）と描写するように、深遠なる真理が求められるべき場所の隠喩《いんゆ》である。古代ギリシャの原子論者だった哲学者デモクリトスは、「真実は知り得ない。真実は井戸の底に（深淵のなかに）あるからである」と言ったとされる（ディオゲネス・ラエルティオス『ギリシャ哲学者列伝』Diogenes Laertius, *Pyrrho*, Book IX, section 72)。

さて、抗しがたい力で恐ろしいところへ惹《ひ》かれていってしまうというモチーフは、ポーがさまざまな変奏をしてみせる「ホラーものの原点」と言えるが、本作には同時にＳＦとしての側面もある。ポーが「アッシャー家の崩壊」で言及しているホルベアの『ニコラス・クリミウスの地下旅行』（一七四一）は地球空洞説を扱ったものであるし、ポーがジェレミア・レノルズ（一七九九～一八五八）の地球空洞説の講義に影響を受けたことも知られている。この説のもう一人の主唱者ジョン・クリーヴズ・シムズ（一七八〇～一八二九）自身は著書を出すことはしなかったが、当時の地球空洞説は大きな人気を博した。その影響を受けて、本作を含むポーの「壜《びん》の中の手記」（一八三三）、「ハンス・プファールの無類の冒険」（一八三五）、「アーサー・ゴードン・ピムの物語」（一八三八）では、いずれも地球空洞説が強く暗示されている。

中へ奥へと引き込まれるベクトルをこうして強く提示しておきながら、同時にそれを別の作品ではひっくり返して見せるのも、策士たるポーの技巧であろう。

一八三一年刊行の『詩集』の序として附された「――氏への手紙」のなかに、ポーはジョン・ドライデンの名言を引用して次のように記している（ただし、ドライデンの原典にある「誤り」（Errors）という語が「つまらぬこと」（Trifles）に書き換えられている）。『つまらぬことは藁《わら》のように上っ面を流れる。／真珠を求める者は深く潜らねばならぬ』――この詩行は、かなり悪さをしてきた。大きな真実に関して言えば、人間は上《トップ》ではなく底《ボトム》を捜しがちだが、これは誤りである。知恵を巨大な深淵の奥に求めてしまい、いかにも真実がありそうな宮殿を捜せば見つかるのに、そこを捜さない。古代の人々が真実という女神を井戸に隠したのは、正しいとはかぎらない」。

真実は「奥」にはないのだ――この思考は短編「モルグ街の殺人」「盗まれた手紙」へとつづいていく。


「ユーラリー」（詩）"Eulalie"（1845）

初出は、一八四五年七月発行の『アメリカン・レビュー』誌上。孤独な青年が女性に救われるというのはよくある話であり、ポー自身が多くの女性に救いを求めたのと相俟《あいま》って、弱き男の歓喜の歌となりえている。ヒロインの名前は、ギリシャ語の

eulalos（優しい語り）から。当時のアメリカでは珍しい女性名だが、中世のイングランドではよくあった。四世紀のスペインの聖人、聖エウラリア（Eulalia）も同名である（船乗りの守護聖人）。ポーが病気の妻ヴァージニアのために書いた可能性もあるとされているが、ヴァージニアの髪の毛はブルーネットだったのに対してユーラリーは金髪となっているなど、ポーは自らの生涯と切り離して作品の純度を高めている。

　基本的に、弱強二歩格《アイアンビックディメター》の二行連句《ライミングカプレット》に弱弱強三歩格《アナペストトリメター》がつづき、弱弱強三歩格と共通する脚韻《ライム》を踏んだ弱弱強七歩格《アナペストヘプタメター》二行で構成され、頭韻《アリタレーション》が鏤《ちりば》められている。押韻はA ABBB　CCDEEDDD　FFGHHGGである。

　なお最後の三行の原文はこうなっている。

Astarté within the sky,
While ever to her dear Eulalie upturns her matron eye
While ever to her young Eulalie upturns her violet eye.

　このupturnsの主語をAstartéととると、「アスタルテがそのmatron eyeないしviolet eyeを常に彼女の愛《いと》しき（若き）ユーラリーに向けている」と解釈できそうだ。この場合ever to her dear Eulalieは本来eyeのあとにつづくべきものが倒置されていることになる。実際に複数の英文の「スタディ・ガイド」等にそうした解説が散見され、そのように訳した先行訳もある。だが、upturnsは「上へ向ける」の意味であるので、upturns の主語はアスタルテではなくユーラリーであり、地上にいるユーラリーが天にある星であるアスタルテにその目を向けていると解釈すべきであろう。つまり、ever to her だけを eye のあとに移動して読めばよい。島田《しまだ》謹二《きんじ》訳ではその解釈が採られている。ちなみに Astarte はこの前行にある Shines の主語である。While という接続詞によって文が区切られていることにも要注意である。

「モレラ」“Morella”（1835）

一八三五年の時点で、ポーは自分の最高傑作だとしている。初出は、一八三五年四月発行の『サザン・リテラリー・メッセンジャー』誌上。

主人公の名前は、実在したバルセロナ生まれの神童だった天才尼僧ジュリアーナ・モレラ（一五九四〜一六五三）に由来する。しかし、このモデルとは違い、ポーのモレラは黒魔術に手を染める。スコットランドの作家ヘンリー・グラスフォード・ベル（一八〇三〜七四）の短編「死んだ娘」（『エジンバラ・リテラリー・ジャーナル』一八三一年一月一日号）——娘が成長すると亡き母そのものとなり、やがてその娘も死んでしまい、悪夢を見た主人公が娘の遺体があった部屋に駆けつけると、遺体は消えていたという話——に着想を得て、ポー独自の珠玉の作品に仕上げられている。

エピグラフとして用いたプラトンの『饗宴』からの引用は、この世にある形象を凌《りょう》駕《が》して存在する絶対唯一のイデアを示すもので、本作におけるモレラとその娘が肉体を凌駕した同一のものであることへの布石となっている。

ある逸話を語りだす前にその枠組みについて長めの前置きをするのはポーのスタイルであり、本作でも肉体を離れて「個」が存在することについて哲学的提示がなされる。その内容は、ポー自身が評論「ユリイカ」（一八四八）で述べている「宇宙」ないし「無限」の「単一性」を前提として、魂は形象を凌駕して無限なる直覚の大空を飛《ひ》翔《しょう》すると述べているように、「一にして全」とする汎神論《はんしんろん》的認識を語るものである。

肉体を超越する魂の同一性が問題とされるので、ピタゴラスの輪廻《りんね》転生説（シェイクスピアの『十二夜』第四幕第二場でも言及される）やドイツ観念論への言及がなされている。

シェリングについては、ポーは他作品でも言及している。短編「息の喪失」（一八三五）のうち一八四〇年以降削除された部分に「シェリング自身も、私がすっかり自己同一性を失ったことを認めざるを得なかっただろう」とあるところがその一つであり、また「『ブラックウッド』誌流の作品の書き方」（一八三八）のうち初版および一八四〇年のテクストに於いて「イオニア派とかイタリア学派とかを話題になさい。あるいはベッサリオンとカントとシェリングとフィヒテの話をして、必ずロックという男をこき下ろすんです」とあるのがもう一つである。

ポーが「こき下ろせ」としているジョン・ロックは、人格の同一性問題を最初に哲学の俎上《そじょう》に載せた人物として本作では重要になるので、ここではこき下ろしてはいない。ロックの『人間知性論』（一六八九）の第二版（一六九四）第二章第二十七章「同一性と差異性」で加えられた人格同一性の議論に於《お》いて、人格同一性は意識によって作られるとされている。つまり、肉体や霊魂の実体性を前提とせずとも、意識が同じであれば、同一の人物がいると言えることになる。

なお、「個体化の原理」（１３９ページ）とは、個体を個体として他から区別する形而《けいじ》上《じょう》学的原理を指す。天使のような非物質的存在、すなわち質料《ヒューレー》を持たぬ存在は、その形相《エイドス》のみで個別化されるといった議論があり、本作のテーマと関わる。

冒頭で、主人公がモレラに「エロスの炎」を感じていなかったことは重要であり、「エロスの炎」ではなく、全知を求める「ファウストの炎」であったと言えるものの、ザンガーが指摘するとおり、「意識的に意図的に目的に達しようとするファウストと違って、ポーの主人公らは知識の獲得へと誘われるか無理に押しやられる」、つまり「ファウストと比べると、ポーの主人公らは能動的というよりは受動的」なのである（Jules Zanger, "Poe and the Theme of Forbidden Knowledge," *American Literature*, 49.4, Jan., 1978, pp. 533–543（534, 535））。

「アモンティリャードの酒樽《さかだる》」"The Cask of Amontillado"（1846）

初出は、一八四六年十一月発行の『ゴディズ・マガジン・アンド・レイディズ・ブック』誌上。

アモンティリャードは、スペインのシェリー酒の高級酒で、アルコール度数は十六〜二十二度。凝縮された味わいがある。その高級酒を餌にして憎い敵をおびきだし、地下に埋めてしまう話。この話には前年の一八四五年にジュエル・T・ヘッドリー作「イタリアからの手紙」という種本があり、敵を地下におびきだして煉瓦《れんが》を重ねていくくだりはそっくりである。「跳び蛙」と同様に復讐譚《ふくしゅうたん》であり、敵が道化帽をかぶっているところも共通性がある。地下室の壁に犠牲者を埋め込んでしまうのは「黒猫」と同じ。主人公は「黒猫」や「告げ口心臓」と同様の犯罪者だが、この主人公だけは、半世紀たっても犯行を黙ったままでいる冷静さをもっている。作中でも、主人公が終始落ち着いていて、恐怖に落とされるのが敵対者であるという点が他作品とはちがう特徴だと言えよう。主人公がいったいフォルトナートに何をされたのか明確になっておらず、ひょっとするとフォルトナートはここまで恨みに思われるようなことを何もしていないのかもしれない。だとすると、フォルトナートの悲劇はますます悲惨になる。作品が主人公の視点からしか描かれていないので、すべては闇の中である。

作中「アモンティリャード」と繰り返されるが、これはスペイン語の「アモンタナード（積み上げろ）」と同じ響きがあって、壁の奥に入ったフォルトナートが「(石を)積み上げろ」と命じた恰好《かっこう》になるという説もある。

なお、最後のラテン語は、墓碑銘などに刻まれる言葉。


「アッシャー家の崩壊」 "The Fall of the House of Usher"（1839）

ゴシック小説の代表作。初出は、一八三九年九月発行の『バートンズ・ジェントルマンズ・マガジン』誌上。

エピグラフは、ポーと同時代のフランスの抒情《じょじょう》詩人ピエール＝ジャン・ド・ベランジェ（一七八〇〜一八五七）の詩 "Le Refus" よりの引用だが、頭の Mon（私の）を Son（彼の）に変更している。

作中の詩「呪われた館（The Haunted Palace）」はネイサン・ブルックスの雑誌『アメリカン・ミュージアム・オブ・サイエンス・リタラチャー・アンド・ザ・アーツ』（一八三九年四月）にポーが発表したもので、本作の初版には既に組み込まれている。

アッシャーの人物像は、ゴシック小説の伝統に則《のっと》ったものであり、例えばワシントン・アーヴィングの『旅人の物語』（一八二八）第一部「神経質な紳士の奇譚」に収められた「ドイツ人学生の冒険」の設定などが参考になる――主人公ゴットフリート・ウルフガングは幻視家《ヴィジョナリー》で昂奮《こうふん》しやすい性格であり、隠遁《いんとん》生活を送り、偏った本ばかり読んで心身を病み、想像力が病気に罹《かか》っていた。幻想的瞑想《めいそう》や霊的存在に耽《ふけ》って、ついにはスウェーデンボリのように、自分自身の精神世界に閉じ籠《こ》もってしまう。ウルフガングはパリを訪ね、墓の中に住むという黒衣の美女と出会い、永遠の愛を約束し合うのだが、一夜明けてみると美女はギロチンで首を斬られた死者であるとわかるという話。

１８１ページの原注にある「ワトソン」と「ランダーフ主教」は同一人物であり、そこに挙げられた書籍 *Chemical Essays*, 5 vols (London: Evans, 1789) の著者ケンブリッジ大学教授リチャード・ワトソン（一七三七〜一八一六）は、二十七歳で化学の教授に、三十四歳で神学の教授になり、その後教会の職に就いて一七八二年にランダーフ主教となって死ぬまでその地位にあった。この『化学論集』第五巻では植物に知覚機能があるかどうかを、花を太陽のほうに向けるヘリオトロープや瞬時に葉を動かすハエトリグサを例に論じている（一三八〜四三ページ）。英国の医師トマス・パーシヴァル（一七四〇〜一八〇四）は『植物の知覚力についての考察』（一七八五）の著者。パヴィア大学の博物学教授ラザロ・スパランツァーニ（一七二九〜九九）の『動植物博物誌』（英語初版一七八四、第二版一八〇三）は主要な大学図書館には必ず所蔵されている重要文献。

以上のように、本作にさまざまに引用される著作はほとんど本物だが、そのなかにこっそりポーがまぜこんだニセモノがある。最後に劇的な役割を担うサー・ランスロット・キャニングの『狂乱の会合』がそれだ。主人公の名「エセルレッド」はスコットの『アイヴァンホー』から借りてきたものだろう。物語のクライマックスとぴたりと合わせるためには、物語の虚構性と一体化している必要があったが、いかにもそれらしい虚構内虚構を作るのだから流石ポーである。ちなみに虚構内虚構はポーのお得意とも言えるかもしれない。

　アッシャー兄妹は外見もそっくりの双子に設定されており、１７４ページにある「彼女を見たとき、私はびくっとして仰天した――が、その理由《わけ》はわからない」という表現は、初版、再版（一八四〇）、三版（一八四二）では、「彼女を見たとき、私はびくっとして仰天した――その姿、その雰囲気、その顔つき――すべて細部に至るまでまさしく、私の隣に座るロデリック・アッシャーとそっくり同一（ほかに適切な語がない）、同一だったのだ」となっていた。ポーは、これではネタバレが早すぎるとして改訂し、合わせて１８４ページも「兄妹《きょうだい》が驚くほどそっくりなことに、私は改めて↓初めて気づいた」と改訂したのである。本書で訳出したのは、マボット教授が採用した改訂後の四版（一八四五）である。相通じ合う兄妹は、一方が他方の「写し《リフレクション》」であり、一方が死ぬとき他方も同時に死ぬ――「ウィリアム・ウィルソン」と同様に。

そうしてアッシャー家が滅亡するとき、妹が兄の上に覆いかぶさったように、ロデリックの精神と一体化した異様な家は、家の「反映《リフレクション》」である湖へ崩れ込み、二つが一体となる――新プラトン主義の大宇宙《マクロコスモス》と小宇宙《ミクロコスモス》の呼応のような壮大さこそが、本作のゴシック性の特徴だ。崩れる家が湖に呑み込まれる際に、「長く激昂《げきこう》した絶叫が、一千の波の音のように響き渡った」のは、既に絶命している兄妹の絶叫ではなく、家と湖の絶叫であろう。メエルシュトレエムの大渦巻が「天に向かって」あげる「苦悶《くもん》の声」（111ページ）、「天に向けて発せられる絶叫」（127ページ）と同じである。

　後代に与えた影響は甚大であり、さまざまに翻案されている。オペラ化では、ドビュッシーが一九〇八～一七年に作曲を試みたが未完。その他のオペラには、ゴードン・ゲティ作曲（二〇一四）、ピーター・ハミル作曲（一九九一）、フィリップ・グラス作曲（一九八八）などがある。映画化は数えきれない。やや新しいものを少し挙げておくと、デイヴィッド・デコトー監督映画（二〇〇八）、ヘイリー・クローク監督映画（二〇〇七）、ケン・ラッセル監督映画（二〇〇二）、ジェス・フランコ監督映画（フランス、一九八八）など。音楽では、アラン・パーソンズとエリック・ウルフソン率いるアラン・パーソンズ・プロジェクトがリリースしたアルバム『怪奇と幻想の世界――エドガー・アラン・ポーの世界』（一九七六）には、「アッシャー家の崩壊」のほか「大《おお》鴉《がらす》（レイヴン）」「アモンティリャードの酒樽」「告げ口心臓」なども収められている。

なお、「各種の幻想文学論を満足させる「キーワード」がほとんど全部と言ってもいいほど贅沢《ぜいたく》につぎこまれた逸品、それが『アッシャー家の崩壊』である」(「きみを、どこかにアッシャー・イン」、『痙攣《けいれん》する地獄』(作品社、一九九五)所収)と喝破した高山宏《たかやまひろし》の一連の著作も参照のこと。

「早すぎた埋葬」 “The Premature Burial”(1844)

初出は、一八四四年七月三十一日発行のフィラデルフィアの『ドラー新聞』紙上。当時実際にあった事件に取材して、読者の興味を惹《ひ》くように書いた作品。十九世紀の欧米では生き埋めへの恐怖が新聞等で広く喧伝《けんでん》され、「生き埋め防止協会」まであった。なお、生き埋めの事例については、フィラデルフィアの『キャスケット』誌一八二七年九月号の記事「生きて埋められた淑女」などそれまで話題になっていたものにポー流の粉飾演出を施したものが多いようだ。

ポーは本作で、実際にあった事件や実体験こそ重要として、いくつかの事例を並べたあとで、最後に読者にわざと肩透かしを食らわせる。ここには、ポー流の滑稽《こっけい》譚の要素も入っているものの、それだけではない。ポーにとって恐怖は想像力の問題なのだから。即《すなわ》ち、想像力で感じたことは現実と同じであるというシェイクスピアの想像力論（河合の論考「『夏の夜の夢』——月の世界の constancy」、日本シェイクスピア協会編『甦るシェイクスピア』（研究社出版、二〇一六）所収参照）と同じ理屈で本作が締めくくられているのである。最後の事例は、ひょっとするとポー自身が体験したことか想像したことかもしれないが、狭い寝棚を棺《ひつぎ》と勘違いして〝本物の〟恐怖を感じたのだとすれば、それは〝本物の〟恐怖を感じたのであって笑い話にはならないのである。構造的に滑稽譚にもっていきながら、中身はしっかり恐怖を詰め込んでいるところがポーらしい。「生き埋め」の恐怖を描く作品は他に「ベレニス」「黒猫」「アモンティリャードの酒樽」「アッシャー家の崩壊」がある。

本作はロジャー・コーマン監督により一九六二年に映画化もされている。

「ヘレンへ」（詩）“To Helen”（1831）

ポーの初期の詩の最高傑作とされる。「数奇なるポーの生涯」に記したとおり、ポーが十五歳のとき、学友の美しい母親を「わが魂の最初の純粋に理想的な恋人」と考えて作った詩であり、そのことは一八四八年十月一日付の詩人ヘレン・ホイットマン宛ての手紙にポー自身が記している。学友の母親の実名はジェイン・スタナードであったが、それをギリシャ神話の伝説の美女ヘレンの名に変えている。

初出は二十二歳のときに出した『詩集』（一八三一）であり、十五歳の時の作に大幅に手を加えたと思われる。そのあとも推敲《すいこう》を重ねており、本作で最も有名なフレーズ「ギリシャなる栄光へ／ローマなる壮麗へ（To the glory that was Greece, / And the grandeur that was Rome.)」が完成したのは、一八四三年になってからだった。

均整のとれた光り輝くギリシャ的な美しさと、聳《そび》え立つような堂々たる威厳あるローマ的な美しさをともに女性美として表象し、それが自分をつらい苦しみから救い、故郷へと連れ帰ってくれる癒《いや》しであると歌うところに、この詩の魅力がある。詩人の「故郷《こきょう》」や「わが家《いえ》」が詩人の母国や実家を指すと同時に、詩人が還《かえ》るべきギリシャ・ローマの古典世界をも指しているところに、アメリカ・ルネサンスを代表する詩としての特徴がある。

なお、二行目、「勝利の」と訳した原語 Nicean は、「ニケア（ニカイア）の」または「勝利の女神ニーケーの」の意味であり、「ニケア」は古典ギリシャ語で「勝利《ニケ》の町」を意味する。しばしば船首に設置されるニーケーの女神像が船そのものと一体化してイメージされているのではないかとする説もある。

七行目、「風信子《ヒヤシンス》の髪」（hyacinth hair）は、黒色の髪を指すとする説もあるが、ヒヤシンスの小花の集まった総状花序に似た短い巻き毛を指す。アポロンの恋人ヒュアキントス（死んでヒヤシンスになった少年）のヘアスタイルであり、ポーは短編「約束事」

でも「若きヒヤシンスの髪のような巻き毛」とし、「リジーア」でも、自然にカールした髪を指して「ホメロスが言ったように、ヒヤシンスのようだ」としており、どちらも色ではなく巻き毛の形容として用いている。

最後から二行目の「プシュケ」は、ギリシャ神話に登場する美女の名であると同時に、「魂」や「蝶《ちょう》」をも意味する。人間の娘プシュケを愛した恋の神クピードー（キューピッド）は、絶対に自分の正体を知ろうとしてはいけないと彼女に命じて、夜の闇に乗じて毎夜彼女の閨《ねや》へやってきていたが、プシュケはランプをつけて彼の姿を見てしまい、恋の神は逃げて二度と訪れなくなったという話に基づく。瑪瑙《めのう》は半透明で、ランプの光を美しく演出する。

押韻の型はＡＢＡＢＢ、ＣＤＣＤＣ、ＥＦＦＥＦであり、韻律は基本的に強弱四歩格《トロケイイックテトラメター》だが、最終行は三歩格だったり二歩格だったりして定まらない。ところどころにある頭韻《アリタレーション》が技巧を強めている。

「リジーア」“Ligeia”（1838）

ポーの初期傑作の一つ。一八四六年八月九日のフィリップ・ペンドルトン・クック宛ての手紙にポーは「『リジーア』は僕の最高傑作だと言ってよい」と記している。

初出は、一八三八年九月発行のボルティモアの『アメリカン・ミュージアム』誌上。「ライジーナ」や「リジイア」という表記で訳出されることもあり、「リゲイア」として朗読している場合もある。一九六四年の英国ホラー映画 *The Tomb of Ligeia*（邦題「黒猫の棲《す》む館」）では「ライジーナ」と発音しているが、二〇〇九年のアメリカのホラー映画 *Edgar Allan Poe's Ligeia*（別題「墓」）では「リジーア」と発音している。ギリシャ語の「美しく高く澄んだ音」の意味の *λιγυς*（ligys）が語源であるため、できるだけそれに近い音で訳出することにした。

エピグラフにあるグランヴィルは英国の国教会牧師・哲学者（一六三六～八〇）。ポーは「メエルシュトレエムに呑《の》まれて」の冒頭でもグランヴィルの名を掲げて同様にエピグラフを記しており、そちらは正しい引用だが、ここはグランヴィルの名を借りたポーの創作。「アッシャー家の崩壊」の中の「引用」と同じ、ポーお得意の「出典でっちあげ」である。

作品中の詩「征服者蛆虫《うじむし》」は、ポーが一八四二年に作り、一八四三年一月に『グレイアムズ・マガジン』に掲載され、そのあと本作に取り込まれたものである（従って初版と『グロテスクとアラベスク物語』所収の版にこの詩はない）。「赤き死の仮面」のテーマが既にこの詩にあると見ることができよう。

シェイクスピアと同時代人の哲学者フランシス・ベーコン（一五六一～一六二六）は、

一六一八年に大法官に就任するとともにヴェルラム男爵に叙され、一六二一年にセント・オールバン子爵に叙された。「真に優れた美には、どこか均衡を壊す奇異なところが必ずある」の文句は、彼の『随筆集《エッセイズ》』（初版一五九七）の第四十三章「美について」にある。作中で言及される「デモクリトスの井戸」については、「メエルシュトレエムに呑まれて」の作品解題及び『ポー傑作選2』「ポーの用語」の「デモクリトスの井戸」を参照のこと。

なお、二番目の妻ロウィーナの名前がスコットの『アイヴァンホー』に登場する姫の名と同じであることや、ディケンズの『ピクウィック・ペイパーズ』で錯乱した夫が美しい妻を憎んでいる状況が似ていることが指摘されている。

「跳び蛙」 "Hop-Frog"（1849）

初出は、一八四九年三月一七日発行の『ザ・フラッグ・オブ・アワ・ユニオン』誌上。

まず、お断りすべきは、さまざまな障害が見世物や笑いの対象にされた歴史的背景がこの作品にはあり、現代では許容できない差別がまかり通っていたという歴史的事実があったことだ。宮廷道化師に低身長症の人が採用されていたのは史実であり、エリザベス一世もその父ヘンリー八世もそうした宮廷道化師を抱えていた。賢くなければ道化師（馬鹿《フール》）は務まらないとされており、賢さは外見と関わらないことが認められる一方で、低身長症の人を嘲笑する文化があった。本作の主人公は、そんな差別的な文化に生き、脚が不自由であることから「跳び蛙」という屈辱的な仇名《あだな》で呼ばれながらも、そうした不当な差別をする人たちに対して、強烈な仕返しをするというストーリーである。

フロワサールの語る話に、一三八五年のフランスの宮廷で王シャルル六世が五人の宮廷人たちと野人に変装して鎖でつながれて登場したところ、事故で一人に火がついて危うく焼死しかかったという逸話があり、ポーはそれを踏まえて本作を書いたのだろうと言われている。

この短編にポーの自伝的な要素を読み込もうとする読解もある。ポー自身が主人公と同様に酒に弱いなどの共通点もあるとして、ポーが嫌っていたエリザベス・F・エレットとその仲間が王と貴族たちだと読む解釈もある。そんな読みも許してしまうのはこの作品の魅力の一つでもあるが、厳密に言えば、本作は「アモンティリャードの酒樽」と同様の復讐譚《ふくしゅうたん》であり、その残酷さがもたらす恐怖が策略の巧みさによって、ある種「してやったり」の滑稽譚の様相をも呈しているところが特徴である。

実質上これが、ポーが著した最後の物語となったことを考えると、主人公が「俺の、最後の冗談だ」と語るのは、極めて意味深長に思える。虐げられ、屈辱を受けた者が如何にしてその遺恨を晴らすか。社会的弱者である主人公は下半身を用いた運動は不得意であるが、腕を用いた運動は得意であり、「木登りやロープを用いてよじ登ることでは実に機敏」とされている点は重要だ。彼はまさに垂らした鎖を上下しながら復讐を果たすのだから。そして、壁際の松明《たいまつ》を取って中央の鎖に戻る移動についても、歩くのではなく、人々の頭の上を移動したというのも、手を使ったほうが速いからであろう。つまり、彼は肉体的弱者であるどころか、(腕力を用いれば)肉体的強者であることが判明する。同様にして、暴君に虐げられてきた社会的弱者であった彼は、その才知を用いることで、その関係性を転覆させるのである。

その手段として用いられるのが笑いの趣向だ。それは、死を笑うバタイユや、権力を打破する笑いの力を称賛するラブレー等の笑いと同じと論じることも可能(Jonathan Taylor, "His 'Last Jest': On Edgar Allan Poe, 'Hop-Frog', and Laughter," *Poe Studies*, 48 (2015): 58-82) かもしれないが、やはりポーの笑いは〝凍りつく〟のであり、その引きつった笑いの硬直《カタレプシー》こそが彼の恐怖《ホラー》の質の一つなのではないだろうか。

現代とは人権意識の異なる十九世紀の感覚をそのまま訳しているため、違和感を覚えるところが多いだろうが、ポーの生きていた時代はこのようなものだったのだと理解することも重要であろう。その点を汲み取ってお読みいただきたい。

数奇なるポーの生涯

河合祥一郎

ポーは、一八〇九年一月十九日、デイヴィッド・ポー（一七八四〜一八一一？）とその妻エリザベス（旧姓アーノルド、一七八七〜一八一一）の次男としてアメリカ合衆国マサチューセッツ州ボストンに生まれた。ポーの両親は「旅役者」とのみ表記されることがあるが、当時のアメリカでは劇団は数か月単位で町から町へと巡業していく方策をとっていた事実を踏まえれば、地方巡業専門の役者であるかのような表現はやめて、単に「俳優」と表記すべきであろう。ポーの両親が一定レベル以上の俳優であったことは、アメリカで最初にハムレットを演じたことで知られる俳優・詩人・劇作家ジョン・ハワード・ペイン（一七九一〜一八五二）が一八〇九年四月十七日にボストン劇場でハムレットを演じたとき、母エリザベスがオフィーリア役を、父デイヴィッドがレアーティーズ役を

エドガー・アラン・ポー

務めたことからも確かめられる。ただし、後述するように、父は二十七歳、母は二十三、四歳の若さで他界することになる。

　ロンドンの舞台で活躍した女優エリザベス・アーノルド（一七七一～一八〇二？）を母に持つエリザベスは、一七九六年に母と共に英国からボストンに渡るとすぐ、九歳で初舞台を踏み、劇団と行動をともにして舞台の活動をつづけた。エリザベスは十五歳になると、十代の俳優チャールズ・ホプキンズと結婚したが、一八〇五年十月二十六日、夫は黄熱病で死亡し、十八歳で寡婦となった。既に母も失い、身寄りがなくなった彼女に心を寄せたのが、同じ舞台に立っていた二十一歳の俳優デイヴィッド・ポーであり、二人は一八〇六年三月十四日に結婚した。

　メリーランド州ボルティモア生まれの法学生デイヴィッド・ポーは、一七五〇年頃アイルランドからアメリカへ移住したデイヴィッド・ポー・シニアの息子（ジュニア）であり、法学を勉強していたが、一八〇三年七月に十九歳で初舞台を踏んでから、俳優としての訓練も受けないまま劇団に属して多くの役をこなし、一八〇四年には家族の反対を押し切って、法学を放棄して舞台俳優になることを決めたのだった。

　夫婦は旅巡業を続け、一八〇七年一月三十日に長男ヘンリーが誕生した。次男エドガー（われらがポー）が一八〇九年一月十九日にボストンで生まれたとき、母はその出産十日前まで舞台に立っていた。エドガーという名前は、そのとき両親が出演していた『リア王』の登場人物エドガーにちなんでつけられたのではないかとされる。

　母エリザベスは、二十一歳のとき前述のペインのロミオに対してジュリエットを演じたこともあり、その美貌《びぼう》と演技力を活《い》かしてコーディーリア（『リア王』）、エアリエル（『テンペスト』）、ジェシカ（『ヴェニスの商人』）など重要な役を次々演じて定評を得たが、これに対して父デイヴィッドは大きな役は『リア王』のエドマンド、『マクベス』のマルカム、『から騒ぎ』のドン・ペドロ止まりだった。当時の高名なシェイクスピア俳優トマス・A・クーパーが渡米してニューヨークのパーク劇場でハムレットを演じた一八〇九年九月十一日には、母はオフィーリア役だったのに対し、父はローゼンクランツと兵士バナードー役だった。父は、『リチャード三世』で王女アンに従って柩《ひつぎ》をかつぐ台詞《せりふ》のない紳士トレッセルや、王の従者ラトクリフなどといった脇役を振られることが多かった。よい声をしていたようだが、上がり性《しょう》のところもあったようで、大きな役がつくと酷評を受けた。性格は短気で、飲酒癖もあり、その後、一家が経済的に困窮すると、一八一〇年、父は妻子を置いて行方をくらましてしまった。

　同年八月、母は二人の幼子を抱えてヴァージニア州リッチモンドへ行き、舞台に立ちながら、十二月に長女ロザリーを出産したが、その後結核のため急激に衰弱し、翌一八一一年十二月八日に亡くなってしまった。ある情報に拠《よ》れば、父デイヴィッドはその三日後に亡くなったという。

三人の子供たちは、ばらばらに引き取られた。兄はボルティモアの祖父母に、エドガーと妹はそれぞれ慈善家に引き取られた。エドガーはヴァージニア州リッチモンドのアラン夫妻に、妹はやはりリッチモンドのマッケンジー夫妻に引き取られたが、この両家は近所同士の親しい間柄であり、兄妹《きょうだい》が会えなくなることはなかった。

ポーの事実上の養父となったジョン・アランは裕福な商人であり、布、麦、墓石、タバコ、奴隷などを商《あきな》っていた。夫婦は一八一二年に、ポーに洗礼を受けさせ、「エドガー・アラン・ポー」と命名したが、正式な養子縁組の手続きはしなかった。

義父ジョンは、ポーを甘やかしもすれば、厳しくしつけもした。義父の事業は大成功を収め、パートナーのエリスとともにロンドンに支店を出すことにして、一家は一八一五年七月に英国へ移住し、ロンドンの英国博物館近くの、ラッセル・スクエア、サウサンプトン・ロウ四十七番地という都心に住んだ。家政婦を雇い、一時は二輪馬車も所有していたほどの裕福な暮らしぶりだった。ファニーという愛称で親しまれた義母フランシスは、オウムを飼い始めた。ポーは一時、義父の故郷であるスコットランドのアーヴァイン町の規則の厳しい小学校へ通わされたが、一八一六年にロンドンのアラン夫妻のもとへ呼び戻されると、翌年夏までチェルシーのミス・デューブールの寄宿学校で勉強した。小遣いをたくさんもらい、週末には家に帰り、病弱の義母ファニーに甘えた。

一八一七年秋（八歳）から一八二〇年（十一歳）に帰国するまで、ポーはロンドン北郊外ストーク・ニューイントンにあるジョン・ブランズビー牧師の私立学校マナー・ハウス・スクールの寄宿生となった。この頃の学校生活の印象が短編「ウィリアム・ウィルソン」に描かれている。学校時代のポーは、語学、演説、演劇、水泳などを得意とした。まだティーンエージャーにもならない小学生だというのに、フランス語が話せ、ラテン語文献も読めて、歴史や文学にも通じており、しかもいつもポケットに金がある、信じがたいほど早熟な少年だった。ポーの文学的才能の基礎がこのとき出来上がったことはまちがいないだろう。

一八一九年七月、義父は事業に失敗して不渡りを出し、十月には二十二万ドル強の負債を抱え、英国から撤退することになった。

一八二〇年七月二十一日、一家はニューヨーク港に到着し、八月二日にはリッチモンドに戻ってきたものの、上流階級風の振る舞いは抜けなかった。ポーはリッチモンドにある最高級の私塾へ通った。当時のヴァージニア州の小学校教育では、二十名ほどの男児にギリシャ語、ラテン語、フランス語、英作文、算数、科学を教える私塾が多く、ポーもそうした私塾へ通ったのである。一八二二年十二月まで二年ほどジョゼフ・H・クラークの経営する私塾で学んだ後、一八二三年四月からは彼の後継者であるラテン語教師ウィリアム・バークに教わった。十二歳頃、ポーはバイロンの影響を受け、詩作を始めた。小学生としてのポーの性格は頑固で、決定的な証拠を突きつけられないかぎり議論で折れることはせず、その執拗《しつよう》さで学業も頑張ったため、十三歳でキケロやホラティウスといったラテン語や、ホメロスといったギリシャ語の文献も原語で読んでいた。

十四歳のとき、年下の学友ロブ・スタナードの母親ジェーン（三十歳）の美しさに圧倒され、「わが魂の最初の純粋に理想的な恋人」だと思って夢中になる。翌年彼女が死ぬと、詩「ヘレンへ」（初版一八三一年）の原型となるものを書いたとされる。

この頃のポーは、年齢の割に体は大きく、ボクシングやテニスも得意で、十五歳のときには、町を流れるジェームズ川の流れを遡《さかのぼ》って六マイル（約十キロメートル）も泳いだという武勇談もある。

一八二四年にアメリカ独立戦争に功績のあったフランス人将軍ラファイエットが国賓として渡米したときには、ラファイエット将軍が、ボルティモア兵站《へいたん》部副将軍補として独立戦争で活躍したデイヴィッド・ポー将軍の墓参りをしたという噂が広まっており、ポー将軍の孫であるポーがそれを聞いて興奮したことは想像に難《かた》くない。ラファイエット将軍がリッチモンドへ来たとき、大歓迎をする人々のなかには当然ポー少年もいた。ポーはこのとき「エドガー・アラン」と呼ばれていたが、自分は「エドガー・ポー」なのだという自覚を深めていった。義父への不満もこの頃から少しずつ湧き始めていた。

義父は、一八二五年三月二十六日に亡くなった伯父《おじ》ウィリアム・ゴルトの遺産を相続し、ジェームズ渓谷を見下ろす別荘を購入して、これをランドルフ荘と名付けた。ポーはこの別荘で自由に過ごし、備え付けの望遠鏡を使って天文学に熱中した。一八二五年の冬から翌年の冬まで、近所に住むセアラ・エルマイラ・ロイスター（愛称マイラ）という黒髪と黒い目が魅力的な少女と恋仲になり、彼女のピアノに合わせてポーがフルートを吹いたり、詩を書き送ったりといった付き合いを楽しんだ。ポーは密《ひそ》かにマイラと結婚を約束していたが、少女は家族の思惑に従って金持ちの青年と結婚してしまう。のちのポーの詩「夢のなかの夢」で、「別れのキスをおでこにしよう、過ぎ去った日々は夢のまた夢でしかなかった」と綴《つづ》られているのは、このときの経験がもとになっているのかもしれない。

S・エルマイラ・ロイスター

一八二六年二月十四日、ポーは十七歳と一か月という年齢でヴァージニア大学に入学した。当時は十九歳ぐらいで大学に入学するのが普通であったため、ポーはかなりな背伸びを強いられることになった。しかも、ヴァージニア大学はお坊ちゃま大学で、学生たちは豪勢な身なりをして奴隷を従えているのが当たり前だった。それができないとなれば「貧民」として白い目で見られることになる。そんな大学で、これまで「お坊ちゃま」として何不自由ない暮らしを送ってきたポーが一人暮らしを始めたのである。ポーが見栄《みえ》を張ってそれに伍《ご》そうとすれば、金が足りなくなるのは目に見えていた。そもそも、義父が最初に渡した百十ドルは学費と下宿代にも足りず、ポーが手紙で窮状を訴えると、義父は当初の不足分の四十ドルのうち三十九ドルを送って、あとの一ドルは自分でなんとかしなさいと言ってよこした。ポーは召し使いも雇わなければならないし、薪《まき》代や洗濯代もあったため、高利貸しから金を借りた。学期の終わりごろ、義父は百ドルを送ってきたが、もはや手遅れだった。ポーは賭博《とばく》に手を出し、巨額の借金を抱えていたのである。酒に弱いにも拘《かか》わらず、この頃から酒を呑《の》むようになった。大学図書館で歴史書やフランス文学や十七世紀イギリス文学等の多数の書籍を借り出して読み漁《あさ》り、学業でよい成果をあげてはいたが、その一方で、金銭や生活面での自己管理ができる性格ではなかったのである。

　経済的問題が起きたのはケチな義父のせいだと、ポーは主張した。入学直後に義父がズボン仕立て用の布、制服の上着、靴下四足を送ったときは喜んでいたポーであったが、学期末に六十八ドルという学費に相当する高額のつけでポーが勝手に購入したのは、義父が着用しているような最高級のベルベットのチョッキであり、必要品ではなかった。

一八二六年のクリスマス休暇に帰宅したポーは、二千ドルないし二千五百ドルの借金を抱えていた。義父は頑としてその支払いを拒絶したうえ、文学などではなく数学や法学を勉強すべきだと主張し、口論となった。結婚を約束していたはずのマイラがほかの人と結婚すると初めて知って動揺したのもこのときであり、ポーにとっては経済的問題などよりも自分の夢が潰《つぶ》れていくこと——特に文学志望の否定——が耐えがたかったのかもしれない。義父は大学に戻ることを許さず、このため、大学で優秀な成績を収めていたにも拘わらず、ポーは十二月に退学した。

　義父との口論は翌年まで続き、三月二十四日にポーは、ついに家を飛び出す。一文無しだったはずなので、恐らく優しい義母ファニーから小遣いをもらったのだろう。四月七日に、母の思い出がある生まれ故郷のボストンに着いた。ポーは、知り合いとなった十八歳の印刷業者カルヴィン・トマスを説き伏せて、四十ページばかりの最初の詩集『タマレーンその他の詩』を出版させた。筆者名は記さず「あるボストン人」の作とした。これはその年の六月頃刊行されたものの、五十部ぐらいしか市場に出なかったらしく、誰からも注目されることはなかった。

　文筆業では食べていけないと気づいた十八歳の少年は、五月二十六日、会社員エドガー・アラン・ペリーと偽名を用い、年齢も二十二歳と詐称して、合衆国陸軍に入隊した。その夏はボストン港インデペンデンス要塞《ようさい》第一砲兵連隊に配属され、十一月十八日から翌一八二八年十二月十一日まで、南カロライナ州チャールストン港内のサリヴァン島のモールトリー要塞に勤務した――のちに「黄金虫」の舞台となる場所である。

　ポーはこの地での生活を楽しんだらしく、この地の気候や環境もその脳裏に深く焼きつけられ、「黄金虫」の雰囲気づくりに大いに役立てられた。とは言え、贅沢《ぜいたく》な暮らしに慣れてきたポーにとって、下士官の生活では満足できるはずもなく、既に自分は時間を無駄にしていると感じ始めていた。そこで、「反省した息子」を装って義父に何度も手紙を送って援助を求めたが、その手紙の書き方は「兵役期間は五年です――私の人生の一番よい時が無駄になってしまいます――もし援助をしてくれないなら、もっと断乎《だんこ》たる手段に訴えざるを得ません」といった高飛車なものだった。義父からの返事はなかった。十二月十一日に第一砲兵連隊はハリエット号に乗り込み、同月十五日に新たな配属先であるヴァージニア州のモンロー要塞に到着した。そのあとでもポーは、ジョン・アランを「父上（Father）」と呼び、自らを「あなたの愛する息子」と記した手紙を書き送ったものの、やはり返事はなかった。

　一八二八年五月一日よりポーは技術兵となり、翌二九年一月一日より上級曹長に昇級した。二月四日に義父に手紙を送ったときは、ポーは要求の度合いを下げて、ヴァージニア大学での「恥ずべき行為」を若気の至りだとしたうえで、義父の影響力を使って陸軍士官学校に入れるようにしてくれないかと書き送った。そうこうするうちに、大好きだったファニーこと義母フランシス・アランが二月二十八日に亡くなり（享年四十四）、ポーは休暇を取って翌日の葬儀のためにリッチモンドへやってきた。義父はファニーのために、我を折ってポーを受け容《い》れることにし、新しい黒服を仕立ててやり、帽子、ナイフ、手袋なども買い与えた。葬儀のあとモンロー砦《とりで》に帰ってからポーが三月十日に書き送った手紙は「親愛なるパパへ（My dear Pa）」で始まり、「愛をこめて」で終わっていたが、相変わらず内容は、軍隊を除隊して士官学校に入れるようにしてくれという懇願だった。そして、その願いは叶《かな》えられた。義父は、ファニーのためにも、ポーのこれまでのすべてを赦《ゆる》すことにしたのである。

義父は陸軍に手紙を書き、ポーの除隊の手配を進め、四月十五日に除隊したポーに対して、五十ドルを与えたうえに百ドルを送金し、しかもポーが振り出した為替《かわせ》手形五十ドルも支払ってやった。こうしてポーは、ニューヨーク州ウェスト・ポイントにある陸軍士官学校へ進むことになり、ワシントンへ向けて出発した。だが、着いてみると、入学待ちの名簿にはポーの前に十人おり、今年の九月の入学は無理だが、来年であれば入学できると言われてしまった。

落胆したポーは、父方の祖母エリザベス・ケアネス・ポー（当時七十三歳）とその娘である叔母《おば》マリア・クレム（三十九歳）をボルティモアに訪ねた。マリアは三年前に夫を亡くし、息子ヘンリー・クレム（十一歳）と娘ヴァージニア・エライザ・クレム（一八二二年八月十五日生まれ）と暮らしていた。このヴァージニアは、のちにポーの妻となる女性だが、当時はまだ六歳だった。ポーはクレム家に下宿したが、家は貧乏であり、頼れる状態ではなかった。ポーが義父に送金を依頼すると、この頃の義父は寛大に金を送ってくれたが、だんだんポーがあまりに頻繁に頼むようになると、よい顔をしなくなっていった。

一方、ポーは軍隊時代に書き溜《た》めた詩をあちこちの出版社に送っていたのが批評家の目に留まり、『ヤンキー・アンド・ボストン・リテラリー・ガゼット』九月号で、批評家ジョン・ニールがポーの「妖精《ようせい》の国」を褒め、見込みありと評してくれた。詩人としての最初の評価を得たのである。これに力を得て、一八二九年十二月、第二の詩集『アル・アーラーフ、タマレーンほか小詩』をエドガー・アラン・ポーの名前で刊行した。ボルティモアの出版社ハッチ＆ダニング社との契約は、執筆料はなしで、代わりに二百五十部をもらうというものだった。世評は芳しくなく、義父からの手紙に「ニール氏が褒めていた作品を私はまだ見せてもらっていない」とあるように、義父に報告することは怠っていた。

一八三〇年五月十二日、ポーは陸軍士官学校入学のためにボルティモア行きの船に乗り、六月末に入学試験を受け、これまで重ねてきた軍事教練と達意のフランス語が成果を発揮して合格した。当時二十一歳だったが、入学時に年齢を「十九歳と五か月」と詐称している。生徒は一学年二百五十名、四年間修業すれば卒業だった。五時半起床、八時から午後一時および午後二時から四時まで学課があり、そのあとは軍事演習が日没までつづき、七時から九時半まで自習、十時就寝。図書室からは本を一冊しか借りられず、しかも文学は厳禁。義父は十月五日にルイーザ・パタソンという女性と再婚したが、ポーが結婚式に呼ばれることはなかった。翌年、義父に嫡子が誕生している。

一八三一年二月十日付で士官候補生の一人デイヴィッド・E・ヘイルが母親に書き送った手紙から、この頃のポーの様子がわかる。彼の母親が雑誌で「アル・アーラーフ」を読み、ポーのことが話題になったらしい。ヘイルは同期の友のことを母親にこう書き送っている——「彼は大金持ちのヴァージニア州の養父から逃げてきた男で、これまで南アフリカとイングランドにいて、イングランドの大学を卒業し、またアメリカに戻ってきて一兵卒となったが、この六月にこの陸軍士官学校に入学したのです」という説明があってから、「ここでは才人と看做《みな》されていますが、あまりにも詩作に夢中で算数なんかやっていられないそうです」とある。伝記作家クィンが指摘するとおり、ヘイルはこの情報をポーから直接得たに違いなく、ポーが自分の生涯を粉飾し、何らかの虚構を混ぜ込もうとする癖があったことがわかる。

もうこの頃には、ポーは学校の規則だらけの生活にうんざりしていたらしい。一月三日付の手紙で、ポーは義父に退校する意思を書き送っている。その手紙には「あなたは、僕をウェスト・ポイント〔陸軍士官学校〕に乞食《こじき》のように送り込んだ。シャーロッツヴィル〔ヴァージニア大学〕でも同じ目に遭わされましたが。ですから、僕は辞めなければなりません」とあり、書面で退校許可を送れと義父に要求し、今後は学校の学課にも修練にも出ないと宣告している。義父は毎月十六ドルの学費と二十八ドルの食費を払ってやっていたが、それは最低限の必要経費であり、他の士官候補生はそれ以外に家から仕送りをしてもらっていたのにポーにはそれがなかったということを指して「乞食のように」と言っているらしい。だが、この手紙には、そもそも僕はあなたに養ってもらいたいなどと願ったことはなく、裕福な祖父が僕の面倒を見てくれるはずだったのにあなたが余計な手を出してきたのだとか、大学で借金を作ったのも僕には一切の非はなく、何もかもあなたがケチなのがいけないのだなどと、あることないことを書き連ねて義父を攻撃するものだった。

　これには、次のような事情があった。ポーが陸軍から除隊できたのは、グレイブス軍曹という代わりの新兵が入隊したからだが、ポーはその男に借金があった。軍曹が支払いを求めてくると、ポーは「義父のアレン氏に支払いを求めているのだが、アレン氏はあまりしらふではないので、うまくいかない」と義父を揶揄《やゆ》する手紙を書き送り、その手紙の内容が一八三〇年十二月、義父の知るところとなってしまった。義父が激怒してポーに釈明を求めると、ポーはその手紙を書いたことを認めつつも、それは、義父が執拗《しつよう》に金を求めるポーを叱りつけて、ポーの両親の悪口まで言ったのを根に持って、そんなことを書いたのだと反論した。これを受けて義父は、今後一切の連絡を絶つと十二月に書き送ったのだった。それへの報復の手紙がこの退校宣言というわけである。

ポーは義父に宣言したとおり、一月七日以降練兵場にも出なくなり、十五日以降は学課にも出なくなった。一月二十八日の軍法会議によりポーは上官命令不服従という理由で放校処分となった。この決定は三月六日より効力を持つとされたが、ポーはそれを待たずに二月十九日に学校を去り、ニューヨークへ向かった。

学校にいたことでできた唯一の実績は、仲間の学生たちに呼びかけて詩集の購入予約者表を作成したことだった。これをもってニューヨークの出版者エラム・ブリスを説得し、四月頃、三作目の詩集『詩集』を刊行してもらった。百二十四ページで、印刷もきれいだった。自信作だった。五月七日『ニューヨーク・ミラー』紙に書評が出た。やはり評価されることはなかった。これ以降十四年間、ポーは詩集を出すことはない。

ポーは、ボルティモアへ戻ってクレム家に寄宿することにした。ボルティモアには兄のヘンリーもいて久方ぶりの再会を果たしたが、兄は八月一日、二十四歳の若さで他界してしまう。

生活は困窮しており、ポーは十月十六日付で義父に手紙を送った。こんな内容である——金の無心をする以外はご無沙汰《ぶさた》をしていますが、あなたを父と呼び、あなたから息子と呼ばれてきた二十一年にも及ぶ関係がこのように終わるのを思うと、子供のように泣きたくなります。あなたの忍耐と寛大さ、そして自分の目に余る忘恩を考えると、自分がとんでもない愚か者であると思わざるを得ず、生まれた日を呪いたくなります。今回は、お願いはありません。一筆お便りをいただくわけにはいかないでしょうか」

さらに十一月十八日付の手紙には、身に覚えのない借金のために逮捕されてしまったので、今度の水曜までに八十ドル送ってくれないだろうかとあった。

ちなみに、ボルティモアの歴史研究者たちが徹底的に調査した結果、ポーが逮捕された記録はないとわかっている。だが、義父ジョン・アランはポーの逮捕を一大事と捉《とら》え、十二月七日に、保釈金を出すうえにこれ以上の面倒を起こさないように二十ドルを送るという手紙を書いたのだが、これを投函《とうかん》するのを忘れており、一八三二年一月十二日になって自分で投函したという記録がある。それを知らなかったポーは、十二月十五日付の手紙で、自分が二度と赦してもらえないことをしてきたことはわかっているが、どうかお願いだから助けてほしいと慈悲に訴え、十二月二十九日付の手紙でも再度懇願し、さらに叔母にも義父宛てに「わずかでいいから援助を送ってほしい」と手紙を書かせている。一八三二年一月になって義父からの送金が着くと、ぱたりとポーは手紙を書かなくなり、それ以降一年以上義父に対して音沙汰《おとさた》なしにした。

困窮はしていても執筆は続けており、一八三二年一月十四日にうれしいことがあった。雑誌『フィラデルフィア・サタデー・クーリア』の懸賞に応募しておいた短編小説「メッツェンゲルスタイン」が入賞はしなかったものの、掲載されたのだ。小説で認められるようになったのである。金銭的報酬はないものの、これはポーにとって大きな前進だった。同誌には、短編「オムレット公爵」が三月三日に、短編「エルサレム物語」が六月九日に、短編「決定的喪失」（のちに「息の喪失」と改題）が十一月十日に、短編「契約失敗」（のちに「ボン＝ボン」と改題）が十二月一日に掲載された。ちなみに、この懸賞でポーを打ち負かして賞金百ドルを獲得したのは「愛の殉教者」を出品した二十歳の女性ディーリア・ベーコンだ。のちにシェイクスピアの正体はフランシス・ベーコンだと主張する本を書き、最後にはシェイクスピアの墓に証拠があるはずだと墓を暴こうとし、やがて正気を失ったあの女性である。のちに彼女は「愛の殉教者」を下敷きに劇「エドワード砦《とりで》の花嫁」を書いて、有名な女優エレン・トゥリーに出演してもらおうとした。上演は果たされなかったが、一八三九年になって無記名で出版されたその劇について、リッチモンドの雑誌『メッセンジャー』誌の編集長となっていたポーは好意的な評を書いている。

一八三三年四月二十日、『ボルティモア・サンデー・ヴィジター』誌にポーの詩「セレナード」が掲載された。この雑誌の懸賞広告に応募したところ、短編「壜《びん》の中の手記」が入賞し、賞金五十ドルを獲得した。ポーが筆で稼いだ最初の作品ということになる。作品は十月号に掲載された。このとき審査員の一人を務めた作家ジョン・P・ケネディという知己を得て、飢餓状態にあるのを驚かれ、彼から服をもらったり、食事に招かれたり、彼の馬を運動のために使ってもいいと言われたりして親切にしてもらった。彼の助言のもとに、ケアリー&リー出版社からこれまでの短編をまとめた『フォーリオ・クラブ物語』を出版する話もあったのだが、実現には至らなかった。

一八三四年三月二十七日、義父ジョン・アランが、妻と子供三人を残して亡くなったが、遺言書にはポーへの言及は一切なかった。

前述の作家ケネディは、のちにポーの追悼記事のなかで、この頃、リッチモンドの雑誌『サザン・リテラリー・メッセンジャー』誌（一八三四年八月創刊）の創業者トマス・ウィリス・ホワイトにポーを紹介してやったことに言及し、「ポーの才能によって雑誌はすばらしいものとなったが、彼は「きちんとしておらず（irregular）、エキセントリックで、不平不満が多く、やがて辞めて、フィラデルフィアやニューヨークの同じような仕事へ移ってしまった。そうした場所での彼の運命は、リッチモンドに於《お》いてと同様に悲しく気まぐれなものだった。私宛ての多くの手紙が示すように、いつも私の親切を感謝とともに覚えていてくれたが、亡くなってしまった——輝かしくも不安定な光が無残にも消えてしまったのだ」と記している。

　こうしてケネディの尽力により、『サザン・リテラリー・メッセンジャー』誌という活躍の場を得たポーは、一八三五年二月にR・M・バードの小説『キャラヴァー』の書評を掲載したのを皮切りに、同誌に書評を寄せるようになる。同誌に、三月に短編「ベレニス」を、四月に短編「モレラ」を、五月に短編「名士の群れ」を、六月に短編「ハンス・プファールの無類の冒険」を発表した。

　一八三五年七月七日、祖母が亡くなった。享年七十九。祖母がそれまで受け取ってきた年金二百四十ドルをもはや当てにすることができなくなった叔母《おば》と従妹《いとこ》ヴァージニアの身の振り方が問題となった。祖母の夫であった栄誉ある「ポー将軍」には兄弟が多く、ボルティモアには将軍を誇りとする親戚《しんせき》一同が住んでおり、親族として顧慮すべき問題だった。なかでも、ポーのまたいとこのネルソン・ポー（Neilson と綴《つづ》ってネルソンと発音）はマリア叔母へ、十三歳のヴァージニアを引き取って教育と養育の面倒を見ましょうかと手紙をよこした。このネルソンという男は、エドガー・ポーと同い年（一八〇九年八月十一日生）で、ヴァージニアの異母姉ジョゼフィーヌ（一八〇八年八月十三日生）の夫でもあった。マリア叔母は後妻であり、夫と前妻との娘にジョゼフィーヌがいたのである。また、ネルソン・ポーは、一八二九年にポーの詩集が出版されたとき、結婚前のジョゼフィーヌに宛てて、「エドガー・ポー」が偉い批評家のジョン・ニールから「偉大なる才能の詩人」と褒められたことについて、「われら一族の名前はまた有名になるぞ」と書き送った男でもあった。ネルソン・ポーは、裁縫だけで細々と暮らしているマリアを助けようというつもりだったかもしれないし、当時懸念されていたヴァージニアとエドガー・ポーの早すぎる結婚を阻止しようというつもりだったのかもしれない。その真意はわからないが、いずれにせよ、叔母がネルソンの申し出を受け容《い》れたら、二度とヴァージニアと会えないとポーは考えた。ポーが叔母に書き送った手紙は激烈なものだった。

「八月二十九日

　親愛なる叔母様へ

　この手紙を書きながら涙で目が見えなくなっています――もう一時間も生きていたくありません。悲しみと最も深い不安のなかでお手紙を拝受しましたが、私が悲しみのつらさに耐えられないことはよくご存じでしょう。私の宿敵であろうと、この胸中を知れば私を哀れに思うでしょう――私の最後の最後の命のよりどころが残酷にも奪われようというのです。もう私は生きていたいとは思いませんし、生きるつもりもありません。ただ、私のすべきことをさせてください。私は愛しています。私がヴァージニアを熱烈に心から愛していることはご存じのはずです。私が可愛い小さな従妹――私の愛《いと》しい人――に抱いているこの熱い思いを言葉で表すことはできません。でも、私に何が言えるでしょう。ああ、私に代わって考えてください。私には考えられない。私の想いはただ、あなたと彼女がN・ポーのところへ行きたがっているという考えでいっぱいです。あなたがたの暮らしは、当座は安泰となるでしょう。あなたの心の平安――あなたの幸福については知りません。お二人ともやさしい心の持ち主だ――だから、わが苦悩が私には耐えられないことであって、お二人が私を墓へ追い込んだことは、これからもずっとあなたがたは考えることになるでしょう。私の愛のような愛は二度とないのですから。ヴァージニアがN・Pと暮らすなら私は二度と彼女に会えないという真実をごまかしても仕方ありません。それは絶対確実です」

　と、ここまでようやく全体の四分の一という長い手紙であり、このあと「行かないで、ヴァージニア！」と綿々とした訴えが続き、チャーチ・ヒルに大きな庭つきの素敵な小さな家を月五ドルで借りたこと、『サザン・リテラリー・メッセンジャー』誌の編集部に入ったので月給六十ドルをもらうことになったから、これまでの週四ドルに代わって週十五ドルを生活費として叔母に提供できることを記したのち、「ヴァージニアに判断を任せてください」として手紙を結んでいる。それでも終わらず、追伸としてヴァージニアへ宛てて、「僕の愛する、僕の素敵なシシー、わが愛しの小さな奥さん、君の従兄《いとこ》エディの心を引き裂く前によく考えてください」とある（彼女をミドルネームのエライザの愛称シシーで呼んでいたのである）。

十三歳のヴァージニアにこれに逆らうことなどできなかったし、ポーとこれまで生活をともにしてきた叔母も経済的安定を約束された以上ポーを拒絶する理由はなかった。翌九月、ポーはボルティモアへ戻り、ヴァージニアとの結婚許可証を取得した。そして十月三日、叔母とその娘は、ポーとともにリッチモンドに住み始めた。

翌一八三六年の五月十六日、二十七歳のポーが十三歳九か月の花嫁と――教会ではなく下宿で――式を挙げたとき、「ヴァージニア・E・クレムは満二十一歳である」とする宣誓供述書に、ポーと父親代わりの役人は署名した。式に参列したのは、叔母のほか、上司のトマス・W・ホワイト氏、氏の十八歳の娘エライザだけだった。

仕事の方は順調で、ホワイトの経営する『サザン・リテラリー・メッセンジャー』誌の主筆として大いに健筆をふるっていたが、編集方針や給与の件でホワイトと対立するようになった。翌一八三七年の一月号には、「アーサー・ゴードン・ピ

ヴァージニア・E・クレム

ムの物語」の最初の部分の掲載のほか、ポーが編集者として本誌から退く通知が掲載された。

二月号に「アーサー・ゴードン・ピムの物語」の続きが掲載されたときには、ポーは叔母と新妻を連れて、人口二万のリッチモンドをあとにし、三十万都市のニューヨークへ出ていた。このまま小さな仕事を続けるのではなく大きなところへ打って出ようと考えたのだろう。大きな出版社から自分の本を出したいという野望があって、一八三六年六月三日にニューヨークのハーパー&ブラザーズに原稿を送っていたのだが、同月十九日に不採用通知を受け取っていた。不採用の理由として、既に作品が雑誌で発表されていること、話の関連のないばらばらの短編であること、学究的に過ぎて謎めいた書き方であり一般読者には読みづらいことを指摘されていたので、今度は中編小説にとりかかることにした。一八三七年二月にニューヨークへ出てきてからは、既に書き始めていた「アーサー・ゴードン・ピムの物語」の執筆に集中し、これを中編小説に仕上げ、ハーパー&ブラザーズ社へ送ったところ、めでたく採用通知が来て、五月には出版の準備がもうすぐ整うと連絡してきた。ところが、出版社に思わぬ経済問題が生じて、刊行は翌一八三八年七月まで延期されることになった。

このあとが続かなくなり、ポーは八月頃、仕事を求めて、叔母と新妻を連れてフィラデルフィアへ出た。この二十二万都市では次々に雑誌が発刊されていたのだ。しかし、職は見つからず、小遣い稼ぎのために『貝類学者の最初の本』という教科書を執筆して一八三九年初頭に出版したりもした（実際にはトマス・ワイアット教授の本に序文をつけて、教授と相談して、知名度の高いポーを執筆者として掲げたもの）。

一八三九年七月、雑誌『ジェントルマンズ・マガジン』の編集を手伝う。九月号に短編「アッシャー家の崩壊」、『ギフト』誌に短編「ウィリアム・ウィルソン」を掲載した。そして、これまでの短編を集めた『グロテスクな物語とアラベスクな物語』を十一月頃に出版した（表題には一八四〇年と記されている）。この頃、暗号法に熱中し始め、アルファベットを別の記号に置き換える方法で作られた暗号ならどんなものでも解読してみせると豪語して読者から暗号を募り、それらをすべて解読してみせた（一つだけ解読できなかったのはデタラメだとした）。

一八四〇年六月、『ジェントルマンズ・マガジン』の編集者を辞め、自らの雑誌『ペン・マガジン』を創刊しようとし、『サタデー・イヴニング・ポスト』誌に予告記事まで掲載したものの実現しなかった。代わりに十月に創刊された雑誌『グレイアムズ・マガジン』（『ジェントルマンズ・マガジン』を合併してできた雑誌）と関わるようになり、翌一八四一年四月にその主筆となった。同誌には、四月に短編「モルグ街の殺人」を、五月に短編「メエルシュトレエムに呑《の》まれて」を発表し、その後一年に及ぶ編集活動により、同誌の発行部数を五千部から三万七千部へ増大させた。

五月に、財務省で一時的に事務官を務めた文人で法律家のフレデリック・W・トマスから、官吏の仕事は午後二時には役所を出る楽なものであり、空いた時間で執筆もできてしまうと吹き込まれ、官吏の職を求めるものの、虚《むな》しい試みであった。

一八四二年一月、妻ヴァージニアがピアノを弾きながら歌を歌っている最中に突然喀血《かっけつ》した。ポーは「血管が破裂した」と描写したが、肺結核のために肺から出血したと思われる。それから二週間あまり絶対安静の状態が続き、ポーは激しい心痛に苦しみ、深酒をするようになっていった。妻は五年後に二十四歳の若さで死ぬことになるが、このことは――実の母が二十三、四歳の若さで結核で死に、最初の「精神的な理想の恋人」のギリシャ風美女スタナード夫人が三十一歳で病死し、大好きな義母も長く患った末に病死したことに加えて――ポーが描く死美人のモチーフと切り離して考えることはできない。ただし、「ベレニス」や「モレラ」など衰弱死していく若い美女を描いた作品はヴァージニアと結婚する以前から書かれており、「リジーア」、「アッシャー家の崩壊」(マドリンの死が描かれる)、「エレオノーラ」は、ヴァージニアと結婚後、彼女が衰弱していくあいだに書かれていることに注意する必要がある。

一八四二年三月には、フィラデルフィアを訪問中のチャールズ・ディケンズと出会い、ポーはディケンズに好印象を与えたらしい。ディケンズはポーの作品を英国で出版するように尽力したが、果たされなかった。

四月上旬に『グレイアムズ・マガジン』の編集部を突然去ったが、その理由について、ポーは前述の友人トマス宛ての一八四二年五月二十五日付の手紙に次のように記している。「僕がグレイアムと袂《たもと》を分かったという噂は正しいよ。次の六月号では、その告知は出ないけどね。新聞も情報は得ていない。僕のやるべきことはこの五月号で終わったんだ。これからもときどき寄稿はするけどね。グリズウォルドが僕の後釜《あとがま》だ。僕が辞める理由は、あの雑誌の妙に感傷的な性格――どうにも根絶できない性格――に嫌気がさしたからだ。唾棄《だき》すべき絵、ファッション図、音楽、恋愛話のことを言っているんだ。しかも、給料は僕がやらされている仕事に引き合わない」（ちなみに後継者のグリズウォルドとは、のちにポーについてあることないことを書き立てて不当にポーを貶《おとし》めた悪意に満ちた悪名高い伝記を記したあのグリズウォルドのことである）。

一八四三年一月、自分の雑誌『スタイラス』の刊行を試みるも、またもや失敗する。六月、フィラデルフィアの『ドラー新聞』の懸賞に応募した短編「黄金虫」が入賞して、賞金百ドルを獲得した。作品は、六月二十四日号から七月八日号にかけて連載された。八月には、短編「黒猫」を雑誌『ユナイテッド・ステイツ・サタデー・ポスト』に発表した。さらに、この年

R・W・グリズウォルド

には『ポー散文物語集』第一集を出版し、うまくいけば第二集も出そうと考えていたが、第一集のみで終わった。

一八四四年四月七日、フィラデルフィアを去って、ニューヨークへ移る。七月二日付の友人ローウェル宛ての手紙には「音楽を聴いたり、詩を、とりわけテニソンの詩を読んだりして過ごしている」と書き送り、七月十日付の友人チヴァーズ宛ての手紙には「僕はニューヨークに来ていて、完全に引き籠《こ》もって、本と野心に埋もれています」と書き送っている。だが、野心はなかなか華を咲かせず、十月には新聞『イヴニング・ミラー』の主筆ナサニエル・パーカー・ウィリスに呼ばれて、副編集者兼批評家として雇われた。十一月には短編「お前が犯人だ」を雑誌『ゴディズ・レイディズ・ブック』に発表したが、ポーを有名作家としてくれたのは、結局『イヴニング・ミラー』紙だった。

すなわち、一八四五年一月二十九日、詩「大鴉《おおがらす》」が同紙に発表され、ポーは一躍話題の人となったのである。この作品は同年二月の『アメリカン・レビュー』誌に無記名で掲載された作品であるが、それに先行して『イヴニング・ミラー』紙にウィリスが次のような序文を書いて掲載したのである。

「『アメリカン・レビュー』誌での刊行に先立ち、同誌の許可を得て、エドガー・ポーの以下の見事な詩を掲載する。私見では、これは本国で出版された最も効果的な

〈逃亡派《フュージティヴ》〉〔二十世紀初頭テネシー州ナッシュビルの雑誌『ザ・フュージティヴ』を活動の場とした詩人たちの一派〕の詩の好例であり、その繊細な概念、韻文の見事なまでの卓越さ、想像力の飛躍と『不穏さ』を表現した英詩としてこれを凌駕《りょうが》するものはない」。

瞬く間に大評判となり、あちこちの新聞雑誌が再掲載をし、パロディまで作られた。伝記作家クィンは、「『大鴉』は、どんなアメリカの詩もおそらく凌駕したことのないほどの影響を与えた」と記した。ポーのことを「あの大鴉《レイヴン》」と呼ぶ人も多かった。

三月、ポーは『イヴニング・ミラー』紙の編集部を辞め、週刊誌『ブロードウェイ・ジャーナル』〔一月に創刊された新雑誌〕の編集部に入り、十月には同誌の主筆兼所有者となる。ついに自分の雑誌を持つに至ったのである。

七月、『グレイアムズ・マガジン』に短編「天邪鬼《あまのじやく》」を、『アメリカン・レビュー』誌に詩「ユーラリー」を発表した。同じ月に「黄金虫」や「黒猫」など十二編を収めた『ポー物語集』を、十一月には詩集『大鴉とその他の詩』を、どちらもニューヨークのワイリー&パトナム社より刊行した。

ようやく手にした自分の雑誌だったが、一人ではやっていけず、すぐに所有権をほかの人と共有し、それでも立ちゆかず、翌年一月には廃刊にしてしまった。妻の容態も悪く、自分にも力が残っていないと友人に書き送っている。

一八四六年四月、詩「大鴉」について論じた評論「構成の原理」を『グレイアムズ・マガジン』に発表し、五月には『ニューヨーク市の文学者たち』の第一回分を『ゴディズ・レイディズ・ブック』に発表し、残る五回分を十月までに同誌に発表した。

五、六月頃、ニューヨークから十三マイル離れたフォーダム（今日ではニューヨーク市内となっている）に田舎家を見つけると、ポーのロマンティックな想像力が刺激され、ポーはこれを年百ドルで借り受け、一階を妻の寝室とした。しかし、ポーに経済的余裕があるわけではなかった。それどころか、食費も暖房費もままならない窮状にあった。十一月には傑作短編「アモンティリャードの酒樽《さかだる》」を雑誌『ゴディズ・レイディズ・ブック』に発表したが、大した収入にはならず、食事を抜いて寒さに震える生活をしていたのである。

一八四六年十二月十五日付のニューヨークの『モーニング・エクスプレス』紙は、「エドガー・A・ポー、病気」と見出しを掲げ、「この紳士とその妻は、ともに結核のために危険な状態になっている。生活必需品もない状態にある」と報じた。編集者ウィリスを始め、多くの人たちがポーの窮状に同情し、ある新聞社の編集者はポーのために五十〜六十ドルの献金を集めて渡した。ホワイトの娘エライザなど善意の女性たちも、力になろうとフォーダムの田舎家を訪れた。小説家で社会活動家のメアリ・ゴヴ・ニコルズはこの年の晩秋に病気のヴァージニアを見舞い、その貧困の様子をこう記している――「ベッドに布団はなく、雪のように白いベッドカバーとシーツのほかは、ただ藁《わら》だけがあった。気候は寒く、病の女性は、結核の激しい熱を伴うひどい寒気に襲われていた。彼女は夫の大きな上着に身をくるんで藁のベッドに寝ており、大きな錆《さ》び猫を胸に抱いていた。見事な猫は大いに主人の役に立っているのがわかっているらしかった。上着と猫だけが暖を取る唯一の手段であり、それ以外は、夫が彼女の手を、母が足を温めるのみだった」。

もちろんこうした状態に放置しておいてはならないと、多くの人が助けに駆《か》けつけた。医学の心得もある娘マリー・ルイズ・ショーも駆けつけた一人だった。彼女はポーの脈が「十数えると止まる」状態であると気づき、脊髄炎《せきずいえん》に罹《かか》っていると考え、ニューヨークの高名な医師ヴァレンタイン・モットの診断を仰いだところ、その判断にまちがいないとのことだったので、生活上の注意や食餌《しょくじ》療法などを細かく指示したが、ポーはあまり真剣に聞く様子はなかった。彼女はヴァージニアにもワインを持ってきたりして配慮したが、その病気の進行は止めることができず、一八四七年一月三十日、ついにヴァージニアは亡くなった。

ポーは、その後も短編小説や詩を発表し、一八四八年二月には散文詩「ユリイカ」をニューヨーク市で朗読するといったパフォーマンスもしているが、『サザン・リテラリー・メッセンジャー』誌の当時の編集者ジョン・R・トンプソンが詩人クックに送った同年十月十七日付の手紙には、「ポーはリッチモンドに三週間ほど滞在し、毎晩酔っぱらっては居酒屋の客に『ユリイカ』を講釈していた」とある。

　妻の死後、ポーの恋人となったのが、ポーより六つ年上の詩人セアラ・ヘレン・ホイットマン（以後ヘレンと記す）である。弁護士だった夫と死別して十五年間独身だったヘレンは、ポーの作品を読んでポーを尊敬していたし、詩人のサロンを運営するアン・リンチ夫人から、ポーの朗読の「聞いていて体に電気が走るような」効果のことも漏れ聞いていた。一八四八年二月十四日の会に、リンチ夫人から誘われたヘレンは、ポーも出席すると聞いて「エドガー・A・ポーに捧《ささ》ぐ」という詩を書いた。ポーはその会に欠席したものの、心霊主義者で風変わりだと噂に名高いヘレンの詩を以前から読んでいて相通じるものを感じており、自分のために詩を書いてくれたことを知って喜んだ。五月には「ヘレンへ」と題する新たな詩〔本書所収の詩とは別〕を作り、手書き原稿を彼女に送った。署名も手紙もなかったが、ヘレンには送り主がポーであることがわかった。

セアラ・ヘレン・ホイットマン

　七月十日、ポーはマサチューセッツ州ローウェルで講演を行ったとき、二十八歳のナンシー・リッチモンド夫人（愛称アニー）と知り合いになり、惹《ひ》かれ合い、「僕のアニー」と呼ぶようになった。夫のリッチモンドは二人のプラトニックな関係を黙認し、翌年三月二十三日にポーは「アニーのために」という詩を作って直接夫人に送っている。

七月、ポーは初恋の人マイラと二十二年ぶりに再会する。当時は夫を亡くしてシェルトン夫人と名乗っていた。ヘレンのことがなければ——そして、「僕のアニー」がいなければ、あるいはポーに熱烈なラブ・コールを送ってくる詩人ジェイン・アーミナ・ロック夫人がいなければ——このとき、マイラとよりを戻すことも考えたかもしれない。

ポーはヘレンと交際するようになり、熱烈な恋文を送った。

一八四八年十一月七日、ポーはヘレンの住むプロヴィデンスへ乗り込み、結婚を申し込んだ。ヘレンは即答を避け、手紙で返事をすると言ったが、ポーはその晩ホテルでしたたかに酒をあおり（と伝記作家たちは、この後のポーの行動から推測して伝えている）、翌朝ヘレンの家へやってくると、大声で喚《わめ》きたて、ただならぬ様子だったので、夫人の母親が彼を落ち着かせたうえで地元の医者を呼んだところ、「脳鬱血《うっけつ》」（cerebral congestion）との診断で、近くの友人の家に担ぎ込んで看病する騒ぎとなった。

十一月十三日（あるいは十四日）、ようやく回復したポーに、この混乱状態にあるポーを救えるのは自分だけかもしれないと思ったヘレンは、結婚を承諾した。ただし、結婚の条件として、もう絶対酒は呑《の》まないと約束させた。ポーは安心して翌朝ニューヨークへ帰っていった。十日後、再びヘレンに熱烈な恋文を送っている。

十二月二十日、ポーは再びプロヴィデンスを訪れた。二千人の聴衆を前に「詩の原理」の講演を行ったのである。終了後、若者たちに囲まれ、酒を呑んだ。二十二日の夕刻、ヘレンに会いに行くときも、ホテルを出る前にワインを一杯あおらずにはいられなかったと伝えられる。

十二月二十三日（土）、結婚式前のしきたりとして結婚告知が行われた。結婚式は月曜と定められた。ポーは叔母《おば》に、火曜に花嫁を連れて帰ると連絡した。その午後、ヘレンは一通の手紙を手渡された。誰が書いたのかはわからないが、ポーの最近の素行がすべて記されてあり、結婚を考え直すことを勧める内容だった。悪名高きグリズウォルドの記述ではポーは前日の晩泥酔したとされているが、一八五〇年九月二十五（または二十七）日のヘレンの手紙にあるように、「ポーが約束を破ったのはまったくわからぬ程度だった」。ヘレンは手紙がきたことをポーに告げ、結婚告知を取り下げてほしいと求めた。ポーは、手紙はでたらめだと言ったが、ヘレンはすっかり疲れ切っていた。恐らく約束を破ったことで結婚を破棄しようというのではなかったのだろう。ポーのことを誰よりもよく理解していたヘレンには、わかっていたのかもしれない――一八四八年十一月七日、ポーがヘレンに結婚を申し込んだまさにその日に、その同じポーが「僕のアニー」に熱烈な長文の手紙を書き送り、「この結婚をしたら死んでしまう気がするが、今となっては名誉をもって取り消すことはできない」と心情を吐露したように、ヘレンを激しく求めながらも心の底では結びつきを恐れていたことを。

結婚はとりやめとなった。そして、ポーのアルコール依存症は悪化の一途をたどったとされる。

その後、ポーは、翌年三月に短編「跳び蛙」をボストンの週刊誌『ザ・フラッグ・オブ・アワ・ユニオン』誌に発表した。自分と恋人を苛《さいな》む世界に復讐《ふくしゅう》する主人公の最後の叫び――こいつが、俺の最後の冗談だ――は、ポー自身の叫びにも聞こえてくる。

四月に詩「黄金郷《エルドラド》」を同雑誌に発表し、六月には再び自分の雑誌を発刊しようと、ニューヨークをあとにしてリッチモンドへ転居したが、しかし、心身ともにポーは崩壊直前だった。クィンを始めとする伝記作家たちは、七月二日（ないし九日）、雑誌『ユニオン・マガジン』主筆ジョン・サーテンがポーに出会ったとき、ポーは「二人の男に殺される」と口走り、言動がおかしかったと伝えている。七月下旬、ポーはリッチモンドでマイラと再会すると、彼女に結婚を申し込んだ。マイラはポーが熱を出していることに気づき、その様子に心を痛めた。マイラは求めに応じてポーの叔母に手紙を書くが、ポーから結婚を申し込まれたことにすら言及していない。だが、ポーはその後叔母に結婚指輪を買ったと告げている。八月と九月、評論「詩の原理」について講演を行ったときは、顔面蒼白《そうはく》だったという。

一八四九年十月三日（水）、ボルティモアの投票所に使われた酒場の前で、ポーがほぼ意識不明で倒れているのが発見された。なぜそのような事態になってしまったのか、いまだに解明されていないが、この頃投票者に酒や薬を呑ませてあちこちの投票所で投票させておいて用が済んだら放置するという事例が見られたため、その犠牲になったのではないかとする説もある。同日午後五時頃、病院に運ばれ、翌朝三時に少し意識を取り戻すものの、何も説明できないまま激しい譫妄《せんもう》状態に陥り、六日の夜になると激しく「レノルズ！」と叫びだした。なぜそう叫んだのかはわからない。

七日の朝五時頃、ポーは「神よ、わが哀れな魂をお救いください」と祈って息を引き取ったという。

死後、十月九日の『ニューヨーク・トリビューン』紙に詩「アナベル・リー」が掲載され、十月二十七日ニューヨークの『ホーム・ジャーナル』に詩「鐘の音」が掲載された。

■付記

ポーの伝記に関して言うと、ポーと同時代のＲ・Ｗ・グリズウォルドによる悪名高い記述を書き換える必要もあって、これまでに多くの伝記が書かれてきたが、読み物としてはおもしろくても研究書として信頼性に欠けるものが多い。

現時点で最も信頼に足る伝記は、依然として Arthur Hobson Quinn, *Edgar Allan Poe: A Critical Biography*（1941; rpt. New York. Cooper Square Publishers, 1969; rpt. Baltimore, John Hopkins University Press, 1998）のようである。本項執筆に際して、クィンによる伝記のほか、左記の書を参照した。

Kenneth Silverman, *Edgar A. Poe: Mournful and Never-Ending Remembrance*（London: Weidenfeld & Nicolson, 1992）.

J. Gerald Kennedy, ed., *A Historical Guide to Edgar Allan Poe*（New York: Oxford University Press, 2001）.

Dwight R. Thomas and David K. Jackson, *The Poe Log: A Documentary Life of Edgar Allan Poe 1809–1849*（Boston: G.K. Hall and Co., 1987; rpt. New York. Simon and Schuster Macmillan. 1995）.

エドガー・アラン・ポー年譜

（生涯の詳細は「数奇なるポーの生涯」を参照のこと）

一八〇九年

一月十九日、マサチューセッツ州ボストンにデイヴィッド・ポーとエリザベスの俳優夫婦の第二子として誕生。二つ上の兄と一つ下の妹の三人兄妹《きょうだい》。

一八一〇年　**一歳**

父が行方不明となる。十二月、妹のロザリー誕生。

一八一一年　**二歳**

十二月八日、母死亡。ポーはヴァージニア州リッチモンド在住のアラン夫妻に引き取られた。

一八一二年　**三歳**

エドガー・アラン・ポーという名前で洗礼を受けるが、アラン家の正式な養子にはならなかった。

一八一五年　**六歳**

七月、アラン夫妻とともにロンドンへ渡る。義父ジョン・アランの故郷であるスコットランドのアーヴァイン小学校へ通う。

一八一六年　**七歳**

ロンドンに戻され、チェルシーのミス・デュブールの寄宿学校で勉強する。

一八一七年　**八歳**

ロンドン北郊外ストーク・ニューイントンの私立学校マナー・ハウス・スクール

の寄宿生として学ぶ。この時の経験が短編「ウィリアム・ウィルソン」に反映されている。

一八二〇年　十一歳

帰国。リッチモンドの私塾へ通う。

一八二一～二年　十二～三歳

この頃、詩作を始める。

一八二四年　十五歳

友人の美しい母が死ぬと、詩「ヘレンへ」の原型を書いたとされる。

一八二五年　十六歳

義父が自分の伯父《おじ》の遺産を相続し、別荘ランドルフ荘を購入。ポーは近所の少女エルマイラ・ロイスターと恋仲になる。

一八二六年　十七歳

ヴァージニア大学入学。賭博《とばく》に手を出し、多額の借金を作る。十二月、退学。

一八二七年　十八歳

三月、家を飛び出す。四月、ボストン着。五月、陸軍入隊。六月頃、最初の詩集出版。十一月、短編「黄金虫」の舞台となる南カロライナ州サリヴァン島モールトリー要塞《ようさい》に一年勤務。

一八二八年　十九歳

十二月、ヴァージニア州モンロー要塞配属。

一八二九年　二十歳

一月、上級曹長昇級。二月、義母死去。四月、除隊。父方の祖母及び叔母を訪ね、のちの妻ヴァージニアと出会う。クレム家に下宿。十二月、ボルティモアにて第二の詩集『アル・アーラーフ、タマレーンほか小詩』を実名で刊行。

一八三〇年　**二十一歳**

六月、陸軍士官学校入学。ただし、ポーの名前が生徒名簿に最初に記録されたのは七月一日。十月、義父再婚。十二月、義父から絶縁宣言。

一八三一年　**二十二歳**

二月、学校を去る。夏、再びクレム家に宿す。四月頃、「ヘレンへ」を含む九編の詩を収めた第三詩集『詩集』刊行。これも評価されなかった。八月、兄ウィリアム・ヘンリー死去。

一八三二年　**二十三歳**

一月、雑誌懸賞に応募しておいた短編小説「メッツェンゲルスタイン」が入賞はしなかったものの、掲載された。

一八三三年　**二十四歳**

四月、詩「セレナード」雑誌掲載。短編六編を雑誌懸賞に応募し、うち「壜《びん》の中の手記」が入賞し（十月号掲載）、賞金五十ドルを獲得。

一八三四年　**二十五歳**

三月、義父ジョン・アラン死去。

一八三五年　**二十六歳**

二月、リッチモンドの雑誌『メッセンジャー』誌に書評を書き始める。三月、同誌に短編「ベレニス」掲載。四月、同誌に短編「モレラ」発表。八月、同誌の主筆となり、発行部数を増やした。九月、ボルティモアへ行き、十三歳になったばかりのヴァージニアとの結婚許可証取得。短編「影」雑誌発表。十年前の実際の殺人事件に取材した詩劇『ポリシャン』の一部を『メッセンジャー』誌に発表。これはポーの唯一の詩劇であり、作品全体が印刷されたのは一九二三年。

一八三六年　二十七歳

五月、十三歳のヴァージニアと結婚。

一八三七年　二十八歳

一月、雑誌編集を辞める。二月、妻と義母を伴ってニューヨークへ。

一八三八年　二十九歳

七月、中編小説『アーサー・ゴードン・ピムの物語』刊行。八月頃、仕事を求めてフィラデルフィアへ。

一八三九年　三十歳

年頭に『貝類学者の最初の本』出版。七月、雑誌『ジェントルマンズ・マガジン』の編集を手伝う。九月号に短編「アッシャー家の崩壊」掲載。『ギフト』誌に短編「ウィリアム・ウィルソン」掲載。十一月頃、『グロテスクな物語とアラベスクな物語』出版。

一八四〇年　三十一歳

六月、雑誌編集を辞める。

一八四一年　三十二歳

四月、雑誌『グレイアムズ・マガジン』主筆となり、同誌に短編「モルグ街の殺人」発表。五月、短編「メエルシュトレエムに呑《の》まれて」同誌発表。その後一年に及ぶ編集活動により同誌の発行部数は五千部から三万七千部へ増大。

一八四二年　三十三歳

一月、妻ヴァージニア、歌唱中に喀血《かっけつ》。

四月、短編「楕《だ》円《えん》形の肖像」雑誌発表。五月、短編「赤き死の仮面」を『グレイアムズ・マガジン』に発表。同誌の主筆を辞める。一八四三年度版『ギフト』に短編「落とし穴と振り子」発表。

一八四三年　　**三十四歳**

一月、短編「告げ口心臓」雑誌発表。自分の雑誌『スタイラス』刊行を試みるも挫《ざ》折《せつ》。六月、新聞懸賞に応募した短編「黄金虫」が入賞して賞金百ドルを獲得。六～七月に連載。八月、短編「黒猫」雑誌発表。この年に「モルグ街の殺人」を収めた『ポー散文物語集』出版。

一八四四年　　**三十五歳**

四月、ニューヨークへ転居。十月、新聞『イヴニング・ミラー』紙の編集部に入る。十一月、短編「お前が犯人だ」雑誌発表。エッセイ集『マージナリア』の第一回分を雑誌発表。

一八四五年　　**三十六歳**

一月、詩「大鴉《おおがらす》」を『イヴニング・ミラー』紙に発表、知名度を高める。三月、『イヴニング・ミラー』紙を辞め、一月に創刊された週刊誌『ブロードウェイ・ジャーナル』編集部に入る。十月、同誌の主筆兼所有者となる。七月、短編「天《あま》邪鬼《のじゃく》」と詩「ユーラリー」雑誌発表。『ポー物語集』刊行。十一月、詩集『大鴉とその他の詩』刊行。

一八四六年　　**三十七歳**

一月、『ブロードウェイ・ジャーナル』廃刊。四月、評論「構成の原理」を雑誌発表。五、六月頃、ニューヨーク市内の田舎家へ転居。十一月、短編「アモンティリャードの酒樽《さかだる》」雑誌発表。

一八四七年　**三十八歳**

一月、妻死去。三月、短編「アルンハイムの領域」雑誌発表。十二月、詩「ユウラリウム」雑誌発表。

一八四八年　**三十九歳**

二月、散文詩「ユリイカ」を朗読、刊行。七月、初恋の人マイラと再会。十一月、セアラ・ヘレン・ホイットマンと婚約するも、破談。脳鬱血《うつけつ》と診断される。

一八四九年　**四十歳**

三月、短編「跳び蛙」を雑誌に発表。四月、詩「黄金郷《エルドラド》」を雑誌発表。六月、リッチモンドへ転居。七月、マイラに結婚を申し込む。八月と九月、評論「詩の原理」について講演。

十月三日、ボルティモアの投票所に使われた酒場の前で意識不明で倒れているのが発見される。四日後の七日朝に死去。

十月九日の『ニューヨーク・トリビューン』紙に詩「アナベル・リー」掲載。十月、詩「鐘の音」雑誌掲載。

河合祥一郎　編

訳者あとがき

ポーは技巧者である。策士である。ロマンティストにして古典主義者《クラシシスト》、壮大にして精緻《せいち》、卓越した語り手《ストーリーテラー》にして微に入り細を穿《うが》つ彫章琢句《ちょうしょうたっく》家である。

「執着」という言葉なしにポーは語れない。異様な心理や状況への執着もさることながら、言葉への執着も異様なのだ。原文を見ないとその尋常ならざる拘《こだわ》りはわからないが、凝りに凝ったその独特の表現は、読み進めるたびに瞠目《どうもく》させられる。ポーを訳すに当たって、その技巧を訳さなければ、ポーを訳したことにはなるまい。すでに名だたるポー研究家や名翻訳家たちがポーを訳してきたなかで、あえて新訳を出す理由は、そのポーの語りの技巧を訳出すべきであろうという一点にかかっている。

高校生のときにポーの「黄金虫」を原語で読んでその魅力にはまり、創元推理文庫の『ポオ小説全集』を片端から読み耽《ふけ》っていた青二才にとって、ポーは自分の人間形成の重要な要素になった。その後ポーから離れてシェイクスピア学者としての道を歩むようになったが、韻文の訳出の方法を少々覚えてポーに戻って見れば、凝りに凝っているポーの韻文の技巧に圧倒される。代表作「大鴉《おおがらす》」の脚韻《ライム》、中間韻《インターナル・ライム》、頭韻《アリタレーション》の使い方など凄《すご》すぎる（作品解題参照のこと）。

そんなポーの作品を、その独特の〝凝り〟を抜きにして意味だけ取り出しては、ポーを訳したことにはなるまい。小説もそうである。ポーの英語の文体は普通ではないのだ。ただ単にストーリーを訳す前に、そんな尋常でないポーを訳したい。少なくとも、ここに新たなポーの翻訳を出す以上、これまでの翻訳になかったものを表現してみせることができなければ意味はあるまい。本書がそうなっているかどうかは、読者諸賢の判断に委《ゆだ》ねる。

なお、本書の企画立案から内容詳細に至るまで、編集者の田島美絵子氏に甚大なるお力を頂いた。彼女こそが本書『ポー傑作選1　ゴシックホラー編　黒猫』、そしてそれにつづく『ポー傑作選2　怪奇ミステリー編　モルグ街の殺人』の生みの親であることをここに記して、深い感謝の意を表したい。

二〇二二年二月

河合祥一郎

本書は訳し下ろしです。

ポー傑作選《けっさくせん》1　ゴシックホラー編《へん》

黒《くろ》猫《ねこ》

エドガー・アラン・ポー　河合《かわい》祥一郎《しよういちろう》＝訳

令和4年　2月25日　初版発行
令和6年 11月25日　16版発行

発行者●山下直久

発行●株式会社KADOKAWA
〒102-8177　東京都千代田区富士見2-13-3
電話　0570-002-301（ナビダイヤル）

角川文庫 23061

印刷所●株式会社KADOKAWA
製本所●株式会社KADOKAWA

表紙画●和田三造

ISBN 978-4-04-109243-9　C0197

◆◇◇

角川文庫発刊に際して

角川源義

第二次世界大戦の敗北は、軍事力の敗北であった以上に、私たちの若い文化力の敗退であった。私たちの文化が戦争に対して如何に無力であり、単なるあだ花に過ぎなかったかを、私たちは身を以て体験し痛感した。西洋近代文化の摂取にとって、明治以後八十年の歳月は決して短かすぎたとは言えない。にもかかわらず、近代文化の伝統を確立し、自由な批判と柔軟な良識に富む文化層として自らを形成することに私たちは失敗して来た。そしてこれは、各層への文化の普及滲透を任務とする出版人の責任でもあった。

一九四五年以来、私たちは再び振出しに戻り、第一歩から踏み出すことを余儀なくされた。これは大きな不幸ではあるが、反面、これまでの混沌・未熟・歪曲の中にあった我が国の文化に秩序と確たる基礎を齎らすためには絶好の機会でもある。角川書店は、このような祖国の文化的危機にあたり、微力をも顧みず再建の礎石たるべき抱負と決意とをもって出発したが、ここに創立以来の念願を果すべく角川文庫を発刊する。これまで刊行されたあらゆる全集叢書文庫類の長所と短所とを検討し、古今東西の不朽の典籍を、良心的編集のもとに、廉価に、そして書架にふさわしい美本として、多くのひとびとに提供しようとする。しかし私たちは徒らに百科全書的な知識のジレッタントを作ることを目的とせず、あくまで祖国の文化に秩序と再建への道を示し、この文庫を角川書店の栄ある事業として、今後永久に継続発展せしめ、学芸と教養との殿堂として大成せんことを期したい。多くの読書子の愛情ある忠言と支持とによって、この希望と抱負とを完遂せしめられんことを願う。

一九四九年五月三日

角川文庫海外作品

新訳　ドリトル先生アフリカへ行く
ヒュー・ロフティング
河合祥一郎＝訳

ドリトル先生は動物と話せる、世界でただ一人のお医者さん。伝染病に苦しむサルたちを救おうと、仲良しのオウム、子ブタ、アヒル、犬、ワニたちと船でアフリカへむかうが……新訳と楽しい挿絵で名作を読もう。

新訳　ドリトル先生航海記
ヒュー・ロフティング
河合祥一郎＝訳

動物と話せるお医者さん、ドリトル先生の今度の冒険は、海をぷかぷか流されていくクモザル島を探す船の旅！　おなじみの動物たちもいっしょ。巨人カタツムリに乗って海底旅行も？　第2回ニューベリー賞受賞。

新訳　ドリトル先生の郵便局
ヒュー・ロフティング
河合祥一郎＝訳

先生がはじめたツバメ郵便局に、世界中の動物から手紙が届き、先生たちは大忙し。可哀想な王国を救ったりと大活躍も続く。やがて世界最古の謎の動物から、秘密の湖への招待状が……大好評のシリーズ第3巻！

新訳　ドリトル先生のサーカス
ヒュー・ロフティング
河合祥一郎＝訳

お財布がすっからかんのドリトル先生。もう動物たちとサーカスに入るしかない！　気の毒なオットセイを助けようとして殺人犯にまちがわれたり、アヒルがバレリーナになる動物劇を上演したり。大興奮の第4巻。

新訳　ドリトル先生の動物園
ヒュー・ロフティング
河合祥一郎＝訳

世界に一つだけの檻のない動物園が完成！　ウサギアパートやリスホテルまである動物天国だ。ネズミのお話会も開催され、園は大盛り上がり。しかし先生が事件にまきこまれ……探偵犬と謎を解くミステリーな第5巻。

角川文庫海外作品

角川文庫海外作品

新訳　ヴェニスの商人

シェイクスピア
河合祥一郎＝訳

アントーニオは友人のためにユダヤ商人シャイロックに借金を申し込む。「期限までに返せなかったらアントーニオの肉1ポンド」を要求するというのだが……人間の内面に肉薄する、シェイクスピアの最高傑作。

新訳　リチャード三世

シェイクスピア
河合祥一郎＝訳

醜悪な容姿と不自由な身体をもつリチャード。兄王の病死をきっかけに王位を奪い、すべての人間を嘲笑し返そうと屈折した野心を燃やす男の壮絶な人生を描く、シェイクスピア初期の傑作。

新訳　マクベス

シェイクスピア
河合祥一郎＝訳

武勇と忠義で王の信頼厚い、将軍マクベス。しかし荒野で出合った三人の魔女の予言は、マクベスの心の底に眠っていた野心を呼び覚ます。妻にもそそのかされたマクベスはついに王を暗殺するが……。

新訳　十二夜

シェイクスピア
河合祥一郎＝訳

オーシーノ公爵は伯爵家の女主人オリヴィアに思いを寄せるが、彼女は振り向いてくれない。それどころか、女性であることを隠し男装で公爵に仕えるヴァイオラになんと一目惚れしてしまい……。

新訳　夏の夜の夢

シェイクスピア
河合祥一郎＝訳

貴族の娘・ハーミアと恋人ライサンダー。そしてハーミアのことが好きなディミートリアスと彼に恋するヘレナ。妖精に惚れ薬を誤用された4人の若者の運命は？幻想的な月夜の晩に妖精と人間が織りなす傑作喜劇。